Ludwig Laher
Bitter

Ludwig Laher

Bitter

Roman

WALLSTEIN VERLAG

Für Gottfried

Natürlich ist er es. Natürlich ist er es nicht. Fest steht jedenfalls, dass beide zur selben Zeit am selben Ort geboren wurden und am selben Ort starben. Dazwischen liegen die Leben, ein erzähltes, ein gelebtes.

Sie haben verschiedene Nachnamen, das wohl. Der eine einen längeren, in dem der des anderen enthalten ist. Auch kein Zufall. Verkürzt wie ein erzähltes Leben, noch dazu ein so schillerndes, ist der Name Fritz Bitter.

Schon die Romanfigur führt, als die Städte und Millionen von Menschen in Trümmern liegen, als wieder andere das Sagen haben, exemplarisch vor, wie man erfolgreich falsche Fährten legt und Nebelgranaten wirft, wie man kaltschneuzig, vor allem aber halbwegs plausibel umdeutet, was wirklich geschah, wie man sich unangenehme Fragen geschickt vom Leib hält, treuherzig tragische Missverständnisse geltend macht und aus scheinbar einsichtigen Formalgründen keinesfalls dabeigewesen sein, gar Schuld auf sich geladen haben kann.

Zur Not, da kennt der durchtriebene Jurist Dr. Friedrich Bitter keine falsche Scham, zur Not lässt er die vielbeschworene Ehre eben Ehre sein, dementiert er sich bis zur Lächerlichkeit selbst, um den Kopf irgendwie aus der Schlinge zu ziehen, sobald es eng wird. Seine Lebensauffassung, charakterisiert ihn der Personalbericht des Sicherheitsdienstes des Reichsführers-SS, sei natürlich und praktisch. Dem ist wenig hinzuzufügen. Der andere, der echte Fritz dürfte da noch wesentlich begabter gewesen sein, das zu vermuten ist kein großes Wagnis.

Niemand will übrigens die wahre Identität des hintergründigen Doppelgängers verschleiern. Ehrlich gesagt, es hätte auch wenig Sinn, im dritten Jahrtausend führen ein paar Klicks ohnehin zuverlässig und bequem auf die richtige Spur, denn Bitter und er haben sich zwar klein gemacht nachher, aber eben doch nicht klein genug.

Nein, es geht lediglich um altmodische Redlichkeit, wenn die beiden hier fein säuberlich voneinander geschieden werden: Fritz Bitter ist das gewissenhaft zusammengetragene Produkt von Dokumenten und Selbstzeugnissen, von Erinnerungen der Lebenden und der Toten, vor allem der Toten, zu denen sich während des langsamen Entstehens dieses Buches noch weitere gesellen, denn aus dem Ärmel schütteln lässt sich bei solch einer Ausgangslage nichts.

Schon auf ihn selbst ist wie gesagt kein rechter Verlass, und die meisten, die sich äußern über ihn, verbinden bewusst oder unbewusst – wer will es ihnen verargen – Interessen mit dem, was sie aufschreiben, zu Protokoll geben, ins Mikrophon sagen, was sie lieber auslassen, als Frau, als Schwester, als Tochter, als Nichte, als Enkelin, als Freund, als Untergebener, als Vorgesetzter, als Untersuchungsrichter, als Ankläger, als Verteidiger, als Zeuge. Es ist ratsam, das mitzudenken. Die Wirklichkeit dieses Romans speist sich aus dem, was war, und einem komplexen Gemenge des Ermittelten.

Niemand will selbstgefällig zu Gericht sitzen auf den folgenden gut zweihundert Seiten, doch ist es nötig, dem Mann nicht alles durchgehen zu lassen und einen Ton dafür zu finden, den er versteht. Sonst wikkelt er einen um den Finger. Vor allem gilt es zu vermeiden, dass er das Gefühl bekommt, um seiner selbst willen im Mittelpunkt zu stehen. In Wahrheit ist die Person Bitter nur als Folie von Belang, als schmerzliche Illustration für einen bemerkenswerten, keineswegs aber einzigartigen Sachverhalt.

Dem anderen, dem hier Nachnamenlosen und ab sofort nur noch Mitgedachten, dürfte noch weit mehr zuzuschreiben sein als seinem eigenen belegbaren und doch nicht immer deckungsgleichen Ausschnitt Fritz Bitter. In Nuancen mag er vielleicht sogar tatsächlich anders gewesen sein.

I

Bei solchen wie ihnen heißt der Juli Heumond. Welch volksverbindendes Großspektakel das doch war im letzten Sommer, ein rechter Lichtblick in schlimmen Zeiten. Mit Sonderzügen und Schiffen, sogar auf geschmückten Donauplätten waren begeisterte Massen aus allen Himmelsrichtungen herbeigeströmt. Schon etliche Wochen davor hatten kameradschaftlich gesinnte Briefeschreiber beim Kuvertieren mit Wonne eine Extramarke abgeschleckt, die diente nicht zum Frankieren, sondern als augenfällige Reklame für das große Ereignis.

Neben dem Text fand sich auf dem gezackten Stückchen gummierten Papiers noch ausreichend Platz für einen stolzen Adler mit ausgebreiteten Schwingen, für ein blankes Schwert sowie für ein seltsames rundes Ding, wie es idealistisch gesinnte deutsche Männer in Österreich mehr als eine Dekade danach gern unter dem Rockrevers tragen werden. Auch das Hakenkreuz auf dem Ding schaut schon fast so aus wie dann: *Deutscher Turnerbund (1919) – 1. Bundes-Turn-Fest in Linz 21. 23. Heumond 1922.* Wer jetzt bemängelt, ein muskelbepackter Ringturner im Kreuzhang hätte für diesen Anlass doch wohl ein passenderes Motiv abgegeben, verkennt den tieferen Sinn der Unternehmung.

Noch wesentlich deutlicher wird eine illustrierte Werbepostkarte, die im Brach- und im Heumond zwecks Festankündigung ebenfalls eifrig verschickt wurde. Das runde Ding in den Klauen des Adlers gibt da aufdringlich viel Glanz ab, alte Burgen und gotische

Dome stehen ganz in seinem Schatten: *Wenn auch noch tief versunken – Die alte Herrlichkeit – In Aschen glimmt ein Funken – Wir wecken ihn zur Zeit: Rassereinheit – Volkeseinheit – Geistesfreiheit.* Das nennt man auf den Punkt gebracht.

Der junge Fritz Bitter ist einer von Tausenden Hingerissenen, ein Erweckungserlebnis ist der Linzer Riesenauflauf jedoch nicht für ihn. Als SS-Sturmbannführer wird er in einem Lebenslauf, der sich von späteren erheblich unterscheidet und ihn offensichtlich für seine einschlägige Verwendung in der sowjetischen Ukraine qualifizieren soll, stolz festhalten können, bereits als zehnjähriges Kind Mitglied des deutsch-völkischen Turnvereins geworden zu sein, der schließlich 1919 im Deutschen Turnerbund aufging. Auf die Goldwaage sollte man seine Selbstzeugnisse aber besser nicht legen, Bitter neigt zu Über- wie zu Untertreibungen, je nachdem, wie es gerade opportun ist.

Erst nach sechs Volksschuljahren setzte es der unterforderte Knabe endlich durch, ins Gymnasium wechseln zu dürfen. Als dominierende gesellschaftliche Strömung überwog zu diesem Zeitpunkt noch jener Hurrapatriotismus, mit dem die meisten Soldaten im Sommer zuvor siegesgewiss in den Weltkrieg gezogen waren. Auch der besonders treue Untertan Seiner hochbetagten k.u.k. apostolischen Majestät Adolf Bitter, zu alt schon für den aktiven Einsatz beim Militär, hatte sich davon anstecken lassen. Wie lange das jetzt schon her ist, obwohl erst ein paar Jahre vergangen sind! Kein Stein ist auf dem anderen geblieben.

Auf Geheiß seines Vaters, der für deutschnationales Treiben nur wenig Verständnis zeigt, besucht Fritz, er selbst hat mit dem staatlichen im nahen Ried geliebäugelt, jetzt zu seinem Leidwesen schon seit geraumer

Zeit das Stiftsgymnasium Wilhering, ziemlich idyllisch, aber reichlich abgeschieden etliche Kilometer donauaufwärts vor der Landeshauptstadt gelegen. Dass die auffällige Unrast, die ihn das ganze Leben begleiten wird, nicht zuletzt von den vielen Ortswechseln seiner Jugend herrührt, ist sicherlich eine Überlegung wert. Denn bis zum Ende der Volksschulzeit des Knaben war Vater Bitter dreimal versetzt worden, ehe er sich beruflich so weit emporgearbeitet hatte, um in Schärding am Inn auf Dauer sesshaft werden zu können.

Vom Barockstädtchen Schärding ist es ein weiter Weg nach Wilhering, und daher musste Fritz zu allem Überdruss im stiftseigenen Schulinternat Aufenthalt nehmen, von Anfang an war ihm das widerwärtig und peinlich. Vater Adolf hingegen hoffte inständig, es möge den Zisterzienserpatres gelingen, dem frühreifen einzigen Filius die nationalen Flausen auszutreiben und ihn wieder rechtschaffen katholisch zu machen.

In seiner Spinnstube – so nennen Mutter und Kinder augenzwinkernd das Herrenzimmer des Familienoberhauptes – wird bis zu Vaters Ableben mit fast achtzig an prominenter Stelle, und zwar gegenüber dem ausgestopften Auerhahn, das Bildnis einer ewig jungen, von ihm angebeteten Frau hängen, der ermordeten Gemahlin des vorletzten Habsburgerkaisers Franz Joseph des Ersten, Elisabeth. Den von allen anständigen Deutschen erwarteten täglichen Blick auf das fotografische Antlitz seines aufdringlichen Vornamenvetters wird Adolf Bitter sich hingegen ersparen, wenn es soweit ist. Zeit seines Lebens bleibt er standhaft Monarchist und ein guter, keineswegs jedoch bigotter Christ obendrein, mag da kommen, was will.

Wie seine nur wenig ältere Schwester Annemarie wurde Fritz tatsächlich auf, präziser wohl: in einem echten Schloss geboren. Zufällig residierten nämlich die Eltern zu Anfang des zwanzigsten Jahrhunderts gerade dort, allerdings bloß in einer ziemlich bescheidenen Dienstwohnung. Einst hatte Wildshut, auf Karten diesseits der Salzach im äußersten Südwesten des seit 1779 oberösterreichischen Innviertels keine fünfhundert Meter von der deutschen Reichsgrenze verzeichnet, den bayerischen Kurfürsten als Jagdschloss gedient, aber bereits im Mittelalter siedelte sich, weil die erlauchte Herrschaft nur höchst selten vorbeikam und genügend Platz vorhanden war, mit dem Landgericht ein Pfleger an. Seither wurde an diesem Ort ununterbrochen Recht gesprochen oder was man jeweils dafür hielt.

Als dem pflichtbewussten Staatsdiener Adolf Bitter, den es aus seiner Tiroler Heimat nach Oberösterreich verschlagen hatte, mit Anfang dreißig die Ehre widerfuhr, zum Kommandanten des mittlerweile im Schloss direkt neben dem Bezirksgericht eingerichteten Gendarmeriepostens ernannt zu werden, lag die letzte von etlichen hundert Hinrichtungen auf dem nahen Galgenhügel keine achtzig Jahre zurück.

Dabei hätte sich der erst im zweiten Versuch erfolgreich Gehängte sein trauriges Ende bequem ersparen können, weiß die Chronik. Neben Regina Reschs übel zugerichteter Leiche war nämlich eine blutige Ofengabel aufgefunden worden, und weil die unangepasste Frau schon lange als Hexe verschrien war, entschied sich die ermittelnde Behörde in Abwägung der Güter dafür, nur wenig Aufwand zu betreiben, um Licht ins Dunkel des Mordgeschehens zu bringen. Für die meisten Leute in der Gegend war ob des sichergestellten, eindeutig zuordenbaren Tötungswerkzeuges ohnehin sonnenklar, der Fürst der Hölle höchstpersönlich müsse seine treue Dienerin, aus einer bei ihm jederzeit zu gewärtigenden bösen Laune heraus wohl, gewaltsam abberufen haben. Dass viele Monate später, Anfang 1821, dann plötzlich aus dem Nichts ihr eigener Sohn kleinlaut vor dem Richter erschien und um eine gerechte Strafe für die Untat ersuchte, kam für alle überraschend.

Erst 1940, und damit lange nach Adolf Bitters Amtszeit, wird die Obrigkeit hier am Ort wieder Menschen aktiv aus dem Leben befördern, diesmal fraglos vollkommen Unschuldige und ganz ohne gesetzliche Grundlage. Kurz nach Weihnachten wird da in ferner Zukunft der Gemeinde- und Lagerarzt Dr. Alois Straffner bei einem der Nachfolger Bitters im Schloss Wildshut vorstellig werden und Anzeige erstatten, in dem nahegelegenen Arbeitserziehungslager des Reichsgaus Oberdonau würden Inhaftierte qualvoll getötet. Auch der Mediziner will wie weiland Anton Resch sein Gewissen erleichtern, und auch er wird sich bewusst sein, dass ein solcher Entschluss für ihn, mitten im Dritten Reich, böse Folgen haben kann. Aber diese Geschichte steht auf anderen Blättern und führt doch irgendwie zu Fritz zurück.

Der jedoch steuert als Klassenbester momentan erst einmal auf die Matura zu, sechzehn Monate liegen noch vor ihm. Da seine Eltern sich, wie gesagt, lange nicht dazu entschließen konnten, ihn einen Studierten werden zu lassen, ist der junge Mann deutlich älter als die meisten, mit denen er die Schulbank drückt. Der mittlerweile beinahe Zwanzigjährige nutzt übrigens weiter jede sich bietende Gelegenheit, den Vater zu beknien, in ein staatliches Gymnasium wechseln zu dürfen, unerträglich sei ihm das pfäffische Wilhering. Vergeblich.

Die außerordentliche Begabung des Juniors zeigt sich in allen Fächern, der Lernaufwand hält sich dabei in Grenzen, seine schnelle Auffassungsgabe wird sich auch später bei vielen Gelegenheiten bewähren. Nicht weniger als sechs Musikinstrumente spielt er inzwischen, und trotzdem bleibt ihm ausreichend Zeit für sein liebstes Hobby, das Turnen in der Gemeinschaft und alles, was damit so zusammenhängt.

Zwischen Wilhering und der Landeshauptstadt müht sich der breite Donaustrom knappe zehn Kilometer durch einen engen Einschnitt. Der tiefe Schock über Napoleons glorreiche Feldzüge wirkte noch nach, als Erzherzog Maximilian Joseph einen bald wieder völlig zwecklosen, weil anachronistischen Ring von zweiunddreißig massiven, nach ihrem Erbauer benannten Wehrtürmen rund um Linz hochziehen ließ, die als solche auch nur lächerlich kurz in Verwendung standen und, von Adelgunde bis Winfriede, Frauennamen zugeordnet erhielten.

Am bekanntesten sind wohl zwei von den runden Befestigungen auf dem Pöstlingberg mit seiner doppeltürmigen barocken Wallfahrtsbasilika, dem weithin sichtbaren Wahrzeichen im Norden der Stadt. An Wochenenden und zu den Feiertagen zieht das beliebte Ausflugsziel ihre Bewohner schon während Fritz Bitters Internatszeit in Scharen an. Einer dieser beiden Rundtürme, Maria geheißen, dient jetzt der steilen Bergbahn aus dem Stadtteil Urfahr als idyllische Endstation, der andere, Beatrix, beherbergt die bunt beleuchtete Märchengrottenbahn und darunter im Maßstab eins zu sieben eine faszinierende unterirdische Replik des Linzer Hauptplatzes bei Nacht, im Moment gerade als Platz des zwölften November bekannt, ab 1934, wie schon zu Monarchiezeiten, wieder als Franz-Joseph-Platz und dann ebenso vorübergehend als Adolf-Hitler-Platz.

Eine weitere dieser maximilianischen Wehranlagen, markant am Fluss direkt neben der Straße gelegen und mit ihrem Pendant Kunigunde am nördlichen Ufer ursprünglich zur Verankerung einer Donaukettensperre gerüstet, passiert Gymnasiast Bitter regelmäßig und ausgesprochen gern, wenn er zügig die zwei Stunden entlang steiler und schattiger Waldhänge Richtung Stadt oder zurück marschiert. Zuweilen ist der trutzige, längst vergangene Epochen vortäuschende Steinkoloss Adelgunde auch das eigentliche Ziel für ihn und Gleichgesinnte.

Von einem vermögenden deutschnationalen Reichsratsabgeordneten extra zu diesem Zweck angekauft und zunächst einmal provisorisch instandgesetzt, dient der Klausenturm den Burschenschaftern seit 1917 als Gedenkort für die Toten des Weltkriegs. Nur wenig später wurden in dieses Gedenken auch die durch das schändliche Friedensdiktat vorläufig verlorenen deutschen Hochschulstandorte einbezogen.

Der edle Stifter der Stätte dürfte beim Erwerb der Liegenschaft im schon bedenklich trudelnden Habsburgerreich mit dem sinnigen Hintergedanken zugegriffen haben, das im Volksmund seit jeher unter der Bezeichnung Anschlussturm bekannte Bauwerk gefahrlos als weithin sichtbares Fanal für eben diesen Zweck einzusetzen, obwohl sich die Begriffe Anschlussmauer und Anschlussturm ursprünglich bloß auf die Warte Walpurga hoch oben am Hang bezogen, mit der die Klause Adelgunde direkt verbunden war.

Mitte der zwanziger Jahre wird die martialische Anlage in Etappen folgerichtig zum Anschlussdenkmal ausgebaut, 1932 unter den wachsamen Augen von Fritz Bitters Schwager endlich feierlich eröffnet werden und der Pöstlingbergkirche als Wallfahrtstätte Konkurrenz machen. Gar nicht so wenige, heißt es, können sich trotz heftiger Polemiken der jeweiligen Gottsoberen gegeneinander sogar für beide Heilslehren gleichzeitig erwärmen. Als Anschluss- oder Burschenschafterturm wird die Anlage auch im neuen Jahrtausend noch bekannt sein, an ihrer Bestimmung wird sich bis dahin im wesentlichen nicht viel geändert haben.

Dass mehr und mehr Schüler radikal großdeutsch eingestellt sind, missfällt den meisten Zisterzienserpatres von Wilhering zwar, immerhin lässt diese Sorte Studiosi bei jeder Gelegenheit deutlich durchscheinen, Gott und seiner Kirche den nötigen Respekt aufgekündigt zu haben. Ihr Treiben wird freilich geduldet, solange alles in halbwegs zivilisierten Bahnen und vor allem möglichst unsichtbar abläuft. Doch heutzutage drängt der Zeitgeist die Jungen vehement hinaus in die Öffentlichkeit, gemeinsam fühlen sie sich stark und zu starken Ansagen berufen, ihre Prozessionen heißen halt Aufmärsche, Turnfeste aller Art sind in Mode gekommen, und als im Jahr nach dem ganz großen in Linz ein studentisches angesetzt ist, formiert sich eine Wilheringer Riege, die nicht nur sportlich von sich reden macht.

Aufgekratzt und wohl nicht mehr ganz nüchtern grölen Fritz und etliche seiner Kumpane bei der Heimkunft vom Turntriumph auf einem pferdebespannten Leiterwagen im Stiftshof einschlägige Heil-Parolen und wollen gar nicht mehr aufhören damit. Zur Gefahr für die ordentliche Schülerschaft hätten sich diese radikalen Elemente entwickelt, begründet der aufgebrachte Pater Direktor am nächsten Tag die dringende Einladung an den Schärdinger Gendarmerie-Bezirkskommandanten Adolf Bitter, seinen missratenen Sohn unverzüglich von der Anstalt zu nehmen, um ihm den unehrenhaften Rausschmiss als Rädelsführer der garstigen Umtriebe zu ersparen.

Nun bleibt dem Vater nichts mehr übrig. Der hartnäckige Fritz ist, für ihn selbst völlig unerwartet, endlich am Ziel seiner Wünsche. Adolf Bitter muss einsehen, dass kein katholisches Internat im ganzen Land solch einem radikalen Element fürderhin Unterschlupf bieten wird.

Ried im Innkreis, nur drei Dutzend Kilometer von Schärding entfernt und mit der Bahn bequem zu erreichen, ist Sitz eines staatlichen Bundesgymnasiums, das Fritz Bitter ohne große Umstände den Schulabschluss ermöglicht. Er bezieht zu diesem Zweck ein kleines Untermietzimmer in der Linzer Gasse und fühlt sich sofort wie im siebten Himmel in der neuen Umgebung.

Sein Rieder Klassenvorstand, Religionsprofessor Peter Kitlitzko, hat übrigens vor zwanzig Jahren an der Linzer Realschule mit Missvergnügen, wie er bekennt, einen gewissen Adolf Hitler unterrichtet, der schon ein paar Monate später draußen in München Schlagzeilen machen wird. Sein rechtsgerichteter Putschversuch wird Anlass für hitzige Diskussionen in Bitters neuem Freundeskreis geben.

Die kleine Bezirksstadt Ried im Zentrum des Innviertels gilt als Hort des Deutschnationalismus, viele Gymnasiasten vertreiben sich ganz offen als weithin sichtbare Mitglieder der conservativen Semestralverbindung Germania die Zeit, meist in geselliger Wirtshausrunde bei den Kneipen oder auch auf dem Fechtboden. Bei dieser Burschenschaft und im Alldeutschen Verband heuert Fritz umgehend an, mit dem Versteckenspielen hat es sich aufgehört.

Indiskretionen würden es sogar erlauben, ausführlich aus dem Mensurbuch der Germania zu zitieren und etwa genau aufzulisten, im wievielten Gang am ersten Hornung 2037 der Unparteiische Stich konstatierte, worauf Germania in der Auseinandersetzung mit Arminia Gmunden den unterlegenen Paukanten, Fuchs Bitter, für abgeführt erklärte.

Neben den Monatsnamen wirken für Nichtverschworene auch die in solchen Kreisen gebräuchlichen Jahreszahlen ziemlich gewöhnungsbedürftig. Des Rätsels Lösung: In der Schlacht bei Noreia 113 vor Christi Geburt durchstoßen die Germanen, wie fleißige Historiker ermittelt haben, erstmals urkundlich den geschichtlichen Nebel, eine wahre Stunde null sozusagen für die gesamte Menschheit.

Im christlichen Jahr 2000 wird zu ihrem Neunziger eine Festbroschüre der Germania erscheinen, würdig einbegleitet durch sehr herzliche Dankesworte und aufrichtige Glückwünsche des aktuellen oberösterreichischen Landeshauptmanns. Im Inneren des Druckwerks wird man einerseits über die schlimme Meinungsdiktatur der Gegenwart, etwa *die planmäßige Vergiftung von Dichtung, Theater, bildender Kunst, Architektur* aufgeklärt werden, doch lassen sich auch aufschlussreiche Details über die Zeit nach dem Zweiten Weltkrieg, der *so bitter endete*, in Erfahrung bringen: *Die ersten Nachkriegsjahre brachten für viele Bundesbrüder Unbill und Verfolgung. Viele wurden aus ihren Ämtern gejagt, viele interniert und insgesamt fast alle verfolgt und verfemt.*

Ein einziges fotografisches Einzelporträt aus den Blütetagen der Verbindung zwischen 1919 und 1933 wird in diesem historischen Abriss mehreren anonymen Gruppenaufnahmen früher Mitglieder beigegeben werden. Die Bildunterschrift in der Jubiläumspublikation wird verraten, es handle sich bei dem unter allen anderen Kommilitonen auffällig Hervorgehobenen um den seinerzeit aktiven Burschen Fritz Bitter, aufgenommen am zwölften Nebelung 2036, wie nur auf der Rückseite des erhaltenen Originals zu lesen steht.

Der aber erwirbt sich seine zweifelhafte Reputation, es wird ausführlich davon die Rede sein müssen, ausschließlich während der Herrschaft des Nationalsozialismus, und das in einer so bedenklichen Weise, dass sogar Ernst Klees einschlägiges ›Personenlexikon zum Dritten Reich‹ ihm einen Klartext sprechenden Eintrag widmen wird, wenngleich einen ziemlich unvollständigen, der allerdings auf die richtige Spur führt. Regelmäßig wird Bitters Name bei Ermittlungen zu Massakern der SS von früheren Untergebenen ins Spiel gebracht werden, und das hin bis zur Jahrtausendwende. Würdigt die Germania also diesen Umstand?

Womöglich ist Fritz auch nur beliebt wie kein zweiter und wird allein deshalb bei seiner schlagenden Verbindung noch ein Menschenalter später so hoch im Kurs stehen. Dass ihm alle Herzen zufliegen, ist ein Standardsatz derer, die ihn kurz charakterisieren sollen, das gilt für den Freundeskreis wie für die Verwandtschaft. Er wird ein Leben lang Nutzen daraus ziehen. Als es nach dem Zusammenbruch des Dritten Reiches und Bitters glimpflicher Verurteilung zu beweisen gilt, was unverbrüchliche Treue bedeutet, werden ihm Kameraden aus den alten Seilschaften für die Zeit nach seiner Entlassung ihre Beziehungen antragen. Es würde ihnen, auf dass der arme Fritz beruflich schnell wieder Boden unter die Füße bekäme, eine Ehre sein, sich für ihn verwenden zu dürfen. Und sie werden sich überzeugt geben, ihn dann auch gleich bei einer ordentlichen Firma unterzubringen.

Schon dem strahlenden Lausbuben daheim in Schärding konnte niemand richtig böse sein. Regelmäßig kam er etwa zu spät zum Essen, weil er als geborener Anführer nach der Schule häufig dringende Geschäfte zu erledigen hatte, die ihn aufhielten. Mit der Wahrheit nahm er es schon damals nicht übermäßig genau, denn früh hatte das aufgeweckte Kind gelernt, dass gute Ausreden in den meisten Fällen ihren Zweck erfüllten, solange man sich kein Gewissen machte und sie überzeugend vortrug. Auf die ein Jahr ältere Schwester Annemarie, richtig vernarrt in den kleinen Bruder, war dabei absolut Verlass, sie stand ihm stets bei, versuchte dem aufgebrachten Vater geduldig zu erklären, den Fritz treffe nun wirklich keine Schuld oder wenn, dann nur am Rande, und meist gelang es mit vereinten Kräften – denn auch die Mutter tendierte grundsätzlich zur Begnadigung –, Adolf Bitter zu besänftigen, auch wenn er schon zur Ohrfeige ausgeholt hatte.

Fritz ist für die Anni zeitlebens ein richtiger Tausendsassa, er kann buchstäblich alles, nur wollen muss er. Kaputtes Spielzeug im Nu heil machen, unbekannte Lieder ansatzlos vom Blatt spielen, alles kein Problem schon für den Achtjährigen. Liebend gern dachte er sich die abenteuerlichsten und phantasievollsten Geschichten aus, mit denen er die Schwester und anderes kindliches Publikum stundenlang in seinen Bann zu ziehen wusste. Und auf die verwegenen Streiche wäre niemand sonst auch nur im Traum gekommen, davon ist Annemarie felsenfest überzeugt. Für deren Ausführung spannte Fritz als lieber im Hintergrund agierender Spiritus rector gewöhnlich seine Anhängerschaft ein. Manchmal fielen sie freilich so arg aus, dass sich der Vater, wurden sie aufgedeckt, denn doch nicht von einer ordentlichen Tracht Prügel abbringen ließ. Wer Fritz, dem Strategen, die Suppe einbrockte, etwa weil er sich verplappert hatte oder gar auf frischer Tat ertappt worden war, musste dann seinerseits die Rache des Häuptlings fürchten. Und die konnte heftig ausfallen.

Nur höchst selten unterläuft Fritz selbst ein Denkfehler, der alles auffliegen lässt. Ausgerechnet bei der schriftlichen Matura 1924 am Rieder Gymnasium wendet jedoch auch ein zweiter Schüler, als mathematisches Untalent bekannt, virtuos ein völlig unübliches Verfahren an, das zwar zur richtigen Lösung führt, aber nur in Wilhering gelehrt wurde. Dem Geständnis des Überführten, der mithin nicht bestanden hat, folgt eine lange Beratung der Kommission, wie mit dem Ezzesgeber zu verfahren sei. Fritz kommt mit einem blauen Auge davon, das wird noch oft so sein in seinem bewegten Leben.

Kein Wunder, dass sich der leidlich fesche Jüngling mit seinen auch jenseits einschlägiger Metaphern blitzblauen Augen und dem dunkelblonden Haar in diesen Jahren trotz aller Männerbündelei zum Frauenschwarm entwickelt. Ihm fehlt es weder an Selbstbewusstsein noch an Charme, und seine forsche Schlitzohrigkeit gestattet ihm sogar, bequem zwei- oder sogar mehrgleisig zu fahren, wenn es ihn danach gelüstet. Nicht körperlich, nur was die Gefühle anlangt, die wirklichen nämlich, nicht die taktisch eingesetzten, wird er auch später konsequent auf reichlich Distanz zur Damenwelt setzen. Er ist, das lässt sich nicht leugnen, auf seine Art ein äußerst disziplinierter Mensch.

Die Dynamik, die überbordende Lebenslust hat Fritz von der Mutter geerbt, einer Wirtstochter aus dem Mühlviertel. Die war in ihrer Jugend ein rechter Tanzkittel. Das elterliche Gasthaus lag unmittelbar neben dem Gottesacker, legendär im Dorf ihr gewagter Auftritt während einer zünftigen Unterhaltung, als sie im wallenden Tanzgewand die mächtige steinerne Friedhofsmauer erklomm und sich oben auf der schmalen Standfläche zur Musik aus dem Saal geschmeidig im Kreis drehte, heftig beklatscht von einer Schar erhitzter Burschen, die das glutäugige, schwarzhaarige Mädchen mit dem überschäumenden Temperament abwechselnd mit den Gräbern im Blick hatte.

Karoline Bitter weiß genau, wie sie ihren Angetrauten nehmen muss. Er ist eine Respektsperson, Uniform- und Amtsträger mit festen Prinzipien, ernsthaft, aber gutmütig, von leisem, feinem Humor, keine Stimmungskanone. Scheinbar hat der Herr im Haus mit seinem anfangs kunstvoll nach oben gezwirbelten, später nüchtern getrimmten Schnurrbart das Sagen in der Familie, doch laufen in Wahrheit bei ihr die Fäden zusammen, geschieht im allgemeinen, was sie will. Gut möglich, dass manche der hier berichteten Entscheidungen des Adolf Bitter eigentlich solche seiner besseren Hälfte sind.

In der Brusttasche von Adolfs Rock verbirgt sich sein altes ledernes Portemonnaie. Wöchentlich zückt es der Vater, um das Haushaltsgeld herauszurücken. Wird es dazwischen eng oder hat sie Sonderwünsche, setzt sich die Mutter umstandslos auf seinen Schoß, legt den einen Arm um seine Schulter, beginnt, ihn zärtlich zu streicheln, an seinem Ohrläppchen zu nagen und Süßholz zu raspeln, das hat sie schon so gehalten, als die Kinder noch klein waren und zuschauten, da kannte sie nichts. Und dann, von hinten, der blitzschnelle Griff nach der begehrten Brieftasche, der Vater hat es kommen sehen, es ist ein Ritual, das er sichtlich genießt. Jetzt zählt sie stumm die Summe ab, vor dem Krieg vielleicht zwei, drei Kronen, vor der Währungsreform mehrere zehn- oder hunderttausend, blickt ihn fragend an, und das mit ihrem umwerfenden Lächeln. Nie handelt es sich um wirklich bedeutende Beträge. In Gottes Namen, brummt Adolf und bekommt dafür noch einen dicken Schmatz auf die Wange gedrückt. Die zwei sind füreinander geschaffen.

Fritz möchte unbedingt studieren. Der Vater argumentiert, das lasse sich in elenden Zeiten wie diesen aus finanziellen Gründen beim besten Willen nicht bewerkstelligen. Er rät ihm stattdessen, anlässlich der demnächst bevorstehenden Musterung doch gleich für die Sicherheitswache zu optieren. Wachmänner würden zu allen Zeiten gebraucht, bei seinen Talenten werde er es sicherlich noch weit bringen, da habe er überhaupt keine Zweifel.

Auf diese Weise versucht Gendarmerie-Bezirkskommandant Adolf Bitter, den schwierigen Sohn behutsam in vertrautes Fahrwasser zu lotsen. Insgeheim hofft er, spätestens als frisch verheirateter, einigermaßen wohlbestallter, vor allem aber unkündbarer Revierinspektor werde das Energiebündel Fritz sich die Hörner abgestoßen haben und diesem aus der Not geborenen Kleinstaat, der sich dank einer Völkerbundanleihe endlich zu konsolidieren beginnt, loyal dienen. Denn die großdeutsche Option, da braucht der Junior sich nichts vorzumachen, ist vorläufig in weite Ferne gerückt.

Die jetzt noch lauthals den Anschluss verlangen, führen nichts Gutes im Schilde, ist Vater Bitter überzeugt. Fritz werde sich, wenn er denn vorhat, im Staatsdienst Karriere zu machen, sicherlich über kurz oder lang aus den einschlägigen Kreisen zurückziehen. Er ist ja nicht dumm und entwickelt, wie es scheint, einen gesunden Ehrgeiz, der letztlich befriedigt werden will.

Die Rechnung scheint vorerst aufzugehen. Der Sohn erklärt sich tatsächlich einverstanden, in die Fußstapfen des Vaters zu treten. Allerdings will er unbedingt sofort nach Wien ziehen, um sich, wie er argumentiert, die Möglichkeit offenzuhalten, nach der Ausbildung neben seiner Berufstätigkeit doch noch ein selbstfinanziertes Jusstudium in Angriff zu nehmen, sobald er es sich leisten kann.

Wien ist Adolf Bitter gar nicht recht, nur kann er bei soviel Strebsamkeit des Sprösslings schwerlich nein sagen. In der roten Großstadt wurde kürzlich mit dem Republikanischen Schutzbund eine weitere bis an die Zähne bewaffnete paramilitärische Truppe aufgestellt, als defensives Gegengewicht zu den bereits bestehenden Heimwehren, wie es hieß. Aber was heißt schon defensiv, wenn auf allen Seiten wie wild marschiert wird, auch auf der ganz rechten, wo freilich zum Glück der Spaltpilz wütet. Da genügt ein Funke, und das ganze Pulverfass fliegt in die Luft.

II

Fritz Bitter zieht sein Vorhaben also durch, und wie. Schon ab dem ersten Juli 1924, er wird einundzwanzig an diesem Tag, lebt der junge Mann in der Bundeshauptstadt. Als braver Sohn hält er die Eltern anfangs auf dem laufenden und kann einen Erfolg nach dem anderen berichten: Die Grundausbildung schließt er binnen zwei Jahren mit Vorzug ab, als Wachmann und später als Oberwachmann versieht er sodann in Währing umsichtig Streifendienst.

Obwohl er seine Ankündigung wahrmacht und parallel tatsächlich an der juridischen Fakultät zu studieren beginnt, bildet Fritz sich auch als Polizist intensiv weiter: Er absolviert den Telegraphen- und den Revierinspektorkurs; als die berittene Sicherheitswache zum Reitunterricht einlädt, schwingt er sich sofort begeistert aufs Pferd; außerdem heuert er bei einer Spezialtruppe für Krisen aller Art an, der sogenannten Alarmabteilung, wofür er sich in eine avancierte militärische Ausbildung stürzen muss. Als MP-Schütze bei der fünften Reservekompanie harrt er sodann der Dinge, die spätestens im Februar 1934 und im darauffolgenden Sommer kommen werden.

Frauen, man muss es wohl so ausdrücken, garnieren dieses ausgefüllte Leben, sein Mittelpunkt sind sie nicht, werden es nie werden, selbst die beiden Gattinnen werden sich da noch eine Ewigkeit nach seinem Tod etwas vormachen, aber gegen die Blindheit der Liebe ist eben kein Kraut gewachsen. Der junge Mann genießt es sichtlich, dass er so gut ankommt bei den Damen, wobei es ihm vor allem ums Erobern geht, den

Nervenkitzel, die Bestätigung, also letztlich um ihn selbst. Andererseits blendet er sogar die ihm am nächsten stehenden weiblichen Wesen komplett aus, wenn er sich in jener geschlossenen Männerwelt uniformierter Organe bewegt, die ihn fasziniert, für die er sich abrackert, von der er sich im Gegenzug natürlich ebenfalls regelmäßige Belohnungen erwartet, Titel, Ämter, Geld, Macht.

1941 wird dem Vater zweier kleiner Töchter und seit zwölf Jahren verheirateten Ehemann, Herrn Regierungsrat SS-Sturmbannführer Dr. Friedrich Bitter zum Beispiel mühelos das Kunststück gelingen, auf vollen vier Seiten seines maschingeschriebenen, ansonsten penibel verfassten Lebenslaufs den Eindruck zu erwekken, die Erschaffung des Weibes aus Adams Rippe stünde noch bevor. Solche Geschöpfe scheint es für ihn überhaupt nicht zu geben. Gleich zu Beginn kommt er am ersten Juli 1903 ausschließlich als Sohn des Adolf Bitter zur Welt, wahrscheinlich bringt ihn der Storch.

Wirklich lieben tut Fritz die Bewegung, aber blauäugig ist er nicht. Er setzt viel, aber keineswegs alles auf die Karte Hitler. Das Risiko, das er auf sich nimmt, geht er mindestens so sehr um des Risikos, seiner Spielleidenschaft willen ein wie aus Idealismus für die große Sache. Von Anfang an reizt ihn aus dem gleichen Grund in erster Linie eine Geheimdienstkarriere. Dafür stellt er schon jetzt, wo die Hitlerei in Österreich noch so gut wie keine Rolle spielt, die ersten Weichen.

Im November 1930 gehen die Nazis bei der Nationalratswahl gänzlich leer aus, gerade einmal drei Prozent der Stimmen können sie auf sich vereinigen. Erst jetzt werden in Österreich richtig professionelle Strukturen etabliert, und Fritz Bitter ist ein Mann der ersten Stunde. Am zehnten März 1931 tritt er der NSDAP,

Ortsgruppe Gersthof II bei. Die wird gleich als reine Polizeigruppe aufgebaut und verhält sich daher verständlicherweise konspirativ.

Man begegnet dem umtriebigen Endzwanziger in diesen Jahren natürlich auch, freilich mit abnehmender Tendenz, im traditionellen Burschenschaftermilieu, wesentlich öfter jedoch in den Hörsälen der altehrwürdigen Universität. Um die nötigen Lehrveranstaltungen besuchen zu können, muss Fritz häufig Dienste tauschen. Seine Vorgesetzten unterstützen den ehrgeizigen Gendarmensohn vom Land dabei nach Kräften, denn sein Engagement ist in allen Bereichen vorbildlich.

In der kargen Freizeit büffelt der Studiosus daheim meist dicke Vorlesungsskripten. Er ist fester denn je entschlossen, das Doktorat zu erwerben und, akademisch wie praktisch gleich gut qualifiziert, der Partei und ihrem charismatischen Führer, einem engeren Landsmann aus dem Innviertel übrigens, nach der Machtergreifung dort zu dienen, wo ein Fritz Bitter der eigenen Einschätzung nach hingehört, weit oben. Sehr lange kann es jetzt wohl nicht mehr dauern

Rückschläge bleiben indes nicht aus. Während draußen im Reich Anfang 1933 die ersehnte neue Zeit anbricht, kommt es in Österreich im Juni zu einem NSDAP-Betätigungsverbot, das Fritz nötigt, noch vorsichtiger zu agieren als bisher und schließlich sogar der eben gegründeten Vaterländischen Front beizutreten. Immerhin ist er Staatsdiener. Fünfzehn Jahre danach wird der Angeklagte Bitter dem Volksgericht weismachen wollen, den Nazis von nun an bis zum Anschluss tatsächlich den Rücken gekehrt zu haben. Wenigstens dieses Märchen wird ihm nicht geglaubt werden.

1934 geht es so richtig los, es wird zum Schlüsseljahr für Österreich und den späteren Alten Kämpfer Fritz Bitter. Die Ereignisse überschlagen sich: Zuerst der Bürgerkrieg, in dem er die verachtete austrofaschistische Diktatur mit der Waffe gegen die verhasste, judendurchsetzte Sozialdemokratie und anderes linkes Gesindel stabilisieren helfen muss. Dabei schlägt er sich offenbar so hervorragend, dass er noch im blutigen Februar zum Revierinspektor, zum stellvertretenden Kommandanten des Kommissariatswachzimmers in der Währinger Kreuzgasse sowie zum Zugskommandanten bei seiner Reservekompanie der Alarmabteilung befördert wird.

Dann, am achten Juni, promoviert Friedrich Bitter zum Doktor beider Rechte, was der Rieder Volkszeitung einen eigenen Artikel wert ist und dem Bürgermeister von Schärding ein ausführliches Gratulationsschreiben an den stolzen Vater, der mit Karoline extra zur Promotionsfeier angereist kommt und auf den aus diesem Anlass aufgenommenen Fotos strahlt wie ein frisch lackiertes Hutschpferd. Es folgt der Juliputsch der Nationalsozialisten, bei dem der Bundeskanzler umkommt.

Bitter schätzt die Lage richtig ein: Er hält die Zeit noch nicht für gekommen und verzichtet auf eine aktive Beteiligung an dem gescheiterten Umsturzversuch, auch wenn er mit logistischer Unterstützung seines Turnerbundes erfolgt und von der Turnerbundhalle in der Wiener Siebensterngasse ausgeht. Immerhin kann Fritz dafür sorgen, dass ihm ein Einsatz gegen seine kämpfenden NS-Kameraden erspart bleibt. Er hat sich rechtzeitig Urlaub genommen und ist verreist, als man losschlägt.

Ungeachtet aller ideologischen Vorbehalte möchte er schon im Ständestaat unbedingt als vollwertiger Jurist

Beschäftigung finden, beantragt zunächst einmal die Überleitung in den Konzeptsdienst. Mit Verweis auf seine trotz aller Vorsicht kürzlich durchgesickerte dubiose politische Einstellung werden ihm nach dem Dollfuß-Mord auf Beamtenebene aber alle weiteren Karriereschritte verwehrt. Stattdessen muss der Herr Doktor auch in Zukunft als gewöhnlicher Revierinspektor Streifendienst schieben, eine Demütigung ist das.

Wäre da nicht sein unerschütterlicher Glaube an das baldige Aufgehen Österreichs im Reich, Fritz Bitter, ganz offensichtlich in der beruflichen Sackgasse, müsste schier verzweifeln. Für einen wie ihn aber gilt zu allen Zeiten: Jetzt erst recht! Keine zwei Monate nach der Promotion und nur eine Woche nach dem dilettantisch gescheiterten Putsch mit seinen Hunderten Toten wird er in die SS aufgenommen. Ab sofort wird ein anderer Wind wehen. Umgehend erhält der dynamische Neuzugang Order, einen Nachrichtensturm aufzustellen und zu führen, den fünften der SS-Standarte 89. Das ist übrigens jene, die für das Eindringen ins Bundeskanzleramt und den Mord an Dollfuß verantwortlich zeichnet. Berührungsängste kennt Bitter also keine.

An die achtzig Mann hat der Herr Hauptscharführer, Illegalität hin oder her, da bald unter seinem Kommando. Die Weichen sind wie gesagt gestellt, seine späteren Arbeitsschwerpunkte im Sicherheitsdienst kristallisieren sich spätestens jetzt heraus. Derzeit umfassen sie dienstliche Wahrnehmungen bezüglich der verbotenen NSDAP und ihrer Bekämpfung, damit verbunden frühzeitige und effektive Warnungen, wann immer polizeiliche Verfolgungsmaßnahmen gegen NS-Funktionäre bevorstehen, sowie die Organisation regelmäßiger Kontakte zwischen Gesinnungsgenossen unter den Angehörigen der Wiener Sicherheitswache.

Im Mai 1935 führt eine anonyme Anzeige sogar zu staatspolizeilichen Ermittlungen gegen ihn und einige andere im Untergrund tätige führende NS-Aktivisten, die freilich im Sand verlaufen. Alle halten vorbildlich dicht. Bitter feixt, selbst Polizeirat Dr. Böhm persönlich habe vergeblich versucht, ihm auf die Schliche zu kommen.

Dabei ist unauffälliges Überwintern seine Sache nicht. Es muss sich dauernd etwas rühren, Fritz will um jeden Preis vorankommen. Der Mann hat sogar die Chuzpe, sich 1936 für die neugegründete Offiziersakademie zu bewerben, weswegen sein bisheriger Lebensweg abermals genau durchleuchtet wird. Kann ihn die prompte Ablehnung, Begründung wie oben, wirklich überraschen?

Doch die Durststrecke neigt sich langsam ihrem Ende zu. Nach der von Hitler erpressten neuerlichen Legalisierung der NSDAP in Österreich gehört Dr. Friedrich Bitter zu jenen, die für den Tag X in Stellung gebracht werden, nicht als gemeiner Handlanger, sondern in verantwortungsvoller Funktion. Als Polizist muss er sich vorläufig aber weiter klandestin verhalten.

Dass die Hauptperson einmal Fritz und dann wieder Friedrich genannt wird in diesem Roman, hat nichts mit angemaßter Vertrautheit oder gar mit Schlampigkeit zu tun. Er selbst schwankt das ganze Leben zwischen beiden Versionen seines Vornamens. Privat ist er zwar ziemlich selten der Friedrich, in beruflichen Zusammenhängen und als NS-Aktivist aber desto öfter auch der Fritz. Für ihn klingt die Kurzform keineswegs gemütlich und kumpelhaft, sondern, ganz im Gegenteil, zackig und dynamisch, preußisch irgendwie. Man denke nur an den berühmten Alten Fritz.

So kommt es, dass Bitter sogar in offiziellen Dokumenten und in jenen Schriften, die ihm dereinst nachspüren werden, einmal als Fritz, dann wieder als Friedrich firmiert. Was prompt zur Folge haben wird, dass Friedrich und Fritz Bitter sich in den diversen Archiven die Verfehlungen eines einzigen Lebens brüderlich teilen. Wer nur eine der beiden Vornamenvarianten präsent hat und in die Suchmaske eingibt, wird alles halb so schlimm finden müssen. Und als es für ihn richtig brenzlig zu werden droht, werden dem Glückspilz im fremdsprachigen Ausland ganz ohne sein Zutun irrtümlich sogar ein zweiter und ein dritter Familienname zuwachsen, die seine Spuren verwischen helfen. Doch damit genug der Vorgriffe.

Ach ja, Fritz hat, nur beiläufig wurde es bisher erwähnt, schon 1929 geheiratet. Viel Aufhebens machte er wie gesagt nie darum, weder führte sein Einlaufen in den Ehehafen nachhaltig dazu, dass er fremde Weiberröcke Weiberröcke sein ließ, noch schränkte er sich in seinen vielfältigen Berufs- und Freizeitaktivitäten zugunsten der Primärbeziehung auch nur im geringsten ein.

Maria Elisabeth heißt die mehr oder weniger Glückliche, Privatbeamtin und drei Jahre jünger als ihr Fritz. Sie stammt aus der kleinen Gemeinde Wildungsmauer an der Donau, knapp vierzig Kilometer östlich von Wien. Von ihm meist Marliese genannt, ist sie für alle anderen die Liesl. Die Eltern wollten sie nämlich eigentlich auf Elisabeth Maria taufen lassen, aber der Pfarrer, seines ansehnlichen Alkoholkonsums wegen berüchtigt für abenteuerliche Verschreiber, patzte wieder einmal. In der Gegend laufen aus demselben Grund sogar Geschwister herum, deren Nachnamen sich wundersam durch Kleinigkeiten unterscheiden. Man nimmt es hin.

Liesls inzwischen verstorbener Vater war lange Volksschuldirektor im Dorf und der überkommenen Ordnung innig verbunden, übrigens auch dem Herrn Pfarrer, mit dem er so manches Glas leerte. Die Familie hatte an sich stets ihr Auskommen, gleich vier Brüder gehörten neben Liesl zur Kinderschar, aber ihre Jugend fällt zum Gutteil in den Weltkrieg samt der großen Krise danach. Noch im hohen Alter wird die Dame sich an die Entbehrungen jener Jahre erinnern.

Ein einziger einsamer Schlittschuh, von wo er herkam, wusste niemand zu sagen, diente den Fünfen im Winter, wenn der Dorfteich zugefroren war, zum Schleifen. Schleifen, dieses billige Vergnügen bestand aus humpelnd Anlauf nehmen, und zwar mit dem Schlittschuh am einen und einem Winterstiefel am anderen Fuß. Dann glitt man auf einem Bein, dem mit der Kufe darunter, ein Stück ungeschickt bis halbwegs elegant dahin. Liesl kam so gut wie nie an die Reihe, die vier Buben setzten sich ganz selbstverständlich regelmäßig durch. Sie wehrte sich nicht.

Das Mädchen zog sich sowieso gerne zurück, stierte etwa stundenlang aus dem Fenster auf die Bäume draußen, die in seiner Phantasie lebendig wurden, anders lebendig freilich, als Pflanzen gewöhnlich sind. Liesl ordnete ihnen Charaktere zu, sah Gestalten in ihnen, menschliche, tierische, gespenstische, gute und böse, dachte sich Geschichten aus dazu. Das mochte die Mutter gar nicht gern, sie war ein praktischer Mensch und hatte keinen Sinn für solche Phantastereien, überhaupt für den Müßiggang. Aber auch während des nützlichen Federnschleißens an langen Winterabenden konnte man im Kopf ganz woanders sein.

Liesl gehörte zu jenen auserwählten Kindern, die in der bitteren Not nach dem Ende der Habsburgermonarchie für einige Zeit ins weniger zum Handkuss gekommene Ausland geschickt wurden, um dort wieder aufgepäppelt zu werden. Monatlich gingen zum Beispiel von Wien ganze Züge mit dem Ziel Dänemark ab, das sich in diesem Zusammenhang große Verdienste erwarb. In einem dieser Waggons saß sie. Das Sprachentalent konnte fließend Dänisch, als es zurückkam.

Dabei hätte für Maria Elisabeth alles ganz anders kommen können. Ihre Pflegefamilie wollte sie nämlich unbedingt adoptieren, und weil sie sich so schnell eingelebt hatte, verwöhnt und, ja, geliebt fand, wusste sie selbst nicht mehr recht, wo ihr Platz sein sollte, bis der Vater ein Machtwort sprach und seine einzige Tochter zurückbeorderte.

Liesl ist schöngeistig veranlagt, liest für ihr Leben gern, durfte sogar das Gymnasium besuchen und dann einem Büroberuf nachgehen, alles andere als selbstverständlich für ein Mädchen. Ihrem späteren Mann begegnete sie bald, Anfang zwanzig war sie da und völlig verzweifelt.

Wenn schon der Tochter in ökonomisch tristen Zeiten trotz aller Einschränkungen eine höhere Schulbildung ermöglicht wurde, so galt das natürlich erst recht für die Söhne. Der Schuldirektor von Wildungsmauer war aber andererseits ein strenger Vater, der unerbittlich die Konsequenzen zog, wenn ihn eines seiner Kinder enttäuschte.

Liesls Lieblingsbruder Karl wählte, ähnlich wie Fritz Bitter, nach der Matura den soliden und angesehenen Beruf eines Sicherheitswachebeamten. So lernten sich die beiden kennen. Es war keine enge Freundschaft, aber die beiden Nachwuchspolizisten, Fritz war der etwas ältere, kamen gut miteinander aus. Bei irgendeiner Gelegenheit war auch Liesl mit von der Partie,

Fritz legte den Schalter um und packte den Vollblutcharmeur aus, aber ihr war noch gar nicht nach einer Partnerschaft, und ohne das schreckliche Verhängnis hätten sie wahrscheinlich nie zueinander gefunden.

Es war eine besoffene Geschichte an der Dienststelle, die Gründe sind nicht mehr zu rekonstruieren. Karl verlor jedenfalls komplett die Kontrolle über sich und trat sogar seinen Spind ein. Das bedeutete das Ende seiner Polizeikarriere. Als der Vater davon erfuhr, erteilte er ihm wutschnaubend Hausverbot und wollte nichts mehr wissen von ihm. Da setzte Karl seinem Leben ein Ende. Liesl schreckte in der Nacht, als es geschah, aus dem Schlaf auf, weil sie, wie sie später beteuerte, den Bruder ganz deutlich um Hilfe rufen hörte. Sie war tagelang völlig außer sich.

Fritz kondolierte der Familie, nahm am Begräbnis teil und fand der apathischen Maria Elisabeth gegenüber den richtigen Ton, die richtigen Gesten. Er bot ihr ein offenes Ohr an, falls es sie einmal drängen sollte, sich mit jemandem auszusprechen. Ihm zu unterstellen, das alles aus Berechnung getan zu haben, wäre unredlich, ausgeschlossen ist es nicht.

Er bewies, da derweil an Befriedigungsmöglichkeiten für seine Triebe kein Mangel bestand, Geduld und vornehme Zurückhaltung, bis die Zeit reif war. Seither sind sie ein Paar. Nach wie vor kann er zauberhaft sein, allerdings geschieht das immer seltener. Wenigstens ihr gegenüber. Denn verlernt hat er nichts. Sobald er nämlich anderen Vertreterinnen des schwachen Geschlechts zu imponieren trachtet, besinnt er sich sehr wohl auf diese seine Qualitäten. Marliese leidet fürchterlich unter seinen Eskapaden, duldet still, macht ihm Szenen, resigniert, der Groll wird sich anstauen und irgendwann eruptiv zutage treten. Da wird Fritz, in der Fremde gerade mit vieltausendfachem Menschenausschalten mehr als ausgelastet, dann aus allen Wolken fallen. Sie wird die Kinder zusammmenpacken, ihn verlassen und doch nie loskommen von ihm im Kopf.

Seine blinde Begeisterung für Hitler und dessen mehrheitlich ungehobelte Anhängerschaft teilt Marliese ganz und gar nicht, aber der Frauenheld stört sie entschieden mehr als der glühende Nazi. Sie stammt aus einem monarchistischen, autoritätsgläubigen Elternhaus, ist selbst weitgehend unpolitisch. Nie wird sie sich etwa der nationalsozialistischen Frauenschaft oder einer anderen dieser Vorfeldorganisationen anschließen, von der Partei selbst ganz zu schweigen. Sie wird nicht aus der katholischen Kirche austreten, wie Fritz sich das wünscht, und als kurz nach der Geburt der jüngeren Tochter Komplikationen eintreten, wird Marliese für eine Nottaufe sorgen. Regulär getauft werden die Kinder erst nach dem Krieg.

Apropos: Es ist einigermaßen erstaunlich, dass sich erst neun Jahre nach der Hochzeit zum ersten Mal Nachwuchs im Hause Bitter ankündigt, und das zu einem überaus ungünstigen Zeitpunkt. Denn der erhoffte Stammhalter wird ausgerechnet in den turbulenten Wochen gleich nach dem Eintritt der Heimat des Führers ins Reich zur Welt kommen und sich überdies als Mädchen entpuppen. Ein schwacher Trost für den Vater: Der Säugling wird zu den ersten im ausgelöschten Österreich zählen, die als Deutsche geboren werden.

Viel Zeit für diese Waltraud wird Fritz, im Dienste seiner Herrschaft bald in halb Europa unterwegs, zum Geburtstermin immerhin bereits in Wiener Neustadt absolut unabkömmlich, verständlicherweise nicht aufbringen können, noch weniger für das zweite Kind, wieder bloß eine Tochter, die ihm dann während des Krieges unterlaufen wird. Nach seinen Jahren in der Ukraine, in Italien sowie als Kriegsgefangener der Alliierten in England und Deutschland wird Traudl dem Vater noch genau zweimal begegnen, einmal davon seinem leblosen Körper am Sterbebett.

Auch Fritz' einzige Schwester in Linz, der Marliese übrigens auffallend ähnlich sieht, hat ein Mädchen geboren. Das ist aber schon fast zehn Jahre her und ziemlich am Anfang ihrer ungewöhnlich harmonischen Ehe gewesen. Annemaries Auserwählter war ausgerechnet, den Vater dürfte es wohl mehr gefreut haben als den Bruder, ein österreichischer Patriot und aufstrebender Polizeibeamter, vom Land wie sie und aus einer kinderreichen Familie.

Der gelernte Messerschmied aus Steyrling in den oberösterreichischen Voralpen, Jahrgang 1897, hatte im Ersten Weltkrieg bei der Luftfahrttruppe gedient, bevor er die Gendarmenlaufbahn einschlug. Dem Bezirkskommando Schärding zugeteilt, lernte er über seinen Chef die Anni kennen und lieben. Als Landgendarm wollte der Pepi aber nicht alt werden, weswegen er in Wien die Kriminalbeamtenakademie absolvierte. 1928 zog er mit seiner Frau und der neugeborenen Tochter nach Linz, wo er die Karriereleiter Sprosse für Sprosse emporklomm.

Kriminal-Oberinspektor Josef Schmerl verbindet so manches mit dem von Anni angehimmelten Fritz, nicht nur der Beruf. Auch Pepi schaut recht gut aus, ist ehrgeizig und ebenfalls kein Kind von Traurigkeit. Mühelos kann er, in letzter Zeit ist das freilich nur noch selten der Fall, einen ganzen Saal unterhalten.

Das Trennende aber überwiegt eindeutig. Kaum eine Erwähnung wert sind da vergleichsweise Schmerls zwei linke Hände, denn auch Annemarie weiß sich, geht es um handwerkliches Geschick, fast immer selbst zu helfen wie ihr Bruder. In der Regel tut der gute Pepi zwar so, als wolle er tatkräftig zupacken, doch steht er, tolpatschig, wie er ist, meistens bloß im Weg herum. Auch dass er zwar liebend gern, aber ohrenbetäubend falsch singt und für Musik ganz allgemein so überhaupt kein Gespür hat, unterscheidet Annis Mann erheblich von Fritz: Wie man nur ein solches Saugehör haben kann!

Stärker ins Gewicht fällt, dass Josef Schmerl im Gegensatz zum Schwager in Wien bedingungslos an dieses klerikal geprägte Österreich glaubt und nicht bloß beamtetes Pflichtmitglied bei der Vaterländischen Front ist. Sein privates Fotoalbum herausragender beruflicher Ereignisse leitet er mit folgenden Worten ein: *Mein Leitspruch: »Ich diene«. In meinem Wirken: »Alles mit Gott«.* Am autoritären Staatsgebilde hat er, wenigstens nach außen hin, kaum etwas auszusetzen.

Schmerl hat es bei der Bundespolizeidirektion Linz neben anderen Funktionen zum Chef des Personenschutzes gebracht. Auf den Bildern seiner Sammlung erkennt man den wohlgenährten, aber nicht wirklich übergewichtigen Gatten Annemaries in unauffälligem Zivil an der Seite der politischen Elite. Wenn Bundespräsident Wilhelm Miklas 1932 das neue Badehaus in Schallerbach eröffnet, Bundeskanzler Engelbert Dollfuß einige Wochen nach den Februarkämpfen vor mehr als fünfzigtausend Menschen auf dem Linzer Franz-Joseph-Platz das Wort ergreift oder Landeshauptmann Heinrich Gleißner bei einer Heimwehrkundgebung in Schärding die Front der motorisierten Einsatzkräfte abschreitet, Josef Schmerl, dessen Haaransatz über die Jahre langsam nach oben wandert, ist immer dabei.

Auf seinen Fotos liegen auch die Toten des Bürgerkriegs 1934 in ihrem Blut und die entgleisten Waggons des Attentats auf den Pariser Nachtschnellzug wenige Kilometer vor der Landeshauptstadt nur Wochen später kreuz und quer neben den zerstörten Gleisanlagen. Der scheinbar unendlich lange Burschenschafter-Festzug über die Landstraße zum Franz-Joseph-Platz und weiter hinaus zum Anschlussturm an der Donau ist genauso vertreten wie eine Unzahl von Aufmärschen paramilitärischer Einheiten und eine katholische Prozession mit dem Linzer Bischof an der Spitze.

Schmerl leitet jetzt vor allem die Sitte. Am meisten Probleme macht ihm dabei nicht etwa, wie zu erwarten wäre, das einigermaßen berechenbare Gunstgewerbe, sondern eine ganz andere, auf den ersten Blick unerwartete Klientel, die homosexuellen Priester, und solche gibt es mehr, als man gemeinhin glaubt. Nun ist Homosexualität an sich schon ein Straftatbestand, dazu kommen aber noch die unliebsamen Vorkommnisse mit Minderjährigen. Erst deretwegen werden die geistlichen Herren zuweilen aktenkundig, ekelerregenden Geschichten muss da oft nachgegangen werden.

Am unangenehmsten in diesem Zusammenhang sind freilich die regelmäßigen Interventionen hoher kirchlicher Stellen, entsprechende Ermittlungen möglichst im Sand verlaufen zu lassen. Gewöhnlich verkündet man Schmerl, die Causa intern regeln zu wollen und den Sünder zuverlässig vom Tatort abzuziehen. Im Klartext heißt das, der Gottesmann wird zwangsversetzt und darf im übrigen weiterwerken, als ob nichts geschehen wäre.

Derlei Meinungsäußerung aus dem bischöflichen Umfeld ist im katholischen Ständestaat als Machtwort aufzufassen, jedes Beharren auf weiteren Untersuchungen eine überaus riskante Gratwanderung, die die Karriere kosten kann. Josef Schmerl fügt sich fast immer widerstandslos, auch wenn ihn das schwer belastet. Und doch, in seinem tiefen Glauben an eine göttliche Ordnung, wo immer er ihn auch hergenommen hat, lässt er sich durch die Machenschaften des Klerus nicht erschüttern. Zwei paar Stiefel seien das.

Seiner abgöttisch geliebten Frau und der neunjährigen, hellwachen Tochter Anneliese möchte er vorleben, dass auch treue Pflichterfüllung und Hass auf Menschen anderer Gesinnung zwei paar Stiefel sind. In der näheren Umgebung der Schmerl-Wohnung in der Linzer Auerspergstraße gab es bis vor kurzem zum Beispiel gleich mehrere Familien inhaftierter Kommunisten, Sozialdemokraten und Nationalsozialisten, die nicht zuletzt durch sein Zutun im Anhaltelager Wöllersdorf oder im Linzer Gefängnis einsaßen. Um die Angehörigen in ihrer materiellen Not kümmerte Schmerl sich als Privatmann, aus christlicher Überzeugung, wie er sagte, er half den Frauen bei Amtsgängen und trug dafür Sorge, dass die Kinder nicht Hunger leiden mussten. Ihn schienen die Widersprüche, die sich für andere daraus ergeben mochten, nicht zu tangieren.

Vor allem für die Nazis ist Kriminal-Oberinspektor Schmerl, dessen nächste Beförderung im April 1938, also schon in wenigen Wochen ansteht, trotzdem nach wie vor ein rotes Tuch. In seiner früheren Funktion hat er sich nämlich bei der Bekämpfung nationalsozialistischer Umtriebe während der Verbotszeit besonders hervorgetan.

Zu Hause erzählt der Pepi vom Berufsalltag nicht nur aus Gründen der amtlichen Verschwiegenheit kaum. Den Schmutz lassen wir besser vor der Tür, pflegt er auf die Frage seiner Frau, ob es etwas Neues gebe, zu antworten. Gott sei Dank bin ich jetzt daheim.

Als Anneliese noch jünger war, wunderte sie sich, warum der Vati sich so oft schmutzig machen musste im Büro, und mehr noch wunderte sie sich darüber, dass es ihm offenbar jedes Mal gelang, den Dreck auf dem Nachhauseweg tatsächlich komplett abzustreifen, denn bis auf die leicht kotigen Schuhe, wenn schlechtes Wetter war, fand sie nichts, aber auch gar nichts auszusetzen an ihm.

Läutete zu seiner Zeit am Abend die Türglocke, stürzte das Kind gleich begeistert ins Vorzimmer und forderte: Bitte eine große Gaudi! Und dann machte der Vati zum Beispiel auf dem Absatz kehrt, verschwand zurück auf den Gang, zog die Wohnungstür zu, öffnete sie gleich wieder, stolperte absichtlich über die Holzschwelle, torkelte, drohte gar, über seine eigenen Beine zu fallen. Der Hut rutschte ihm vom Kopf, vergeblich versuchte er, ihn im Fallen zu erhaschen, wobei ihm prompt die Aktentasche entglitt. Manchmal erfing sich der Clownvater erst im Türrahmen zur Küche, wo er sich mit scheinbar letzter Kraft abstützte. Dann lehnte er sich an, stöhnte laut und schüttelte sich kräftig. Na so was! grummelte er schließlich, runzelte die Stirn dabei, kratzte sich und schaute verdattert drein wie der letzte Dorftrottel oder die Komiker aus den Stummfilmen, von denen er sich einiges abgeschaut haben dürfte. Auch Anneliese schüttelte sich, aber vor Lachen.

Auch mit Onkel Fritz konnte man eine richtige Gaudi haben. Der kam zwar selten auf Besuch, weil er so weit weg wohnt, aber besonders bei Familienausflügen mit den Eltern und seiner Frau, Tante Liesl, seit dem Vorjahr Annelieses Firmpatin, ist es oft lustig zugegangen. Einer davon fiel übrigens auf den dritten Juli

1934, also in die wenigen Wochen zwischen Fritz Bitters Promotion und dem Juliputsch der Nationalsozialisten.

Auf dem Gruppenbild, das bei dieser Gelegenheit aufgenommen wurde, steht die kleine Anneliese mit ihren blonden Zöpfen im kurzärmeligen hellen Kleidchen, das zu warme Mäntelchen über den Arm geschlagen, vor ihrer Mutter, daneben Pater Ägyd und an seiner Seite der frischgebackene Onkel Doktor Fritz, wie der Kindermund es zum Gaudium der Erwachsenen formulierte, samt seiner Gattin. Viel spricht dafür, dass Schwager Pepi auf den Auslöser gedrückt hat.

Ort der Handlung, das mag noch entschieden mehr verwundern als der Ordenspriester auf dem Foto, ist ausgerechnet das oberösterreichische Zisterzienserstift Wilhering, aus dem das radikale Element Bitter gut zehn Jahre zuvor entfernt wurde. Und noch verwunderlicher: Der vierzehn Jahre ältere Mönch und Religionslehrer, seit 1917 Konviktsleiter und im Gegensatz zu den meisten Mitbrüdern großdeutschen Ideen gegenüber, wie es heißt, durchaus aufgeschlossen, hat sich eingehängt bei Fritz, umgreift mit seiner rechten Hand ganz selbstverständlich den Unterarm des Gastes. Nein, ihre Vertrautheit ist keine Einbildung. Als es ans Sterben geht, wird Bitter auf diesen Pater Ägyd zurückgreifen.

1938 werden die Nationalsozialisten zunächst die Schule und das Internat schließen. Ägyd wird sich fortan der Stiftskellerei widmen, bis es zur Aufhebung des gesamten Klosters kommt. Während die meisten Wilheringer Patres nun bis hin nach Dachau in alle Winde zerstreut sind, werden die neuen Herren Ägyd die Leitung der ehemaligen Klosterbetriebe anvertrauen. Einiges später, als draußen im Feld bereits arg

Not am Mann ist, wird der Mittfünfziger gar den Priester- mit dem Soldatenrock vertauschen. *P. Ägyd wurde kriegsverpflichtet für die Heimat,* wird die diesbezügliche Formulierung 1958 im Nachruf auf den im letzten Februar Verstorbenen heißen, der im Jahresbericht des längst wiedereröffneten Stiftsgymnasiums nachzulesen ist.

Ob jemand aus Bitters Begleitung an diesem durchwachsenen Julitag, Marliese vielleicht ausgenommen, Ägyds Sympathien für die nationale Gesinnung des ehemaligen Schülers Fritz bekannt sind? Wohl kaum. Auf den ersten Blick macht diese Aufnahme jedenfalls gut nachvollziehbar, warum die Familie, zumindest ihr weiblicher Teil, allen Grund zur Annahme hatte, Fritz sei in geordnete Bahnen eingeschwenkt und habe die blöde Hitlerei hinter sich gelassen.

1935 dann, als die Staatspolizei in Wien hinter Bitter her war, bekam der Linzer Schwager natürlich schnell Wind davon, und Oberinspektor Josef Schmerl redete seiner Frau gegenüber ausnahmsweise doch von dienstlichen Angelegenheiten. Weder den Eltern noch Annemarie hatte Fritz zuvor reinen Wein eingeschenkt. Die Aufregung war groß, weniger beim vor einiger Zeit in den verdienten dauernden Ruhestand übergetretenen Vater, der angesichts der nationalsozialistischen Machtübernahme im Reich längst alle Illusionen über die einst erhoffte Läuterung seines Sohnes begraben hatte, umso mehr dafür bei Mutter und Schwester.

Die Situation ist ziemlich delikat. Jetzt, da die Nazis wieder Oberwasser haben und sich in Österreich frei betätigen können, sieht Hauptscharführer Doktor Friedrich Bitter schon gar keinen Anlass mehr, sich der eigenen Familie gegenüber bedeckt zu halten. Seinem Schwager offenbart er im Vertrauen, weit oben auf einschlägigen Listen zu stehen. Wenn es soweit sein wird, kann er sich auf einiges gefasst machen. Der weiß das natürlich schon vorher, und doch hat es eine andere Qualität, davon aus dem Mund des Bruders der eigenen Frau zu hören.

III

Gleich mehrere Jahrzehnte sind in den beiden ersten Kapiteln verstaut worden, das dritte dagegen erzählt ausgewählte Geschehnisse bloß einer einzigen turbulenten Woche, der allerersten nach dem Anschluss, der allerletzten im kurzen Leben des Kriminal-Oberinspektors Josef Schmerl.

Am Abend des elften März 1938 ist Fritz Bitter bei der Oper am Ring offiziell für die Polizeialarmabteilung als Zugskommandant der fünften Reservekompanie in Diensten jenes Staates im Einsatz, der im Begriff ist, sich aufzulösen. Helle Aufregung und Chaos herrschen in Wien, unbändige Begeisterung bei den einen, Trauer, nackte Angst gar bei anderen: Was sich da gerade abspielt, lässt jedenfalls kaum jemanden kalt.

Soeben überträgt der Rundfunk Schuschniggs dramatische letzte Ansprache, in der der Kanzler seinen und den Rücktritt der Regierung bekanntgibt, de facto das Ende Österreichs. Man würde der Gewalt weichen. Bundespräsident Wilhelm Miklas, seit zehn Jahren im Amt, bei entscheidenden Weichenstellungen für das Land bisher stets schlecht beraten und als rückgratlos verschrien, führt heute überraschend einen aussichtslosen Abwehrkampf. Er will nicht den Hampelmann spielen, der dem, was da kommen wird, das Mäntelchen der Legitimität umhängt. Immer noch findet er sich daher nicht bereit, den Nationalsozialisten Arthur Seyß-Inquart mit dem Amt des Bundeskanzlers zu betrauen. Hermann Göring wird bald zum Telefon greifen müssen und Miklas ein Ultimatum stellen.

Irgendwann in diesen Stunden schmückt Fritz Bitter wie viele andere, die gerade die Seite wechseln, seine österreichische Polizeiuniform mit der leuchtend roten Hakenkreuzbinde. Jetzt gilt es, wie seit langem vorbereitet, massiv Präsenz zu zeigen, strategische Punkte in der Innenstadt zu besetzen, wichtige Gebäude abzuriegeln. Zum Schutz des störrischen Präsidenten wird seine Kanzlei samt dem Bundeskanzleramt am Ballhausplatz von SS umstellt.

Hauptscharführer Bitter ist die ganze Nacht auf den Beinen, gegen fünf in der Früh landet sein oberster Chef, der Reichsführer-SS, auf dem Flugfeld Aspern. Umgehend setzen Massenverhaftungen ein, Himmler will die nötigen Operationen vor Ort begleiten, so eine Machtübernahme ist nämlich ein kompliziertes Unternehmen, alles muss laufen wie geschmiert, jedes Zahnrädchen an seinem Platz reibungslos funktionieren.

Bitters Platz ist derweil noch das ihm bestens vertraute Kommissariat Währing. In den späten Nachtstunden verfasst er, wie für den endlich eingetretenen Tag X vereinbart, ein Rundschreiben, mit welchem er den Kollegen die Errichtung einer SD-Dienststelle am Ort bekanntgibt und seine Wenigkeit als deren Chef. In Abschriften lässt er das Dokument bei Tagesanbruch an alle Referate und Wachzimmer des Kommissariats verteilen. Am Vormittag enthebt er persönlich seinen bisherigen Vorgesetzten, den Wachkommandanten Polizei-Oberstleutnant Josef Alois Gamohn seiner Funktion, schickt ihn nach Hause und tritt nun auch physisch an seine Stelle.

In einem Aufwaschen will Bitter, so wird er im Lebenslauf 1941 stolz berichten, gleich auch noch den Vorgesetzten seines Vorgesetzten abgesetzt und heimgeschickt haben. Franz Krusche wird das nach dem Krieg im Verfahren gegen Dr. Friedrich Bitter entschieden dementieren. Zwar sei seine Funktion als Stadthauptmann mit der Machtübernahme der Nazis ausgehöhlt und inhaltslos geworden, wird der Zeuge festhalten, aber weder habe Bitter, wie behauptet, von ihm die Schlüssel verlangt und erhalten, noch wurde er von ihm aufgefordert, das Büro zu verlassen. All dies sei erst am neunzehnten März erfolgt, da war Bitter längst über alle Berge.

Auch sein Schwager, Kriminal-Oberinspektor Josef Schmerl, erfährt knapp zweihundert Kilometer weiter im Westen zur selben Zeit wie Oberstleutnant Gamohn, er sei an seinem Arbeitsplatz nicht länger vonnöten. Die wenigen persönlichen Gegenstände, die er im Büro hat, darf er zusammenpacken und unbehelligt die Polizeidirektion in der Linzer Mozartstraße verlassen. Noch haben die neuen Herren hier andere Sorgen als die Abrechnung mit solchen wie ihm.

Langsamen Schrittes geht Schmerl über die Landstraße und den Schillerpark heim, überall Hakenkreuzfahnen, überall SA. Am Abend wird Adolf Hitler auf der Durchreise nach Wien in jener Stadt, in der die Vorsehung ihn hat aufwachsen lassen, an der er hängt, eine kurze Ansprache halten. Während seine tüchtigen Vollstrecker wie Schmerls Schwager Fritz jetzt alle Hände voll zu tun haben, bleibt Josef nur zuzuwarten, bis man ihn holen kommen wird. Flucht ist zwecklos.

Das Kind Anneliese spürt die gedrückte Stimmung. Die Eltern verbringen viel Zeit damit, Radio zu hören, sie tuscheln aufgeregt, ab und zu entfährt dem Vater ein lauter Satz, dann gestikuliert er wild, geht im Zimmer auf und ab, setzt sich wieder hin, vergräbt den Kopf in den Händen. Später vielleicht, meint er resigniert, als

Annemarie ihn beschwört, ihr zu erlauben, den Bruder telefonisch um seinen Beistand anzugehen.

Die Schmerls verbringen eine zweite Nacht weitgehend schlaflos, während Fritz sich endlich ein paar wenige Stunden Ruhe gönnen darf. Ab morgen, wurde ihm beschieden, wird er dem im Aufbau befindlichen Machtzentrum ein bedeutendes Stück näher rücken. Die friedliche Invasion ist in vollem Gange, Begeisterung, ja Verzückung am Straßenrand, wo immer der Führer vorbeikommt, alles läuft nach Plan, hervorragend, herrlich. Und der Volkszorn gegenüber dem frechen Judenpack entlädt sich, wo immer solches sich eingenistet hat, spontan und höchst phantasievoll. Fritz hat damit kein Problem, ganz im Gegenteil. Es entstehen jene verstörenden Bilddokumente, die dereinst in Österreichs Geschichtsbüchern zu finden sein werden.

Das Bezirkskommissariat Währing lässt Dr. Friedrich Bitter jetzt dauerhaft hinter sich. Endlich, mit vierunddreißig, setzt er zur seit langem erhofften Karriere an und ist mit Wirkung vom dreizehnten März für den höheren Dienst in der neuerrichteten Staatspolizeileitstelle Wien auserwählt. Bevor unmittelbar danach schon die nächste Beförderung ansteht, gilt es im Trubel des Umbruchs nicht nur die zahlreichen Organisationsbesprechungen hinter sich zu bringen, sondern auch so manches dringliche Geschäft, das ganze Männer ohne sentimentale Anwandlungen erfordert. Bitter ist schwer beschäftigt.

An diesem Tag wird auch Josef Schmerl festgenommen. Nur ein paar Wochen vor ihrem Tod mit zweiundachtzig wird Anneliese noch genau vor Augen haben, wo im Vorzimmer die fünf Leute stehen, die ihn abholen kommen, Gestapo und SA. Und wo der Vater steht. Gegen zehn Uhr am Abend ist es soweit,

Anneliese liegt schon eine Zeitlang im Bett, wälzt sich hin und her, auch sie tut sich mit dem Einschlafen alles andere als leicht. Da hört sie plötzlich das Sturmläuten, gleich darauf das ungeduldige Klopfen, die lauten Stimmen. Das Mädchen springt auf, schleicht sich im Nachthemd hinaus. Wird nicht weggeschickt. Links die Fremden, rechts der Vater, die Mutter im Türstock zur Küche, wo Vatis Gaudi so oft endete. Ihr Arm legt sich langsam um die Schulter des Kindes, das sich ängstlich an sie drückt. Anneliese wird ihr Leben lang genau im Kopf behalten, was jetzt gesprochen wird, jedenfalls wird sie das vehement behaupten. Nicht alles natürlich, sie ist ja noch klein, aber die wesentlichen Teile.

Viel wird auch gar nicht geredet. Das meiste scheint den Erwachsenen von vornherein klar zu sein, alle beteiligten Männer sind schließlich Spezialisten für das, was hier vor den Augen des Mädchens mit gespenstischer Ruhe und Gelassenheit abläuft. Bevor der Vater seine Dienstpistole aushändigt, bemerkt er unaufgeregt: Sie ist nicht geladen. Und bekommt zur Antwort: Das werde ich selbst feststellen. Ein sehr junger Beamter, bis gestern noch direkt dem Vater unterstellt, spricht ihn nun zum ersten Mal ohne Amtstitel an: Herr Schmerl, sagt er fast schüchtern, Sie werden vorläufig in Schutzhaft genommen. Und der Vater winkt ab, räuspert sich und entgegnet mit seltsam belegter Stimme: Danke, meine Herren, ich weiß genau, was mir bevorsteht.

Die Mutter packt geschwind den braunen Koffer, Anneliese ist mit ihr zurück ins Schlafzimmer gehuscht. Stumm warten die sechs Männer im Vorzimmer, bis sie damit fertig ist. Nur das Allernötigste, hat der Vater gemeint. Jetzt reicht sie ihrem Mann das

Gepäckstück, er nimmt es und stellt es gleich wieder ab. Er zieht sich den Mantel an, setzt den Hut auf, rückt ihn zurecht, hebt Anneliese wortlos hoch, drückt sie fest an sich, küsst sie auf die Stirn. Dann küsst er auch die Mutter, auf beide nassen Wangen. An seine allerletzten Worte wird Anneliese sich beim besten Willen nicht mehr erinnern können, sie wird das seltsam finden. Heil Hitler! sind jedenfalls die der Schergen.

Josef Schmerl wird wie etliche seiner Kollegen umgehend ins Polizeigefängnis eingeliefert, das ihm wohlvertraut ist. Gleich in der Nebenzelle sitzt Erich Ramml, ein anderer seiner direkt Untergebenen, und hört mit, wie man den Chef zum Verhör abholt. Man erwarte sich von ihm substantielle Informationen über hohe politische Funktionäre des abgelösten Regimes, erfährt Schmerl von dem Mann, der ihn mitnimmt. Er könne ihm nur dringend raten, nicht den Helden zu spielen, lieber solle er ohne Umschweife auspacken. Der Zellennachbar erkennt Schmerls Stimme sofort, als der laut, aber gefasst antwortet: Das kann ich gar nicht. Wir waren nämlich nicht dazu da, diese Leute zu belauschen, sondern allenfalls, sie zu beschützen. Dann entfernen sich die beiden mit hallenden Schritten.

Wie lange Bitters Schwager in den letzten Stunden seines Lebens einvernommen wird, ob man ihn dabei schlägt oder mit anderen Mitteln traktiert, ist nicht überliefert. Erst eine ganze Weile, nachdem Josef Schmerl am späten Abend in die Zelle zurückgebracht wurde, kommt es dem zwischenzeitlich eingeschlafenen Mitgefangenen auf der anderen Seite der Wand so vor, als würde nebenan ein gequältes Tier wilde Schmerzenslaute ausstoßen. Erich Ramml kann und will diese Geräusche Schmerl nicht zuordnen.

Dessen Frau jedenfalls setzt am Tag nach der Festnahme in aller Herrgottsfrühe alle Hebel in Bewegung, zu ihrem Bruder durchgestellt zu werden. Unter Tränen schildert sie ihm, was vorgefallen ist. Er müsse, fleht sie ihn an, unbedingt dafür sorgen, dass dem Pepi nichts passiere, es würden die wildesten Gerüchte umgehen.

Fritz meint trocken, das habe der Schwager sich ganz alleine selbst zuzuschreiben. Lange genug habe ich ihn gewarnt, dass bald andere Zeiten kommen werden, doziert er, jetzt muss er die Suppe eben auslöffeln. Ich kann da wirklich nichts machen, das musst du verstehen, da sind mir die Hände gebunden. Was glaubst du, was man von mir denken würde, wenn ich mich gleich nach dem Umbruch ausgerechnet für einen höheren österreichischen Staatspolizisten verwende, der unsere Leute brutal verfolgt hat? Nur weil ich zufällig verwandt bin mit ihm. Das kannst du nicht ernsthaft verlangen von mir. Außerdem, überschätz bitte meinen Einfluss nicht! So, und jetzt muss ich wirklich schließen, du kannst dir gar nicht vorstellen, wie viel Arbeit heute noch wartet auf mich.

Zu den hohen Linzer Polizeibeamten, die unmittelbar nach der Machtübernahme brutal umgebracht werden, zählt auch Oberkommissar Dr. Ludwig Bernegger. Bitter kennt auch diesen Mann gut. Wie Fritz stammt Bernegger aus dem Bezirk Braunau, sie sind derselbe Jahrgang, gemeinsam besuchten sie in Ried das Gymnasium, nur dass der Luggi ein Jahr früher die Reifeprüfung ablegte und einer katholischen Verbindung angehörte.

Anders als Josef Schmerl fünf Stunden zuvor versucht Ludwig Bernegger, sich der Verhaftung durch einen Sprung aus der Parterrewohnung in der Dinghoferstraße zu entziehen. Aber das Haus ist längst umstellt, gleich mehrere SA-Männer stürzen sich auf den Flüchtenden, schlagen ihn mit Knüppeln nieder, treten in der Dunkelheit wie besessen ein auf ihn.

Noch 1962, als wieder einmal Erhebungen zu den Vorkommnissen stattfinden werden, wird von einem Stück der mutmaßlichen Kopfhaut Berneggers mit rotblonden Haaren die Rede sein, das der mittlerweile pensionierte Zeuge als Kriminal-Revierinspektor am Morgen des vierzehnten März auf dem Gehsteig vor Berneggers Wohnung sichergestellt haben will. Blutige Schleifspuren hätten an den Straßenrand geführt. Die Ermittlungen habe er aber auf Befehl von oben schnell wieder einstellen müssen.

Es trifft auch den Polizeipräsidenten selbst. Wie Bernegger wird Dr. Viktor Bentz als auf der Flucht erschossen abgehakt. Allerdings besteht bei Bentz ein lästiges, wenn auch entferntes Verwandtschaftsverhältnis zu Hermann Göring, deshalb ist den Exekutoren in den Tagen nach den Blutbädern nicht ganz wohl in ihrer Haut. Konsequenzen bleiben indes aus.

Als die von Annemarie in ihrer Verzweiflung inzwischen kontaktierte Mutter Fritz endlich an den Hörer bekommt, ist Pepi längst tot, und der Bruder dürfte bereits davon wissen. Du kannst doch die Anni nicht im Stich lassen, appelliert Karoline Bitter an den Sohn, sich schützend vor Josef Schmerl zu stellen. Seine zynische Antwort: Die Anni ist eine attraktive Frau, die soll wieder heiraten, dann geht es ihr eh bald wieder gut.

Mit der Lederschultasche auf dem Rücken biegt Anneliese zu Mittag um die Ecke auf den kleinen, dreieckigen Platz ein. Dort steht das einstöckige Gründerzeithaus, in dem die Schmerls wohnen. Mutters Schreikrampf durchdringt Mark und Bein. Sofort weiß

Anneliese, Vater ist tot. Sie beschleunigt ihre Schritte nicht, Mutters Kreischen begleitet sie, füllt sie aus, sonst nimmt sie nichts mehr wahr, nicht die Leute an den offenen Fenstern, nicht den Taubenschwarm, der Kurs auf die Brotkrumen nimmt, die Frau Brenner soeben gestreut hat, um sich abzulenken. Die Vögel auf dem Trottoir stieben auseinander, als Anneliese sich wie in Trance ihren Weg bahnt.

Erst als sie das Schlafzimmer betritt, kommt sie wieder zu sich. Der Prälat aus dem nahen Dom sitzt an Mutters Bett und hält ihre Hand. Das Gesicht der Tobenden ist krebsrot, die Adern an den Schläfen treten hervor. Stirbt auch die Mutter? Da hört sich Anneliese erstaunlich ruhig sagen: Sei bitte nicht traurig, Mutti, dem Vati geht es jetzt viel besser als uns. Die Kleine glaubt, was sie da sagt. So wurde sie erzogen. Der Vater war ein guter Mensch, also ist er jetzt im Paradies. Mutters gellendes Kreischen geht in ein erbarmungswürdiges Schluchzen über.

Josef Schmerl hat sich in der Zelle das Leben genommen, erhängt, heißt es offiziell. Einen Schal soll er dafür verwendet haben, nur hat er die Wohnung garantiert ohne Schal verlassen. Er, dem Frieren ein Fremdwort war, hat diesem Kleidungsstück nie etwas abgewinnen können, besaß nur ein einziges Stück, das er so gut wie nie verwendete. Es liegt ganz hinten im Kasten.

Als Annemarie verstört anrief und die Mutter flehentlich bat, es bei Fritz noch einmal zu versuchen, auf sie würde er noch am ehesten hören, beschloss Adolf Bitter, am nächsten Tag den Frühzug nach Linz zu nehmen, um Anni beizustehen und zu sondieren, wie es um Pepi stand. In seinem Herrenzimmer betrachtete er gerade kopfschüttelnd das anlässlich seiner Pensionierung vor etlichen Jahren aufgenommene Lichtbildstudioporträt dreier fescher, eng zusammengerückter österreichischer Exekutivbeamter in Uniform, als die Nachricht vom Tod Pepis eintraf: in der Mitte er selbst mit geschmückter Ordensbrust, rechts der Schwiegersohn, links Fritz, beide noch richtige Milchgesichter.

Schärdings etwas außerhalb der Stadt liegender Grenzbahnhof zum Altreich mit seinen ausgedehnten Gleisanlagen für den Güterumschlag hat von heute auf morgen seine Hauptfunktion verloren. In Zukunft wird hier an den grünen Abhängen des Sauwalds ausreichend Platz sein, von Zeit zu Zeit Viehwaggons zwischenzulagern, in denen Menschen in der Glut des Hochsommers nach Wasser brüllen werden, bevor man sie ihrem letzten Bestimmungsort zustellt. Adolf Bitter steigt in seinen Zug, noch ist es fast finster.

Der gut siebzigjährige Gendarmeriebezirkskommandant in Ruhe will gleich nach seiner Ankunft in Linz, da nun nichts mehr zu retten ist, die Leiche des Schwiegersohnes unbedingt persönlich in Augenschein nehmen. Seine Autorität als langjährige Stütze des oberösterreichischen Sicherheitsapparates reicht aus, sich nach einigem Hin und Her schließlich doch Zutritt zu ihrem Aufbewahrungsort in der Aufbahrungshalle des Linzer Barbarafriedhofs zu verschaffen. Adolf Bitter hat einen Riecher gehabt, als er sich kurzfristig entschied, vom Bahnhof statt zur Tochter gleich schnurstracks die paar hundert Meter zum Friedhof zu marschieren, wo um diese Zeit so gut wie nichts los ist. Aus unerfindlichen Gründen, wahrscheinlich geht es überall drunter und drüber, hat die Gestapo es verabsäumt, einen Wachposten abzustellen. Offenbar rechnete auch niemand mit so einem tolldreisten Vorhaben. Spät am Abend hatte man Schmerl angeliefert, noch am selben

Vormittag soll er ohne Öffentlichkeit unter die Erde gebracht werden.

Adolf Bitter lässt den Sargdeckel öffnen. Er kommt gar nicht dazu, nach Strangulierungshinweisen am Hals zu suchen, immerhin soll Pepi sich ja aufgehängt haben. Eine Schusswunde etwas weiter oben zieht seinen Blick sofort auf sich. Für den erfahrenen Kriminalisten ist klar, das muss eine Austrittsöffnung sein, und tatsächlich findet sich an der linken Schläfe die Stelle, wo die Kugel in den Kopf eingedrungen ist.

Ich wäre vierzig Jahre ein schlechter Gendarm gewesen, sagt er später in der Polizeidirektion einem ihm bekannten Beamten unerschrocken ins Gesicht, wenn ich einen Erhängten nicht von einem Erschossenen unterscheiden könnte. Wenn Sie nicht wollen, dass es Ihnen ähnlich ergeht, behalten Sie das besser für sich, erhält er zur Antwort. Der Schmerl hat sich aufgeknüpft, verstehen wir uns?

Offensichtlich scheint es den neuen Machthabern ratsam und ausreichend, den lästigen Fachmann als schweigenden Mitwisser lediglich mit Hilfe von Drohungen ruhigzustellen. Tot würde der Alte, noch dazu in Zusammenhang mit dem Exitus des Schwiegersohns, wohl zu viel Staub aufwirbeln. Damit solch unangenehme Peinlichkeiten bei den anderen, etwas später ermordeten ranghohen Polizisten zuverlässig vermieden werden, lässt man deren drei Leichen nach getaner Arbeit gesammelt ins Krematorium überstellen. In groben Jutesäcken wird man sie dort mitten in der Nacht per Lastwagen anliefern, noch voller Blutkrusten und übel zugerichtet. Der Betriebsleiter der Veraschungsanlage wird wohl oder übel seine Dienstpflicht, die Namen der Feuerbestatteten schriftlich zu erfassen, verletzen müssen, weil ihn diese, so einer der begleitenden SS-Männer, einen Dreck angingen. Zu unüblicher Zeit, um ein Uhr früh nämlich, wird die Verbrennung beendet sein.

Adolf Bitter aber wird Frau und Tochter informieren, und auch die Enkelin wird trotz des damit verbundenen Risikos eingeweiht werden. Annemarie will unter keinen Umständen, dass ihre Tochter im Bewusstsein aufwächst, Kind eines feigen Selbstmörders zu sein. Ob sie abschätzen kann, was sie ihr damit zumutet? Dir ist schon klar, schärft der Großvater der Kleinen ein, wenn du dich verplapperst, sind die Mutti und ich die nächsten, die drankommen.

Anneliese wird in die neue Ordnung nicht nur in dem Bewusstsein hineinwachsen, dass die Nazis den Vater auf dem Gewissen haben. Jahrelang wird sie sich täglich davor fürchten, um die Ecke auf den Auerspergplatz einzubiegen, der nur zwei Gehminuten vom Gestapohauptquartier im Kolpinghaus entfernt liegt. Jahrelang wird sie Angst haben, heimzukommen und feststellen zu müssen: Die Mutter ist verschwunden.

Am Tag nach dem freiwilligen Dahinscheiden des Schwagers und den tragisch gescheiterten Fluchtversuchen von dessen Linzer Mitlumpen – Polizeipräsident Bentz kommt als letzter übrigens erst heute an die Reihe – ist für einen wie Fritz Bitter neben der mitreißenden Ansprache des Führers und Reichskanzlers auf dem Wiener Heldenplatz vor einer unübersehbaren, jubelnden Menschenmenge eindeutig die fast ebenso publikumswirksame Massenvereidigung von Exekutivbeamten auf Adolf Hitler durch den Reichsführer-SS ebendort das herausragende Ereignis.

Hinter den Kulissen der Gestapo wird derweil weiter fleißig an Strukturen und Personalentscheidungen herumgetüftelt. Nicht dass da keine Pläne in der Schublade gewesen wären, aber jetzt, wo es um die Wurst geht, brechen die ersten Interessenkonflikte aus. Zum Beispiel widersetzt sich der letzte Sozialminister Österreichs im Kabinett Seyß-Inquart und künftige Gauleiter von Niederdonau, Dr. Hugo Jury, der Absicht, die Staatspolizei in seinem Verwaltungsbereich einfach der Wiener Zentrale unterzuordnen. Daraus entspinnt sich ein langwieriges Hin und Her, in das indirekt auch Dr. Friedrich Bitter einbezogen werden wird, denn dieser hochqualifizierte und verdiente illegale Parteigenosse wird mit sofortiger Wirkung zur neuerrichteten, besonders sensiblen Außendienststelle Wiener Neustadt abgeordnet, die wegen der Einwände Jurys ihre endgültige Bezeichnung erst einige Monate später erhält. Fritz, der dort noch im April sogar die Leitung übernehmen und vorderhand zusätzlich für die Bezirke Hollabrunn, Mistelbach, Korneuburg, Gänserndorf, Floridsdorf-Umgebung, Tulln, Bruck an der Leitha, Hietzing-Umgebung, Mödling, Neunkirchen und Baden zuständig sein wird, bleibt Wien direkt unterstellt.

Unmittelbar nach dem Umbruch wird Hermann Göring entscheidende Weichenstellungen für die Massenproduktion von kriegswichtigen Rüstungsgütern in der alten Industriestadt vornehmen. So werden zum Beispiel nicht weniger als 8500 und damit fast ein Drittel der legendären Messerschmitt-Jagdflugzeuge BF 109 in Wiener Neustadt gebaut werden. Dass es politische Unruhestifter von links gelüsten könnte, gerade in solchen Betrieben zu agitieren oder gar Sabotageakte zu setzen, liegt auf der Hand. Die Gestapo wird höllisch auf der Hut sein müssen.

Gleich vor der Stadt liegt außerdem das berüchtigte Wöllersdorf, wo in der Systemzeit neben anderen politischen Gegnern auch zahlreiche Nationalsozialisten einsaßen. Dieses dafür bestens geeignete Lager wird jetzt mit Ständestaatlern und anderen üblen politischen Elementen aus nah und fern neu befüllt werden, an denen ein Exempel statuiert werden soll. Im Bereich Wiener Neustadt, unterrichtet man Bitter, gibt es außerdem an die tausend Juden, eine beträchtliche Zahl, denen man die Leviten lesen wird müssen. Gleich nach seiner Ankunft wird man zunächst etliche jüdische Geschäftsleute und die meisten Funktionsträger der Israelitischen Kultusgemeinde gemeinsam mit den Politischen nach Wöllersdorf einweisen.

Marliese ist im neunten Monat schwanger. Sie muss trotzdem einsehen, dass Fritz in Wiener Neustadt die nächste Zeit unabkömmlich sein wird, und zwar dermaßen unabkömmlich, dass es unter keinen Umständen in Frage kommt, in Wien wohnen zu bleiben. Das heißt, sie schon, er nicht. Wenn einmal alles in trockenen Tüchern ist, meint er, und sich die Lage wieder normalisiert hat, wird er sie natürlich regelmäßig übers Wochenende besuchen kommen. Einstweilen könne er es zweifellos einrichten, nach dem wöchentlichen Routinebesprechungstermin in der Wiener Leitstelle am Abend wenigstens für ein paar Stunden vorbeizuschauen. Und irgendwann, spätestens in ein paar Monaten, versucht er sie zu trösten, wird er das bescheidene Untermietzimmer draußen in Neustadt gegen eine komfortable, repräsentative Wohnung für die ganze Familie eintauschen. Dem Stammhalter soll es an nichts fehlen. Spricht's, setzt sein gewinnendes Lächeln auf, greift sich die Koffer und rauscht ab. Ach ja, die Telefonnummer! Schon heute wird er am neuen Dienstort übernachten, morgen in der Früh geht's dann richtig los. Erste provisorische Adresse der Dienststelle: Hauptplatz 3, das Rathaus. Dermaßen in der Auslage wird sich die Gestapo aber sicherlich nicht lange aufhalten.

In der letzten Woche ist kein Stein auf dem anderen geblieben. Was wird ihnen beim Zubettgehen durch den Kopf gehen an diesem sechzehnten März, dem Adolf, der Karoline Bitter in Schärding, Annemarie Schmerl, ihrer Tochter Anneliese in Linz, der hochschwangeren Marliese in Wien, dem Fritz in Wiener Neustadt? Es darf vermutet werden, dass nur einer aus der Familie sich heute beträchtlich wohler fühlt als vor sieben Tagen. Aber so ist es nun einmal: Wo gehobelt wird, fallen reichlich Späne.

IV

Es liegt in der Natur der Sache, dass die Geheime Staatspolizei nicht viel Aufhebens um die genauen Abläufe ihres Wirkens macht. Selbstverständlich zeigt sie Flagge, selbstverständlich rührt sie um. Jeder Unbotmäßige muss sie fürchten, das schon. Aber in die Karten schauen, das kommt selbstverständlich nicht in Frage.

Sie ist ein Staat im Staat. Ihrer Aufgabe, alle staatsgefährdenden Bestrebungen zu erforschen und zu bekämpfen, darf sie jenseits der Rechtsordnung und ohne Kontrolle der Gerichte nachkommen, die ihrerseits, bis auf einzelne Ausnahmen mutiger Juristen, kaum noch Widerstand gegen die Indienstnahme des Rechts durch die Herrschenden leisten.

Dass Menschen von heute auf morgen verschwinden, dass heftig arisiert wird in Wiener Neustadt, wie soll das verborgen bleiben? Soll es auch gar nicht. Es gäbe wahrlich genug zu erzählen über die vielfältigen Aktivitäten Fritz Bitters in den kommenden beiden Jahren, im Verein mit der Kreisleitung der NSDAP, in Abstimmung mit der Staatspolizeileitstelle Wien oder auf ihre bloße Anordnung, im Rahmen von gesamtdeutschen Unternehmungen, auf ureigenste Initiative oder die einflussreicher Kreise aus der näheren geographischen Umgebung, aber vielfältig wirken wird Bitter auch andernorts noch, und dieses Buch muss ihn leider von Wirkungsstätte zu Wirkungsstätte begleiten, daran führt kein Weg vorbei. Einige wenige bezeichnende, meist nur skizzenhaft umrissene Schlaglichter für die einzelnen Schauplätze sollen deshalb genügen.

Wer sich jetzt, wo er so richtig ins Rampenlicht tritt, ein genaueres Bild vom frischgebackenen Gestapochef Fritz Bitter machen möchte, wird im einundzwanzigsten Jahrhundert mehrere Möglichkeiten dazu vorfinden, unter anderem die beiden folgenden: Online lässt sich, ist man ein optischer Typ, mühelos etwa die einschlägige Fotogalerie der israelischen Gedenkstätte Yad Vashem konsultieren, wo einem aus dem schmallippigen Gesicht Bitters ein auffällig helles Augenpaar durchdringend entgegenblickt.

Will sich jemand nicht mit dem ersten Anschein eines Passfotos zufriedengeben, bietet es sich beispielsweise an, im deutschen Bundesarchiv einen auf Dr. Friedrich Bitter bezogenen Personal-Bericht der Wiener Staatspolizeileitstelle im ehemaligen Hotel Metropol am Morzinplatz zu durchforsten, angefertigt und nach Berlin zu den Gottsoberen gesandt, um seine nächste SS-Beförderung in die Wege zu leiten, die sich der umsichtige Mann aufgrund seiner bisherigen Leistungen im ersten Wiener Neustädter Jahr wahrlich verdient haben wird. Aus dieser nützlichen Quelle lässt sich viel gut Nachvollziehbares über Fritz aus dem spezifischen Blickwinkel derer in Erfahrung bringen, die sein künftiges Tun als den Erfordernissen der Zeit angepasst einschätzen werden.

Was allerdings die rassischen Qualitäten des einen Meter sechsundsiebzig großen baldigen SS-Hauptsturmführers anlangt, trübt den Befund nordisch leider ein wenig der dinarische Einschlag. Doch darf man dabei natürlich eines nicht vergessen: Die dinarische Rasse, deren ursprüngliche Wurzeln, man kann es leider nicht leugnen, im fernen Vorderasien liegen, zeichnet sich *durch Kühnheit, Freiheits- und Heimatliebe, Geradheit, Tapferkeit, einen Sinn für Ehre und ein betontes*

Selbstbewußtsein aus. Sie neigt zu jähem Aufbrausen und Raufeslust, bei im allgemeinen gutmütig-heiterer, geselliger Veranlagung. Ein weiteres Kennzeichen ist eine oftmals derbe Schlagfertigkeit gepaart mit einer anschaulichen Sprachgestaltung. Hierdurch haben dinarisch geprägte Menschen nicht selten eine ausgesprochene schauspielerische Begabung.

Eine verblüffend präzise Charakterisierung des Helden dieser Erzählung ist das. Als typisches Beispiel für den nordisch-dinarischen Menschen, wie auch Fritz Bitter einer ist, wird im Lexikon der ewig strahlende, in zahlreichen populären Filmen auftretende Bergfex und Parteigenosse Luis Trenker angeführt. Schade, dass ganz im Gegensatz zum physischen der geistige Eroberungsdrang bei Männern ausschließlich dinarischen Blutes mit ihrem reliefreichen Gesichtsprofil nur mangelhaft ausgeprägt ist. Gott sei Dank hat Fritz Bitter davon nur einen Einschlag.

Seine persönliche Haltung wird in besagtem Personal-Bericht als stramm militärisch bezeichnet, sein Auftreten als korrekt. Die geldlichen und die Familienverhältnisse verdienen in den Augen der Gestapo die Bezeichnung geordnet, da hat man, was letztere anlangt, wohl ein Auge zugedrückt oder nicht richtig hingeschaut. Seine geistige Frische wird als sehr rege beurteilt, das Auffassungsvermögen als leicht. Ausgeprägt sind seine Willenskraft und seine persönliche Härte. Als natürlich und praktisch, es wurde in der Einleitung zu dieser Geschichte schon erwähnt, erweist sich die Lebensauffassung des von den Menschenkennern der Gestapo gewissenhaft unter die Lupe Genommenen, als gut sein Urteilsvermögen. Er ist außergewöhnlich zuverlässig und darüber hinaus ein ausgezeichneter Organisator.

Organisiert hat er sich am gegenwärtigen Dienstort Wiener Neustadt, schon bevor er im Juni 1938 selbst den Führerschein erwirbt, zum Beispiel bei erster Gelegenheit ein einigermaßen herzeigbares Automobil. Bitters Leidenschaft für den fahrbaren Untersatz reicht weit in seine Jugend zurück. Endlich kann er sich einen Wagen leisten, kraft seines Amtes und ohne dafür gleich Geld in die Hand nehmen zu müssen. Selbst als er nach dem schrecklichen Ende der für das deutsche Volk und ihn persönlich glorreichen Zeiten für den Rest seiner Tage gern so tun wird, als ob er am Hungertuch nagen müsse, ein Auto wird Fritz sich in den Fünfzigern schnell wieder anschaffen, lange bevor die meisten Landsleute davon auch nur zu träumen wagen.

Wenn ich gefragt werde, wird sein ehemaliger Chauffeur vor Gericht im Nachkriegsösterreich offenherzig aussagen, *welche Fahrzeuge von Dr. Bitter im Jahre 1938 beschlagnahmt wurden, so gebe ich an, daß dem RA. Dr. Michael Stern, ein PKW, Marke Steyr 100 und einem RA. Dr. Kosch aus Wr. Neustadt, ein PKW, Marke 1500 Fiat, abgenommen wurde. Das erste Fahrzeug benützte Dr. Bitter.*

An sich eine lächerliche Lappalie, stellt man die allein im überschaubaren Zuständigkeitsbereich der Dienststelle Wiener Neustadt von Kreisleitung sowie Gestapo zwecks Arisierung umgeleiteten Millionenwerte in Rechnung, eine Lappalie erst recht gegenüber den vielen Tausenden Toten, die durch sein aktives Zutun Bitters weiteren Lebensweg säumen werden. Doch ist der Advokat Michael Stern, mit dessen formschönem Kraftfahrzeug, einer relativ neuen Limousine der gehobenen Mittelklasse, ab sofort der regionale Gestapochef umherkurvt, nicht irgendwer, weder für die Nazis und das zukünftige Österreich noch für Fritz

Bitter persönlich. Die beiden Herren werden nach dem Krieg sogar in eine doch überraschende Geschäftsbeziehung eintreten.

Geboren in Wiener Neustadt, wo er bis 1938 an prominenter Adresse und für die Übergangstage sogar schräg gegenüber der Gestapo am künftigen Adolf-Hitler-Platz seine Kanzlei hat, wird der jüdische Anwalt, sechs Jahre älter als Bitter, das ausgesprochene Masel haben, unter der schwammigen Bezeichnung Rechtskonsulent als einer von insgesamt dreißig Kollegen in Wien nichtarische Klienten eingeschränkt betreuen zu dürfen.

Dr. Stern genießt in dieser heiklen Funktion, die ihm sogar das Tragen des Judensterns ersparen wird, freilich nur temporären Schutz, solange seine Dienste benötigt werden. Damit ist er den Nazis auf Gedeih und Verderb ausgeliefert. So kommt der Bedauernswerte zwischen alle Stühle zu sitzen, was seine zwielichtige Rolle im Dritten Reich, ja sogar gewisse Nachkriegsloyalitäten zu Leuten wie Fritz Bitter halbwegs nachvollziehbar macht. Dass er den Terror gegen die Juden überlebt, verdankt Stern nicht zuletzt seiner arischen Frau, sie verweigert nämlich standhaft die verlangte Scheidung, sowie der ihm aufgenötigten Bereitschaft, in seinem Wirkungsbereich als Konfident der Staatspolizeileitstelle Wien tätig zu werden. Aber auch Bitter wird ihm dereinst entscheidend geholfen haben wollen.

Noch mit über neunzig wird der alte Stern, gewaschen mit allen Wassern und inzwischen eine landesweite Berühmtheit, die auch moderne Medien virtuos in Dienst zu nehmen weiß, vor Gericht um Freisprüche kämpfen. Nach seinem Tod 1989 und der Auflösung der Kanzlei werden, obwohl bereits in offenen, Wind und Wetter ausgesetzten Altpapiercontainern entsorgt, die meisten seiner Aktenbestände aus den Jahren 1938 bis 1945 im letzten Moment gesichert werden können, eine unschätzbare Quelle bei der Rekonstruktion jüdischer Verfolgung, angefangen von der zynischen Enteignungsbürokratie bis hin zum juristischen Hindernislauf in Sachen Auswanderung, der in Wirklichkeit oft genug als Auslöschung endet.

Allein in Wiener Neustadt leben wie gesagt Anfang 1938 an die tausend jüdische Mitbürger. Viele davon sind längst soweit assimiliert, dass sie diese Bezeichnung entschieden zurückweisen würden. Gleich nach dem Umbruch beginnen neben der schleichenden persönlichen Entrechtung und den demütigenden öffentlichen Misshandlungen, etwa den hier wie andernorts äußerst beliebten Straßenwaschaktionen, die sogenannten wilden Arisierungen. Lokale Behörden, aber auch einzelne Parteigenossen beschlagnahmen auf eigene Faust und mit roher Gewalt, was ihnen gerade gefällt, zum Beispiel die Automobile jüdischer Rechtsanwälte.

Es versteht sich von selbst, dass Geschäfte in Judenhand für einen historischen Moment zu frühen Selbstbedienungsläden mutieren, bevor sie in arischen Besitz übergehen. Jüdische Betriebe werden in der Regel kommissarischen Verwaltern unterstellt, die sich oft genug selbst günstig zuschanzen, was sie offiziell zum Nutzen des großen Ganzen provisorisch leiten, prüfen und schätzen sollen.

Doch auch in den Monaten zwischen den Ausgelassenheiten der Machtübernahme und dem nächsten Höhepunkt heftiger Gefühlseruptionen gegenüber den Juden, der Pogromnacht im November, kann es bei Bedarf heiß hergehen, die von Fritz Bitter kommandierte Gestapo von Wiener Neustadt macht da keine Ausnahme.

Helene Beisteiner ist gerade einmal fünfzehn, als sie zwei von Bitters Leuten am siebenundzwanzigsten September 1938 in der Neunkirchner Straße die Wohnungstür öffnen muss, weil sie unter wüsten Drohungen Einlass begehren. Sofort wird das Mädchen mit Faustschlägen und Tritten eingedeckt, bis es einigermaßen schwer verletzt am Boden liegt. Naiv, wie sie ist, bittet die geschockte Helene ihre Misshandler um einen Arzt. Diese Vergünstigung kann man dem Luder natürlich nicht vergönnen, erstens, weil das trotz allem irgendwie peinlich wäre, zweitens, weil sie, obwohl als evangelisch getarnt, eine elende Jüdin ist, wie sich SS-Sturmführer Schneider ausdrückt, und drittens, weil der eine Amtsträger nach dem zweckmäßigen Verprügeln des Kindes längst intensiv damit beschäftigt ist, im Rahmen der Hausdurchsuchung sämtliche Wertsachen der Familie auf Nimmerwiedersehen an sich zu nehmen, und der andere sich inzwischen im wahrsten Wortsinn bis zu Helenes Mutter Rosa durchgeschlagen hat, die ihre Einvernahme wegen Verdachtes des Landesverrats ebenfalls nicht unbeschadet übersteht. Sie besitzt danach zum Beispiel acht Zähne weniger.

Dass die Frau gut sieben Monate später mangels Beweisen aus der Haft entlassen wird, bedeutet freilich nicht, dass sie zurück zu ihrem Kind kann. Denn erstens ist Wiener Neustadt inzwischen praktisch judenrein, zweitens leben im Moment, wie der Zufall es will, ausgerechnet jene beiden Herren von der Gestapo, die sie und ihre Tochter so professionell beamtshandelt haben, in Rosas zentral gelegener Wohnung, und drittens ist ihr Gesundheitszustand leider derart schlecht, dass sie sich nach Purkersdorf in Anstaltspflege begeben muss.

Herr Haas und Herr Schneider, denen die Führung eines reinen Männerhaushalts in der beschlagnahmten

Beisteiner-Wohnung naturgemäß eine unzumutbare Last ist, haben mittlerweile ihre herrenmenschliche Abneigung gegen Helene aus Vernunftgründen bezähmt und leben mit der elenden Jüdin, einer der letzten ihrer Rasse in Neustadt, jetzt unter einem Dach. Sie haben ihr im früheren Zuhause, sicherlich mit ausdrücklicher Billigung des Chefs, großzügig eine Unterkunft zur Verfügung gestellt, freilich nicht gratis. Für Kost und Logis hat die Halbwüchsige von ihnen Zwangsarbeit zugeteilt bekommen, als ihr persönliches Dienstmädchen, dem, weil es tadellos spurt und dringend gebraucht wird, keine weiteren nennenswerten Beschädigungen zugefügt werden. Um böswilligen Verdächtigungen entschieden entgegenzutreten: Auch Rassenschande kann den Mitarbeitern Fritz Bitters nicht zum Vorhalt gemacht werden, jedenfalls gibt es dafür keine Anhaltspunkte.

Man verfährt im Einzugsbereich der Gestapo Wiener Neustadt konsequent und arbeitsteilig: Außer in den echten politischen Fällen und solchen, die man vorzutäuschen gezwungen ist, um etwa umgehend eine benötigte Wohnung zu requirieren, überlässt die Gestapo das Krawallmachen, Durchsuchen und Beschlagnahmen vornehmlich der SA. Die Kreisleitung selbst, vor allem aber Bitter und seine Getreuen widmen sich dagegen bevorzugt dem Abtransport sowie der fachmännischen Verwahrung. Wahrscheinlich das beliebteste Verwahrgut, weil wunderbar einfach zu transportieren und später, wenn keine Unterschlagung dazwischenkommt, für das Gemeinwohl vielfältig einsetzbar, sind Bargeldbeträge und Sparbücher.

Ein solches mit der Kleinigkeit von 24 461 Reichsmark Einlage befindet sich bis zum Frühjahr 1938 im Besitz der Jüdin Valerie Götzl. Diese freche Kreatur will sich im Unterschied zu den meisten anderen Hebräern mit der vorläufigen, jedoch unbefristeten Verwahrung ihres Guthabens durch die Gestapo Wiener Neustadt aber um keinen Preis abfinden und beauftragt trotz eines deutlichen Appells an ihre Einsicht glatt einen Anwalt, seine Freigabe zu erwirken.

Nicht einmal die Überstellung ihres eigenen Mannes, des zwangsenteigneten Kaufmanns Karl Götzl, zur längeren Verwahrung nach Dachau Mitte November wird die rechthaberische Jüdin von ihrem ungeheuerlichen Vorhaben abbringen, das sich über viele Monate hinzieht, bis eine völlig unverständliche Gerichtsentscheidung Fritz Bitter und seine Mannen tatsächlich nötigen wird, das Sparbuch wieder herauszurücken.

Wenigstens wird sich die Gestapo für ihren immensen Aufwand in der Sache schadlos halten können, indem sie der inzwischen einen zweiten Vornamen führenden Frau Valerie Sara Götzl lächerliche 2000 Reichsmark Depotgebühr in Rechnung stellt, nur unwesentlich mehr, als Karl Götzl unmittelbar vor seinem Reiseantritt ins KZ für seinen Gemischtwarenladen samt Inhalt erhalten haben wird. Da die feine Dame sich plötzlich einbildet, ins ferne Shanghai umziehen zu wollen, wird sie ihr neuerlich zusammengerafftes Vermögen ein paar Wochen später allerdings gleich wieder abgeben dürfen. Außer Spesen nichts gewesen, kann man da nur sagen.

Kuriose Fälle wie dieser sind freilich eine rare Ausnahme, und bald schon wird es hier überhaupt keine Juden mehr geben, die sich dermaßen lästig verhalten könnten. Der Völkische Beobachter wird im Mai 1939 frohlocken, in Wiener Neustadt hätten sich im Vergleich zum selben Stichtag des Vorjahres Ende April nur noch fünf statt achthundertsiebenundvierzig Konfessionsjuden aufgehalten, eine absolute Spitzenzahl in Niederdonau, für die nicht zuletzt Fritz Bitters organisatorische Umsicht verantwortlich zeichnet. Doch bis dahin wird ihm noch viel Arbeit ins Haus stehen. Ein Gutteil davon ist freilich wenig spektakulär, die wuchernde Bürokratie fordert nun einmal ihren Tribut.

Ein gar nicht so geringer Teil der im Bereich Wiener Neustadt geborenen, also dorthin zuständigen Judenbrut hat sich im laxen Österreich nach Lust und Laune so gut wie überall angesiedelt. Jetzt, wo sie das Weite suchen sollen, rennen diese Typen dem armen Fritz, kaum dass sie am gegenwärtigen Wohnort von der dortigen Gestapokollegenschaft engagiert erstbeamtshandelt wurden, die Tür ein, ihnen beim Zusammenzukratzen aller nötigen Dokumente für die Ausreise beizustehen.

Wenn er dann von seinen Untergebenen alles mühselig hat regeln lassen und die Bittsteller streng anweist, ihre Steuerunbedenklichkeitserklärung, den Reisepass und was zum Teufel sonst noch an Papieren verlangt wird, hieramts persönlich abzuholen, schließt Dr. Friedrich Bitter gern mit dem majestätischen Satz: *Es ist nun an der Zeit, daß Sie das Reichsgebiet verlassen.* Steht das Datum der Auswanderung endlich offiziell fest, gilt es noch das Kreisgericht davon in Kenntnis zu setzen, erst jetzt kann Bitter den Fall zu den Akten legen. Was für ein Aufwand.

Ungefähr zu dieser Zeit brütet der Wiener Polizeiarzt Dr. Erich Müllschitzky über einem mehrseitigen Fragebogen. Was er einträgt, muss gut bedacht werden, denn gewisse Nachlässigkeiten in der Systemzeit könnten seine NS-Karriere nachteilig beeinflussen. Er bereut es inzwischen, an seinem Währinger Dienstort nie eine genügend vertrauenswürdige Person gefunden zu haben, um die Mitgliedsbeiträge pünktlich zu entrichten. Natürlich ist er der Partei schon 1932 beigetreten, doch musste die Mitgliedskarte *wegen Gefahr einer Hausdurchsuchung im Jänner 1938 vernichtet werden. Hiebei ist mir die Nummer entfallen.* Zu allem Überdruss hat er sich zur perfekten Tarnung darüber hinaus auch bei der Heimwehr einschreiben lassen.

In dieser prekären Situation bleibt dem Mann nur übrig, mit Nachdruck auf seinen fortgesetzten persönlichen Einsatz für die NS-Bewegung samt der damit verbundenen akuten Gefährdungen zu verweisen. Schon 1923, rühmt Müllschitzky sich, sei er verhaftet worden, als er im Konzerthaus mit der SA einen Vortrag des jüdischen Professors Magnus Hirschfeld sprengte, der sich für die Homosexuellen stark machte.

Später habe er zahlreichen mit den damaligen Gesetzen in Konflikt geratenen Kämpfern der Bewegung als Amtsarzt den Strafvollzug erspart, indem er sie kurzerhand für haftunfähig erklärte, bis sie amnestiert wurden. Als Zeugen für diese Heldentaten macht der geschmeidige Mediziner – nach 1945 wird er eine Mitgliedschaft im Bund sozialistischer Akademiker riskieren – *alle Polizei-SS-Männer, die während der Kampfzeit am Kommissariat Währing in Verwendung standen, u.a. auch Dr. Bitter, Gestapo Wiener Neustadt,* namhaft.

Es gibt keinen Hinweis, dass Fritz tatsächlich genötigt ist, Erich beizuspringen, mit dem er als Referatsleiter am Morzinplatz bald wieder zu tun haben wird. Aber darum geht es gar nicht. Müllschitzkys bemerkenswerte Einlassung gehört jedenfalls zu den vielen Dokumenten, die Bitters Nachkriegsverantwortung, bloß ein harmloses Märzveilchen gewesen zu sein, als von vorn bis hinten erstunken und erlogen entlarven.

Dass je eine solche nötig sein wird, übersteigt seine Vorstellungskraft momentan bei weitem. Im September, als auch die prekäre private Wohnsituation der braven Beamten Schneider und Haas durch einen klugen Schachzug auf einen oder mehrere Schläge beseitigt werden kann, gelingt es Fritz Bitter, seiner Wiener Neustädter Behörde und in einem Aufwaschen sich selbst günstig eine optimal gelegene repräsentative Residenz zu verschaffen.

Mitten auf dem sonst immer noch unbebauten ehemaligen Glacis vor der Stadtmauer besaß ein begütertes jüdisches Frauenzimmer, Eleonore Heller, an der Adresse Promenade 1 bis vor kurzem eine herrschaftliche Villa in gepflegtem Zustand. Zudem ist das große Gartengrundstück rund um das Anwesen am Rande des Stadtparks mit einem praktischen Eisengitter eingezäunt, Unbefugte können sich dem Objekt daher nicht so ohne weiteres nähern.

Diese Liegenschaft in unmittelbarer Nähe des weithin sichtbaren, imposanten Wasserturms kam SS-Hauptscharführer Fritz Bitter und den Seinen gleich einmal ideal vor. Zentral und doch abgeschieden, sollte hier das Hauptquartier des regionalen Staatspolizeiablegers angesiedelt werden, der anfangs, unzumutbar beengt, im Wiener Neustädter Rathaus amtieren musste und derzeit, mehr schlecht als recht, in einem provisorisch adaptierten Gebäude drüben an der Wiener Straße untergebracht ist.

Was der Übersiedlung zunächst entgegenstand? Nun, verschiedene lokale Parteigliederungen der NSDAP waren leider verdammt schnell gewesen und haben es sich inzwischen gemeinsam in der blitzarisierten

Luxusvilla gemütlich gemacht. Bitter musste in Wien all seine Autorität aufbieten, um mit dem Verweis auf die rasch wachsende Zahl seiner Mitarbeiter sowie auf die unbedingt nötige Diskretion für Gestapo-Aktivitäten zu erreichen, dass man das Gebäude an der Promenade im Frühherbst murrend freigibt. Vor dem Zaun wird ab nun Schutzpolizei patrouillieren und Passanten zum raschen Weitergehen animieren, wenn diese aus Neugierde oder weil vielleicht irritierende Geräusche zu vernehmen sind, ihre Schritte verlangsamen.

Mit gerade einmal vierzehn Leuten hat er beginnen müssen, jetzt sind es sechsundzwanzig, Tendenz stark steigend. Nach Bitters Versetzung zurück nach Wien wird der Personalstand zeitweise bis gegen fünfzig aufgestockt werden. Solange ausreichend Platz ist, nimmt sich der Chef die Freiheit, auch selbst hier im Grünen zu wohnen, es dauert aber noch ein Weilchen, bis er Frau und Kind aus Wien nachkommen lässt. Zwar engt das seine private Bewegungsfreiheit unangenehm ein, aber er ist ein Ehrenmann und Marliese seit März im Wort. Die immer noch vorhandene Einrichtung der jüdischen Vorbesitzerin kann er zum Teil übernehmen, da ist er nicht so wählerisch. In den Büros und unten im Keller kommt man um Investitionen in je zweckmäßige Einrichtungsgegenstände ohnehin nicht herum.

Wenigstens was das so wichtige, weil für umfassende Maßnahmen zum breiten Erkenntnisgewinn unumgängliche Kelleretablissement anlangt, verordnet man sich dabei äußerste Sparsamkeit. *Fast alles in der düsteren Zelle sieht heute wieder so aus wie im Jahr 1939,* wird ein Journalist des Wochenblattes DIE ZEIT 2008 in einer Reportage festhalten, *als die Gestapo den 19-jährigen Kommunisten Karl Flanner hierherbrachte: die Holzpritsche, der dunkle Schemel und der verrostete Kübel für die Notdurft, an einer Wand der eiserne Haken, an dem die Gefangenen festgebunden wurden. Flanner verschränkt die Arme hinter dem Rücken und beugt sich etwas nach vorn: »So haben sie einen aufgehängt. Dass man gerade auf den Zehenspitzen stehen konnte.« Heute hängt ein Strick vom Metallhaken herab. Die Eisenkette und die Handschellen sind vor Kurzem gestohlen worden.*

Es waren vier SS-Männer, die ihm damals in der Gestapo-Villa zusetzten. Nach stundenlangem Prügelverhör legten die Schergen eine Gulaschpause ein, und Flanner durfte sich waschen. Danach ging es mit dem Verhör weiter. Nach der ersten Nacht habe er sich im Spiegel nicht mehr wiedererkannt, erzählt der 87-Jährige.

An diesem Morgen des dreiundzwanzigsten August 1939 wird, weil Flanner immer noch nicht gesteht, wo die Widerständler ihre Flugblätter gelagert haben, zum Abschluss der Gestapo-Behandlung eine Scheinhinrichtung durch Erschießen auf dem Programm stehen, bevor man den fürchterlich Zugerichteten ins Gefängnis am Ring überstellen wird. Dort soll er sich ordentlich ins Aufnahmebuch eintragen, aber da die SS-Folterknechte es für zweckmäßig erachtet haben werden, auf seinen Händen herumzutrampeln, werden diese derartig verschwollen sein, dass er der Anordnung beim besten Willen nicht Folge leisten kann.

In ihrer Volksgerichtsverhandlung nach dem Krieg werden die belangten Herren spöttisch von einzelnen Tachteln reden, die sie austeilten, wenn Gefangene frech wurden. Ein ganzes Menschenleben später wird Karl Flanner sich genau erinnern, dass eines der Gewaltorgane wenigstens zwei Jährchen unbedingt aufgebrummt erhielt. Wenige Monate später war das Glückskind jedoch schon wieder ein freier Mann: Für die große Weihnachtsamnestie des Bundespräsidenten schienen seine Bagatelledelikte wie geschaffen.

So mancher der im Heller-Villa-Kellergeschoss von Bitter und seinen Kumpanen foltertechnisch Zwangsbehandelten kommt hingegen nicht so billig davon und nimmt wegen eines erpressten Geständnisses oder, ganz gleich, wegen eines frechen Nichtgeständnisses am nächsten KZ-Transport teil, nur einige von ihnen werden die Lager lebend hinter sich lassen wie Karl Götzl und Karl Flanner, der Dachau und Buchenwald ungebeugt überstehen wird.

Messingfarbene Stolpersteine vor ihren ehemaligen Wohnhäusern werden, über das gesamte Stadtgebiet verstreut, dereinst an die auf der Strecke Gebliebenen erinnern, etwa an den kleinen kommunistischen Funktionär Julius Puschek, der mit fast einem Dutzend anderer politisch Missliebiger, darunter der frühere Bürgermeister von Wiener Neustadt, ohne richterlichen Urteilsspruch kurz vor Kriegsbeginn nach Buchenwald verfrachtet werden wird und dort umkommt. Auch seine Frau wird vor ihrer Überstellung ins Gefängnis im Gestapo-Keller peinlich verhört werden.

Solange seine Gesundheit es erlaubt, wird Karl Flanner unermüdlich als Zeitzeuge öffentlich auftreten und als Kustos der bescheidenen Gedenkstätte im Keller der früheren Gestapo-Villa fungieren. Die wird im einundzwanzigsten Jahrhundert eher als Europahaus bekannt sein und, etwas heruntergekommen, einen Kindergarten sowie ein Jugendhotel beherbergen.

Mit Fritz Bitter selbst wird Karl Flanner im Sommer 1939 nicht direkt in Berührung kommen, als die Gestapo ihn malträtiert. Der sitzt ein bis zwei Etagen höher, trifft die Anordnungen, leistet die nötigen

Unterschriften und hat für das Grobe sein Personal. Nur bei speziellen Klienten bemüht er sich selbst hinunter zum Verhör. Ein windiges neunzehnjähriges Kommunistenbürscherl gehört da sicherlich nicht dazu.

Seine Mannschaft wird, wenn sie in Bitters unterschiedlichen Wirkungsbereichen nach Ende der NS-Herrschaft denn überhaupt zur Rechenschaft gezogen wird, das Gericht am Ende der jeweiligen Prozesse überall um eine milde Bestrafung ersuchen, weil sie letztlich ja nur Befehle vollzogen habe, und teilweise, besonders in Österreich, wird sie mit dieser schlichten Strategie auch durchschlagenden Erfolg haben.

Umgekehrt jedoch werden viele der Befehlsausteiler, wie Fritz zweifellos einer ist, trotz der sich daraus zwingend ergebenden Logik noch sehr lange kein irdisches Gericht interessieren, es sei denn Privatkläger treten auf den Plan. Als sich das in den Neunzehnsechzigern langsam zu ändern beginnen wird und ein deutscher Staatsanwalt gegenüber der österreichischen Staatspolizei Bitter als Beschuldigten in Sachen Kriegsverbrechen ernsthaft in Betracht zieht, wird sich dieser bereits in die Ewigkeit verabschiedet haben.

Moralisierende Gefühlsduselei jeglicher Art ist für Fritz zeit seines Lebens entbehrlicher Luxus. Er ist ein Mann der entschlossenen Tat und als solcher im Moment heillos überarbeitet. Es darf bitte nicht übersehen werden, dass mit dem Umbruch nicht nur seine Karriere als hochqualifizierter Geheimpolizist, sondern auch die in der Systemzeit schändlich abgewürgte des vorzüglichen Juristen Dr. Friedrich Bitter so richtig Fahrt aufgenommen hat. Endlich wurde er zur konzeptiven Praxis zugelassen, mit der bestandenen Prüfung für die politische Geschäftsführung holt er jetzt außerdem sämtliche Formalvoraussetzungen für den höheren Verwaltungsdienst nach, dem er de facto schon seit März angehört. Nicht nur im Schutzstaffelrahmen, auch auf der Verwaltungsebene darf Bitter sich nun zügig eine Beförderung nach der anderen erwarten.

Zur optimalen Flankierung seiner Karriereambitionen setzt der Privatmann Fritz Bitter einen weiteren, höchst überfälligen Schritt. Er soll in diesem Zusammenhang ausnahmsweise persönlich zu Wort kommen, weil er in einer handschriftlichen Aufzeichnung nur ein paar Tage danach eine besonders hübsche Formulierung dafür findet: *Ich selbst vollzog am 20. Oktober 1938 meinen Austritt aus der kath. Kirche und wurde gottgläubig.*

Gerade gewisse Kirchenmänner erfrechen sich immer wieder, in aller Öffentlichkeit unverblümt gegen die neue Ordnung zu hetzen. Geht doch zum Beispiel der feine Kaplan Hugel her, stellt sich auf die Neustädter Domkanzel und verkündet seelenruhig: Mit Gottes Hilfe wird auch der Nationalsozialismus vergehen. Wenn diese Figuren glauben, eine Extrawurst braten zu können, sind sie schief gewickelt und bei Fritz Bitter garantiert an der falschen Adresse. Wie ein Tagesrapport der Gestapo festhält, wird in der Sache sofort anständig durchgegriffen. Der Saupfaffe Karl Hugel, Jahrzehnte später Dompfarrer von Sankt Stephan zu Wien, wird vorgeladen, eindringlich befragt, verwarnt und vorderhand mit einem Predigtverbot belegt.

Ein Dreckwürden sind Sie! bekommt auch Pater Konrad Just vom vernehmenden Gestapo-Beamten kurz nach seiner Festnahme zu hören. Aus dem Nachlass eines ehemaligen Mithäftlings geborgen, wird das bis dato unbekannte Manuskript der detaillierten Erinnerungen eines unbeugsamen Ordensmannes aus

Wilhering von Polen 1999 nach Dachau überstellt werden wie er selbst im Sommer 1938 aus Linz, wo Just sich auf Befragen des Ermittlungsorgans zur hochmütigen Äußerung verstiegen hat, er lehne den Nationalsozialismus als kulturelle Einrichtung ab. Ähnliche Dreistigkeiten kennzeichneten zuvor auch seine Predigten.

Wie im Fieber binnen fünf Wochen gleich nach der Befreiung im Mai und im Juni 1945 niedergeschrieben, wird Justs noch frische Leidensgeschichte zu den authentischsten und brutalsten Zeugnissen über Dachau und Buchenwald gehören, gespickt mit Szenen voll schwer erträglichem Sadismus des SS-Aufsichtspersonals. Das Stift selbst wird Pater Justs Aufzeichnungen 2006 als Buch edieren.

Bitter sieht sich beileibe nicht als antiklerikalen Scharfmacher. Vernünftigen Gottesleuten wie Pater Konrads Wilheringer Mitbruder Ägyd kann er durchaus etwas abgewinnen. Es gibt sogar Momente, da überkommen ihn selbst sentimentale Anwandlungen. Wie der Führer glaubt Fritz demütig an die Vorsehung, der politisierende Katholizismus jedoch, er hat ihn zur Genüge erlebt, ist ihm ein Brechmittel und muss mit Stumpf und Stiel ausgerottet werden.

Apropos Wilhering, apropos katholisch: Der Kontakt zu den alten Eltern, die Fritz dort einst das Internat einbrockten, beschränkt sich inzwischen auf ein Minimum, zur Schwester existiert faktisch keiner mehr. Länger als drei Jahre wird Annemaries lähmender Schockzustand andauern, bevor sie sich ein bisschen erholen wird und als Bedienerin wenigstens ein paar Reichsmark dazuverdienen kann.

Mit der Witwe von Josef Schmerl ist bis dahin so gut wie nichts anzufangen. Traut sie sich, selten genug, auf die Straße, etwa um Pepis Grab auf dem Barbarafriedhof aufzusuchen, nimmt sie die Leute, die ihr begegnen, einfach nicht wahr. Mutti, schau, da vorne kommt der und der, den musst du grüßen. Die kleine Tochter übernimmt, was bleibt ihr übrig, die Betreuung der Weggetretenen, sie erledigt Besorgungen für sie, kümmert sich um den Haushalt, wenn die Mutter wieder einmal stundenlang, ohne einen Finger zu rühren, ins Leere starrt. Nur in die Kirche zu den Karmeliten geht Annemarie selbständig, und das Tag für Tag. Zu ihrem Beichtvater und Vertrauten Pater Paulus Wörndl wird Mitte 1943 auch die Gestapo kommen, weil er zum Widerstand Kontakt hat. Man wird ihm elf Monate später in Brandenburg den Kopf abschlagen.

Bis zu ihrem eigenen Tod auf den Tag genau ein halbes Jahrhundert nach der Ermordung ihres Gatten wird Bitters Schwester die Trauerkleidung nicht mehr ablegen, sie wird keine Beziehung zu einem Mann mehr eingehen und in ihrem Viertel einfach als die unnahbare schwarze Dame bekannt sein.

Gelt, dein Vater hat sich aufgehängt? In der ersten Zeit muss Anneliese auch in der Klasse viel aushalten und darf sich doch nichts anmerken lassen dabei. Wie gerne würde sie der blöden Susi ins Gesicht schreien: Stimmt ja gar nicht, erschossen haben sie ihn, die Nazis! Die begabte, frühreife Zehnjährige wird nach der Volksschule unbedingt ins Gymnasium wechseln wollen, doch überall verweigert man der Mutter aus fadenscheinigen Gründen die Anmeldung. Es gilt eine unausgesprochene Sippenhaftung.

Von Josef Schmerls sieben Geschwistern hatten sich ein paar schon im Ständestaat den Nationalsozialisten zugewandt. Mit dem Anschluss und Pepis verdächtigem politischen Tod brachen die meisten jeden Umgang mit der Schwägerin ab. Eine seiner Schwestern allerdings kümmert sich intensiv um Anni und das Kind, stellt regelmäßig einen Korb mit Gemüse und Eiern auf den Küchentisch.

Adolf Bitter versucht auszuhelfen, als mit der Witwenpension nichts und nichts weitergeht. Von der Unterstützungskasse der Polizeidirektion erhält Annemarie zwar einige Zeit monatlich unterschiedlich hohe Geldbeträge. Dann aber versiegt auch diese Quelle. Anni muss ihren Schmuck und sogar Pepis Wäsche, bis hin zu den Unterhosen, verkaufen, um notdürftig zu überleben, denn was die Eltern, die Schwägerin und ein paar übriggebliebene Freunde zuschießen können, reicht zumeist nicht aus. Als sie nach vielen Monaten endlich den Pensionsbescheid zugeschickt bekommt, ist die Summe lächerlich gering. Wäre der Gatte im Dienst umgekommen, würde die Sache natürlich ganz anders ausschauen, erklärt man ihr, aber Selbstmord, und noch dazu in so jungen Jahren, da brauche sie sich nicht zu wundern.

Sie verzichtet darauf, sich an den Bruder um finanzielle Hilfe zu wenden. Nicht nur weil ihr die Kraft fehlt, sondern aus Prinzip. Nie hat er seit Pepis Ermordung nachgefragt, wie es ihr geht. Sie weiß auch gar nicht, wie sie reagiert hätte darauf. Über die Eltern hat sie erfahren, dass Fritz sich als schneidiger Gestapochef von Wiener Neustadt schnell einen Namen gemacht hat. Das muss ihr in der Seele weh tun. Und dennoch: Tochter Anneliese wird sich an kein böses Wort von Mutti über ihn erinnern können, das Mädchen wird die schlimmen Nazis und den langsam verblassenden Onkel Fritz als zwei Paar Stiefel abspeichern, wie Vati das wohl genannt hätte.

Bitter aber rechtfertigt diese kindliche Unterscheidung ganz und gar nicht. So ein engagierter Gestapochef muss – damit jeder Irrtum Nachgeborener ausgeschlossen ist, sei es hier ausdrücklich betont und gleich im Anschluss an einem bezeichnenden Beispiel ausführlich dargelegt – keineswegs nur gegen die auf der Hand liegende jüdische Weltverschwörung unbarmherzig zu Felde ziehen, gegen die zivilisationsbedrohende kommunistische Weltrevolution samt dem ganzen restlichen Widerstandsgesindel im Schlepptau mobil machen, mit vollstem Einsatz zigeunerische Individuen, Arbeitsscheue, Asoziale und Homosexuelle in die Schranken weisen.

Kraft seines Amtes hat er sich darüber hinaus sogar um ganz gewöhnliche Volksgenossen zu bekümmern, die sich aus Jux und Tollerei ebenso ungebührlich lästig aufführen wie diese impertinente Jüdin Valerie Götzl. Und all das, muss man sich vorstellen, neben den mühseligen und zeitraubenden, bürokratisch aufwendigen Routineamtsgeschäften, den vielen Terminen in der Wiener Zentrale und so weiter und so fort. Oft weiß Bitter nicht mehr, wo ihm der Kopf steht.

Im Juli 1938 strengte solch ein penetrantes Subjekt, ein gewisser Dr. Heinrich Frühwirth, Hals-, Nasen- und Ohrenarzt in Wiener Neustadt, gegen die Krankenkassen einen Prozess an. Der Mann ist fast fünfzig und blickt auf ein langes Berufsleben als Vertragsfacharzt für die Arbeitsgemeinschaft der Krankenkassen Wiens, Niederösterreichs und des Burgenlandes zurück. Mit deren leitendem Sekretär hatte Dr. Frühwirth seit geraumer Zeit auf persönlicher wie sachlicher Ebene immer wieder gröbere Differenzen, die schließlich dazu führten, dass der Mediziner nach einem seiner Meinung nach mangelhaften Schiedsgerichtsverfahren endgültig vor die Tür gesetzt wurde.

Es spielt für die folgenden Ereignisse nun keine Rolle, ob die Kündigung des kassenärztlichen Vertrages zurecht erfolgte oder nicht. Gewöhnlich wird derlei, wenn es zu keiner gütlichen Einigung kommt, eben vor Gericht entschieden, und genau diesen Weg beschritt die von ihren Argumenten felsenfest überzeugte klagende Partei auch. Dummerweise tat sie das mitten im Dritten Reich: Dr. Frühwirth beeinspruchte die seiner Meinung nach ungerechtfertigte Entlassung und nahm damit, wie er trotzig festhielt, die jedem Staatsbürger vom Gesetzgeber eröffneten Möglichkeiten richterlicher Hilfe in Anspruch. Das Problem besteht nur darin, dass es unter den obwaltenden Verhältnissen mit der von ihm beharrlich vorausgesetzten Gewaltenteilung nicht mehr weit her ist.

Monate vergehen, ohne dass in der Sache etwas weitergehen würde. Jedenfalls muss der ungeduldige Kläger, dessen finanzieller Verlust mit jedem Tag anwächst, diesen Eindruck gewinnen. Hinter den Kulissen jedoch, wo Gestapochef Fritz Bitter die Fäden zieht, ist man längst dabei, sich eine vielversprechende Strategie zurechtzulegen.

Für den fünfzehnten Dezember erhält der Kläger sodann die irritierende schriftliche Aufforderung, sich einer amtsärztlichen Untersuchung zu unterziehen. Dieser kommt er, wenngleich widerstrebend, nach. Abgeklärt wird, wie ihm jetzt dämmert, in erster Linie sein Geisteszustand. Dem Kollegen gegenüber, der sich, als Frühwirth Einwände erhebt, auf den Standpunkt zurückzieht, nur seinen Dienstpflichten nachzukommen, lässt es der nachmalige Psychiatriepatient offensichtlich an Gelassenheit und Höflichkeit vermissen. Das stützt die Diagnose, die Fritz Bitter im Verein mit dem Kreisärzteführer Dr. Burger bereits im vorhinein erstellt hat.

Eine Woche später, exakt zwei Tage vor dem Weihnachtsfest, klingelt es daheim bei Frühwirths, und Gestapobeamte in Zivil weisen dem verdutzten Facharzt einen von Dr. Friedrich Bitter unterschriebenen Wisch vor, wonach er unverzüglich in Gewahrsam zu nehmen sei. Ziel der winterlichen Reise ist die geschlossene Abteilung der psychiatrischen Klinik Steinhof am Rande von Wien, ein Entmündigungsverfahren läuft.

Fritz Bitter war aufgrund einer Anzeige von Frühwirths Verfahrensgegner in der Causa ungerechtfertigte Entlassung aus dem Kassenvertrag tätig geworden. Das dem unbequemen Kläger darin angelastete Delikt: Querulantentum. Nicht seiner Schwere wegen, sondern wegen seiner, wie soll man es am besten ausdrücken, wegen seiner Delikatesse ressortiert es ausschließlich in den Verantwortungsbereich der Geheimen Staatspolizei.

Schon lange vor dem Aufkommen der Psychiatrie als medizinische Fachdisziplin war das Querulantentum 1795 in der preußischen Gerichtsordnung unter Strafe gestellt worden. Seither bewährt sich der entsprechende Paragraph immer dann am besten, wenn lästige Individuen von der Bildfläche verschwinden sollen, ohne dass man gleich auf einen unfreiwilligen Exitus zurückgreifen will.

Tatsächlich wird Fritz Bitter fünfzehn Jahre später die Stirn haben, sich in diese Richtung zu verantworten, als der Fall Frühwirth erneut gerichtsanhängig wird, jetzt allerdings mit Bitter in der Rolle des Beschuldigten: Er habe nichts anderes im Sinn gehabt, als dem in höchster Gefahr schwebenden Mediziner das in vergleichbaren Fällen von Querulantenwahn durch die Gestapo verordnete Konzentrationslager mit seinen unabsehbaren Folgen zu ersparen.

Nur deshalb habe er vor der Verbringung Frühwirths

nach Steinhof die für diesen Zweck an sich völlig überflüssige amtsärztliche Untersuchung angeordnet, nur deshalb habe er sich so vehement gegen die Entlassung des Frühwirth aus Steinhof gestemmt, wird Menschenfreund Bitter den Ermittlungsorganen seine Version der Ereignisse auftischen.

Die ungebrochene Eloquenz des aufgrund einer Anzeige Dr. Frühwirths 1954 gerichtlich Belangten, gepaart mit seiner durch und durch sympathischen Ausstrahlung, wird wieder einmal verfangen, die Einstellung des Verfahrens gemäß Paragraph 3 des Kriegsverbrechergesetzes wegen falscher Zeugenaussage und möglicher Straftaten, Quälereien und Misshandlungen betreffend, die logische Folge sein.

Am Steinhof in Wien, wo Dr. Heinrich Frühwirth in seinem Anstaltsbett entgeistert der Dinge harrt, die da zu kommen drohen, wird 1940 eine neue, dem allgemeinen medizinischen Fortschritt dienende Fachabteilung eingerichtet werden, der sogenannte Spiegelgrund. Achthundert Kinder werden dort im Laufe der Jahre ihr Leben lassen, viele von ihnen für diverse Zwecke fachmännisch präpariert werden und bis in die Neunzehnachtziger ganz oder in Teilen als Forschungs- und Anschauungsmaterial zur Verfügung stehen.

Einem seit NS-Tagen standorttreuen berühmt-berüchtigten Neurologen, Leiter des Ludwig Boltzmann-Institutes zur Erforschung der Missbildungen des Nervensystems und vielbeschäftiger Gerichtsgutachter, wird die Republik Österreich 1975 das Ehrenkreuz für Wissenschaft und Kunst erster Klasse umhängen. Den Kinderleichen und -teilen winkt zum Ausgleich als späte Wiedergutmachung, denn der Wind wird sich drehen, im einundzwanzigsten Jahrhundert ein Ehrengrab auf dem Wiener Zentralfriedhof.

Kinder sind aber bei weitem nicht die einzigen Toten, die das Spital aktiv produzieren helfen wird. Mehr als dreitausend Patienten werden sich von Steinhof auf den letzten Weg nach Hartheim in Oberdonau begeben müssen, wo ihnen in einem wohlproportionierten, für den rationellen Massenmord adaptierten Renaissanceschloss der Gas-Garaus gemacht werden wird, abermals mehr als dreitausend steht dann nach dem unangenehmen Stop der Aktion T4 anstaltsintern mit Hilfe gezielter Mangelernährung, systematischer Vernachlässigung und ähnlicher Verfahren eine etwas umständlichere Beförderung vom Leben zum Tod bevor.

Am dreiundzwanzigsten Dezember 1938 soll nun in der Heil- und Pflegeanstalt Steinhof über die Therapie des bedauernswerten Geisteskranken Dr. Heinrich Frühwirth entschieden werden. SS-Arzt Dr. Pichler, der beflissene Assistent des Klinikvorstandes, möchte seinem Chef diese Arbeit unbedingt abnehmen, doch Professor Otto Pötzl behält sich vor, den Kollegen lieber selbst in Augenschein zu nehmen.

Schnell kommt die angesehene medizinische Kapazität zum Schluss, dass der Mann kerngesund sei. Doch eine Entlassung liegt längst nicht mehr in Pötzls Kompetenz, obwohl er als Altparteigenosse seit 1930 zweifellos auf der richtigen Seite steht. Deshalb stellt der Primar, wie die Rechtslage es vorschreibt, noch am selben Tag einen entsprechenden Antrag an den Leiter der Gestapo in Wiener Neustadt. Ohne Begründung wird dieses Ansinnen von SS-Hauptscharführer Dr. Friedrich Bitter abgewiesen, ein Weihnachtsgeschenk kommt nicht in Frage. Stattdessen drängt Bitter darauf, das parallel laufende Entmündigunsverfahren zu beschleunigen.

Aber Ober sticht Unter. Die Nazis sind nun einmal keine homogene Masse, auch wenn das nach außen hin so ausschauen soll. Es kommt vor, dass Bitter, der schon an seiner eigenen, ziemlich überschaubaren Außendienststelle laufend mit internen Querelen zu kämpfen hat, sich mit der Kreisleitung in den Haaren liegt, die SA ist der SS ohnehin ein steter Dorn im Auge, und zwischen den in großer Zahl eingeschleppten höheren Parteigenossen aus dem Altreich und den österreichischen Granden herrscht keineswegs immer eitel Sonnenschein. Wie überall in behördlichen Abläufen gibt es jede Menge Intrigen und Interventionen, und man muss höllisch aufpassen, im Einzelfall nicht auf das falsche Pferd zu setzen.

Dieser Frühwirth ist leider nicht ganz so einfach zu biegen, wie Fritz Bitter und die gleichgeschalteten Krankenkassen als Auftraggeber sich das vorgestellt haben. So ein alteingesessener Facharzt ist ringsum bekannt, zählt zu den Honoratioren der Stadt und hat seinerseits Kontakte zu einflussreichen Kreisen. In der Klinik Steinhof darf Dr. Heinrich Frühwirth Besuch seiner Frau empfangen und nützt Anfang des neuen Jahres diese Möglichkeit, um über geeignete Mittelsleute, vielleicht ist sogar Primar Pötzl selbst involviert, an den Reichskommissar für die Wiedervereinigung Österreichs mit dem Reich und baldigen Gauleiter SS-Gruppenführer Josef Bürckel höchstpersönlich heranzutreten. Der nimmt prompt das Heft in die Hand und lässt sich zu Bitter durchstellen.

Jawohl, selbstverständlich, sofort, zeigt der Gescholtene sich beeindruckt und gibt Professor Pötzl am zehnten Jänner 1939 umgehend die wundersame Gesundung des ehemaligen ausgesprochenen Querulanten bekannt. Dr. Heinrich Frühwirth darf heimgehen.

Solche Scharmützel sind aufreibend und schlagen sich schwer aufs Gemüt. Ja, wenn man selbst SS-Gruppenführer wäre wie Josef Bürckel oder Ernst Kaltenbrunner, dem mittlerweile die gesamte Schutzstaffel auf dem Gebiet des ehemaligen Österreich untersteht, also auch Bitter, dann täte man sich wesentlich leichter. Gerade an Kaltenbrunner, mit dem er so vieles gemeinsam hat, die geographische Herkunft aus dem oberösterreichischen Innviertel, die Ausbildung zum Juristen, sogar den Geburtsjahrgang, bekommt der ehrgeizige Fritz jeden verdammten Tag schmerzlich vorgeführt, was im Prinzip möglich gewesen wäre und dass aus ihm bisher eben doch nur ein verhältnismäßig kleiner Führer geworden ist, der gleich den Schwanz einziehen muss, wenn einer der großen Bonzen am Telefon laut wird.

So schwankt er hin und her zwischen Allmachtsphantasien und Ohnmachtsdepressionen, je nachdem, ob er gerade die Geschicke ihm Ausgelieferter entscheidend beeinflussen kann oder selbst zu Kreuze kriechen muss und seine Felle davonschwimmen sieht. Die Ungeduld jedenfalls wächst. Das kann doch nicht alles gewesen sein. Fritz, Kettenraucher seit den frühen Burschenschaftertagen in Ried, gilt als erstaunlich trinkfest, aber es wird in der Zeit nach Marlieses endgültigem Umzug zurück nach Wien sogar in der Öffentlichkeit häufiger vorkommen, dass er übersieht, wann er genug hat. Peinlich ist das.

In diesem Wiener Neustadt hat seine Frau sich, ehrlich gesagt, nie recht eingelebt. Sie kennt dort keine Leute, und die sie über ihren Mann kennenlernt, kennenlernen muss, stehen ihr meist nicht recht zu Gesicht. Zuweilen muss sie repräsentieren, Gastgeberin spielen, auf Gesellschaften gute Miene zum bösen Spiel machen, denn alle tuscheln hinter ihrem Rücken, bedauern sie, machen sich hämisch lustig, jedenfalls kommt ihr das so vor. Fritz dürfte nämlich nach wie vor fremdgehen, spürt sie. Und draußen auf der Straße fühlt sie sich, womöglich ebenfalls grundlos, aus einem ganz anderen Grund angestarrt und gemieden, schließlich hat sich ihr Gatte schnell einen zweifelhaften Ruf erworben in der Stadt.

Die enge Beziehung zu Wildungsmauer und ihrer Familie dort hat Marliese indessen nie aufgegeben, von Wien aus ist der kleine Ort an der Donau mit der Pressburger Bahn günstig zu erreichen. Wer hingegen samt einem Kleinkind weitere fünfzig Kilometer entfernt in Wiener Neustadt wohnt, überlegt sich einen solchen Tagesausflug mit dem komplizierten Umsteigen in der Großstadt lieber zweimal.

Vor allem aber ist der Alltag im Gestapo-Hauptquartier für ein sensibles Gemüt nur schlecht zu verkraften. Draußen vor dem Zaun gehen bewaffnete Wachleute auf und ab, Marliese schämt sich fast, wenn sie beim Heimkommen von Passanten beobachtet wird. Bedrückt schleicht sie sich dann durch den Separateingang ins Haus. In Abständen werden Menschen angeliefert, unten im Keller nach den Regeln der Kunst verhört und später, manchmal auch erst nach zwei oder drei Tagen, ins Gefängnis oder gleich ins KZ verfrachtet, nicht selten schrecklich zugerichtet. Die winzige Zelle da unten ist nicht isoliert, und zuweilen sind die Schmerzensschreie in allen Stockwerken überdeutlich zu vernehmen, keineswegs nur heraußen auf den Gängen, wo das Büropersonal und die SS-Leute geschäftig an ihr vorbeihuschen, manchmal auch der eigene Mann. Soll das Kind in solch einer Umgebung aufwachsen müssen? ereifert sich Marliese. Traudl wird das alles langsam mitbekommen. Wie soll ich es ihr erklären?

Fritz begegnete solchen und ähnlichen Fragen anfangs mit wenig überzeugenden Beschwichtigungsversuchen, doch mit der steten Expansion und weiteren Professionalisierung der Dienststelle lässt sich die für ihn zwar bequeme, aber ohnehin heikle enge Verquikkung von Arbeitsplatz und Wohnung nicht länger aufrechterhalten. Schon im März wird deshalb neuerlich gesiedelt, diesmal hinter den nahen Bahnhof in die Wohlfahrtgasse. Marliese lebt mit der Kleinen jetzt zwar nicht mehr direkt in der Höhle des Löwen, das lässt sie erst einmal durchatmen, aber Bitter ist und bleibt der Löwe in dieser Stadt, unberechenbar, gefährlich und bei vielen Menschen, nicht den schlechtesten übrigens, entsprechend unbeliebt.

Bald hat sie die Nase gestrichen voll. Marliese möchte zurück nach Wien, koste es, was es wolle. Dafür ist sie sogar bereit, in Kauf zu nehmen, dass Fritz wieder eine sturmfreie Bude hat, ernsthaft überlegt sie schon jetzt eine Trennung auf Dauer. Als er das mitbekommt, entwickelt der geborene Stratege einen Plan, der ihm in mehrfacher Hinsicht wie ein Befreiungsschlag vorkommt: Auf Dauer möchte er ja selbst auch vermeiden, im Wiener Neustädter Abseits versauern zu müssen, also kann es im Prinzip nicht schaden, in Wien wieder eine Wohnung zu haben, keine so bescheidene natürlich wie früher in der Staudgasse gleich hinter dem Gürtel, das versteht sich von selbst. Sollen Frau und Kind einstweilen standesgemäß in der Metropole hausen. Jetzt, wo alles in geregelten Bahnen läuft, wird er an den Wochenenden wie früher, damals allerdings nur sehr unregelmäßig, zu ihnen stoßen und ansonsten mehr Luft haben.

Es soll nicht nur heim nach Wien, sondern sogar heim nach Währing gehen, eröffnet Fritz seiner überraschten Frau eines Tages. Oben in der Gersthofer Herbeckstraße, erklärt er ihr, sei ein jüdischer Hausbesitzer enteignet und verjagt worden, und weil er bei der Gestapo quasi an der Quelle sitze, habe er sich die geräumige Hausherrenwohnung in bester Lage organisieren können und bereits inspiziert. Vier Zimmer, Küche, Kabinett und Bad, jede Menge Platz also. Du wirst dich gleich daheim fühlen in dieser netten Umgebung, es ist ein schmuckes Gebäude, etwas zurückgesetzt von der Straße, dieser schönen, breiten Allee, du kennst sie ja, wo der E2 hinunter zum Praterstern fährt, mit einem hübschen Vorgarten und überhaupt mit viel Grün rundherum. Aber ohne Wachleute vor dem Haus, setzt er schmunzelnd hinzu, außer ich werde bald ein ganz hohes Tier.

Das von den Nazis als Bezirk seinerseits zurechtgestutzte Währing am Rande des Wienerwalds ist Marlieses Wohngegend von früher in der degradierten, durch allerlei Eingemeindungen inzwischen aber viel größer gewordenen einstigen Hauptstadt. Als Fritz noch, praktisch um die Ecke ihrer Mietbehausung, einfacher Polizist im Wachzimmer Kreuzgasse war, lebte sie mit ihm fast ein Jahrzehnt hindurch im Achtzehnten, auch nicht unbeschwert, aber weitgehend anonym und frei zu tun, was sie für richtig hielt, wenn er, der Vielbeschäftigte, wie so oft keine Zeit hatte für sie. Jetzt nimmt Marliese wieder Quartier in Währing, allerdings ein gutes Stück weiter westlich in einer besseren Gegend. Die ersten Wochen wird die Erleichterung alles andere überwiegen.

Fritz hingegen kann sich in seiner kargen Wiener Neustädter Freizeit jetzt unbefangener zum Beispiel dem weiblichen Gestapo-Personal widmen. Das schmeichelt zwar seinem Ego, aber da er wie gesagt nicht als kleiner Führer in der Provinz verkümmern will, geht es ihm in diesen letzten Friedensmonaten trotzdem einigermaßen beschissen.

Der Deutschland aufgezwungene Krieg ist, aus diesem Blickwinkel betrachtet, ein rechter Segen für Bitter, ergeben sich dadurch doch endlich neue, verlockende Perspektiven. Dabei hat Fritz weniger eine aktive Beteiligung an den fraglos glorreichen Feldzügen selbst im Sinn, vielmehr wird sich, da muss man wirklich kein großer Prophet sein, der Bedarf an Führungskräften im Sicherheitsdienst vervielfachen, um in den bald schon eroberten Gebieten den Boden für die gefahrlose Verankerung des nach ausreichend Lebensraum gierenden Deutschtums zu bereiten. Man wird sich nicht länger gegenseitig auf die Zehen steigen, und über die Episode als Leiter der Gestapo-Außenstelle in einem Provinzstädtchen der Ostmark wird er sicherlich über kurz oder lang milde lächeln können.

Bitter tut jedenfalls alles Erdenkliche dafür, dass sich sein glühender Einsatz für das künftige Großdeutsche Reich bis nach Berlin durchspricht, denn wer hoch hinaus will, muss sich auch in diesem idealen Staatswesen mit ehrfurchtgebietenden Titeln und Rängen schmücken können, und die werden mittlerweile ausschließlich bei den Preußen verliehen. In der SS geht es für Bitter zwar bereits seit 1934 stetig aufwärts, seine Beamtenlaufbahn ist hingegen erst mit dem Gestapoleiter-Posten in Wiener Neustadt so richtig in Schwung gekommen, denn das untergegangene Österreich hatte ihm bekanntlich nur Prügel vor die Füße geworfen.

Der erste wesentliche Schritt ist mit dem ziemlich unauffälligen Amtstitel Regierungsassessor verbunden, den er ab Anfang 1940 führen darf. In der Ernennungsurkunde, für die Reinhard Heydrich verantwortlich zeichnet, wird – ungleich wichtiger ist das für den Beförderten – Dr. Friedrich Bitters Übernahme in das Beamtenverhältnis auf Lebenszeit bestätigt: *Zugleich darf er sich des besonderen Schutzes des Führers und Reichskanzlers sicher sein.*

Und weil schon der Name Heydrich gefallen ist, soll an dieser Stelle ein kleiner Vorgriff erfolgen, um zu unterstreichen, dass es fast durchwegs die ganz großen, dafür berühmt-berüchtigten Praktiker seiner Zunft sind, die Bitters einschlägige Karriere ab Kriegsausbruch formell so richtig in Schwung bringen. Wofür sie als abschreckende Beispiele in die Geschichtsbücher eingehen werden, dafür stehen auch Bitters Name und Tun.

Nur eineinhalb Jahre später wird der schriftliche Vorschlag betreffend die Ernennung des Regierungsassessors Dr. Friedrich Bitter zum Regierungsrat, adressiert an den Chef der Präsidialkanzlei des Führers und Reichskanzlers, die zackige Originalunterschrift H. Himmler tragen, auf der entsprechenden Ernennungsurkunde gar der handschriftliche Namenszug Hitlers selbst prangen, aus Überlastungsgründen allerdings nur faksimiliert. Und schließlich wird auch Heydrichs Nachfolger, Bitters steter Reibebaum Dr. Ernst Kaltenbrunner für das eine oder andere Dekret verantwortlich zeichnen, das den Helden dieses Buches als Kommandeur von Sicherheitspolizei und SD jenseits der südlichen Reichsgrenzen in Amt und Würden kleidet oder als am Ort seines veranwortungsvollen Einsatzes auf absehbare Zeit unabkömmlich ausweist.

Die frühen Stufen auf der Karriereleiter, die zum Assessor und zum SS-Hauptsturmführer, erreichen Bitter noch als Leiter der Wiener Neustädter Außenstelle. Als Herr Regierungsrat darf Fritz sich erst in der

Zentrale am Donaukanal ansprechen lassen, mit über neunhundert Mitarbeitern die größte Dienststelle der Gestapo im ganzen Reich. Dort ist er von Frühsommer 1940 bis Anfang 1942 als Leiter des Riesenreferats II G ausgelastet, eine wahre Herkulesaufgabe. Dr. Friedrich Bitter wird sie, wie nicht anders zu erwarten, souverän bewältigen.

In der Wehrmacht entspräche der SS-Rang Hauptsturmführer dem eines Hauptmanns. Da ist allemal noch Luft nach oben.

V

Daheim in Wien hängt der Haussegen von Monat zu Monat schiefer. Seine notorischen Frauengeschichten sind offene Geheimnisse, und Marliese, die ihn, warum weiß sie selbst nicht, im Grunde ihres Herzens nach wie vor liebt, fühlt sich mehr und mehr gedemütigt. Das Kind, die kleine, pausbäckige Traudl, die sich jedes Mal wieder – ihre früheste Erinnerung an den Vater – vor seinem schweren Lederuniformmantel fürchtet und zu weinen anfängt, wenn er heimkommt, interessiert Fritz bestenfalls am Rande, der Beruf, das Wohlergehen der neuen Ordnung sind wie gehabt sein Ein und Alles, abgesehen vom Weibern und vom üppigen Feiern natürlich. Bitter muss, scheint es, permanent Vollgas geben und möglichst ohne Unterlass im Mittelpunkt stehen.

Was die aktuellen Nebenfrauen anlangt, ist in diesen Jahren an der Gerüchtebörse viel von einer geheimnisvollen Gräfin aus rechtskonservativem deutschem Adel die Rede. Besser belegt ist sein Verhältnis zur eigenen Chefsekretärin. Und doch wird Marliese ausgerechnet jetzt wieder schwanger. Die Zeugung des zweiten Kindes fällt mit Fritz' Rückversetzung nach Wien zusammen. Lässt sie sich dazu überreden, weil er ihr in seiner Paraderolle als charmanter Frauenbetörer aus diesem Anlass wieder einmal einen Neuanfang vormacht, ewige Besserung gelobt? Geht mit dem Erotomanen Fritz eines Abends schlicht der Gaul durch? Ist er glücklich, als er es erfährt, ärgert er sich gar? Will er mit bald vierzig endlich einen Buben in die Welt setzen, oder ist ihm der eigene Nachwuchs in Zeiten unerhörter geschichtlicher Umwälzungen schlicht und einfach gleichgültig?

Im unappetitlichen Scheidungsakt wird davon die Rede sein, dass Hedda ein Kind der Versöhnung war. Jedenfalls wird Fritz das behaupten. Damit will er offenbar beweisen, dass seine Frau ihm die ewigen Seitensprünge ja ohnehin verziehen habe und eigentlich kein nachvollziehbarer Trennungsgrund vorliege, keiner jedenfalls, der ihm als Verschulden anzulasten wäre.

Für eine viel zu kurze Zeitspanne schaut es vorerst tatsächlich so aus, als würde sich manches zum Besseren wenden: Fritz ist zwar immer noch ein wichtiger Mann, sogar wichtiger als zuvor, wie er zu betonen nicht müde wird, das schon, aber in der Anonymität der Großstadt und im Heer der Gestapo-Beschäftigten am Morzinplatz ist er selbst als Regierungsrat und Referatsleiter doch wieder nur einer unter mehreren, das entlastet Marliese etwas.

Ihm ist freilich ein gewaltiges Ressort unterstellt, sein Posten eine absolute Vertrauensstellung: Post- und Telefonüberwachungen sind jetzt genauso sein Metier wie der Personen- und der Versammlungsschutz, in Zusammenhang damit natürlich auch Attentatsmeldungen, Waffen- und Sprengstoffangelegenheiten. Bitters Untergebenenheerschar hat zudem für die Überwachung von Beherbergungsbetrieben zu sorgen, die Einhaltung der Meldepflicht zu kontrollieren. Sie überprüft neuaufgenommenes Gestapopersonal, behält andererseits aber auch ausgeschiedene Mitarbeiter genau im Auge, und das ohne zeitliche Begrenzung, versteht sich. Seinem Referat obliegt weiters die Bewachung des bei so vielen verhassten Dienstgebäudes am Morzinplatz 4, die Ausstellung von Passierscheinen, die Erstellung des Tagesrapports. Außerdem ist es für erkennungsdienstliche Maßnahmen im Zusammenhang mit von den Abteilungen II und III beamtshandelten Personen zuständig, und als im Herbst 1940 seinem II G das bisher selbständige Referat II Ks angeschlossen wird, muss Bitter sich auch noch der Aufklärung von Unfällen, Bränden, Explosionen und ähnlichen Ereignissen annehmen, die mit Sabotage oder politischen Motiven in Verbindung gebracht werden.

Was ihm jedoch besonderen Respekt bei der Kollegenschaft einträgt, ist seine Zuständigkeit für Disziplinarangelegenheiten im Bereich der gesamten Dienststelle samt ihren Ablegern. Diese heikle Aufgabe behält Bitter sich in der Regel selbst vor, und er geht mit unbotmäßigen Gestapo-Leuten nicht anders um als die Gestapo gemeinhin mit tatsächlichen oder vermeintlichen Übeltätern, mit aller Härte nämlich.

Marliese will die Details gar nicht wissen, und ihr Mann würde sie auch nicht preisgeben. Jedenfalls dürfte Fritz trotz der Vielzahl an Tätigkeiten immer noch zu wenig ausgelastet sein, gilt er doch überdies als gefragter Ausbilder für neue Gestapo-Mitarbeiter, weil das Naturtalent so gut umgehen kann mit den Leuten. Für seine unpolitische Frau hat es eine Zeitlang den Anschein, als würde der gemäßigte Beamte den SS-Fanatiker allmählich in den Hintergrund drängen. Ihr kann diese Entwicklung nur recht sein.

Wenn er, selten genug, einen Abend zu Hause verbringt, nimmt er gern Klavierauszüge von Strauß-Walzern aus der Lade, spielt und singt er sich von bekannten Schubert-Liedern bis hin zu den aktuellen Schlagern durchs Repertoire, hinreißend zum Beispiel seine Interpretation von Johannes Heesters' jüngster Erfolgsnummer ›Man müsste Klavier spielen können‹. Traudl, die endlich ins Bett muss, darf sich ein paar Kinderlieder wünschen. Zuweilen legt Fritz sich auch kurz hin mit der Tochter und summt eine Einschlafmelodie.

Schön könnte es sein, sinniert Marliese in solchen Momenten.

Doch die nächste Affäre bleibt nicht aus. Selbst Referatsleiter müssen bei der Gestapo zuweilen Nachtdienst schieben, nicht zuletzt, um ihre Opfer gehörig in die Mangel zu nehmen. Zu Erholungszwecken hat man deshalb, freilich nur für die Vernehmungsbeamten, Ruheräume eingerichtet, die sich, sofern die jeweilige Dame ebenfalls vom Amt ist und somit ungehinderten Zutritt hat, hervorragend für gemeinsame Mußestunden eignen, wenn weniger Arbeit anfällt.

Derlei Lustaktvitäten, Fritz müsste es eigentlich längst wissen, bleiben garantiert nicht geheim bei der Geheimen Staatspolizei. Denn nicht nur Dr. Friedrich Bitter ist ehrgeizig und erfinderisch, wenn es darum geht, Nutzen zu ziehen. Die Leitstelle ist ein einziger Intrigantenstadel, es wird fleißig denunziert, um lästige Konkurrenten auszuschalten, um die reine Lehre zu wahren, oft auch nur aus bloßem Spaß an der Freud', wie man in Wien so treffend sagt. Gleich wird das näher ausgeführt werden, und zwar an einem Beispiel, bei dem es um wesentlich mehr geht als um den schiefen Haussegen, um Sein oder Nichtsein nämlich.

Marliese aber, wer will es ihr verargen, reicht die neuerliche Zumutung bei weitem. In ihrer Verzweiflung weiht sie diesmal sogar die Schwiegermutter ein, bevor Fritz, direkt aus Berlin kommend, wo er im Reichssicherheitshauptamt zu tun hatte, kurz Zwischenstation im verschlafenen Schärding macht. Karoline Bitter ist außer sich und gibt ihre gewohnte Zurückhaltung gegenüber dem Sohn auf, als sie ihn anherrscht: Du bist zwar Regierungsrat und Doktor, aber zu groß wirst du mir trotzdem nicht, wenn du dich so aufführst, merk dir das! Und dann teilt sie an ihn, das erste Mal seit Jahrzehnten, links und rechts eine Ohrfeige aus.

Seit der furchtbaren Geschichte mit Pepi ist die Mutter überhaupt nicht mehr sonderlich gut auf ihn zu sprechen. Eine grundsätzliche Aversion gegen Uniformen kann man ihr schwerlich nachsagen, ganz im Gegenteil, schließlich hat sie seinerzeit selbst dem Werben eines schmucken Gendarmen nachgegeben. Aber diese SS-Kluft! Hast du nicht auch das Gefühl, fragt sie ihren Mann, als Fritz wieder weg ist, dass der Bub, sobald er in so einer Montur steckt, wie ausgewechselt ist, ein völlig anderer Mensch, überheblich, zynisch, rücksichtslos? Ganz egal, ob an dieser angeblichen Persönlichkeitsspaltung etwas Wahres dran ist, Fritz Bitter wird bis Kriegsende immer seltener Zivil tragen.

Sein Abteilungschef in der Gestapo-Leitstelle ist übrigens ein weiterer Jahrgangskollege, Grund genug für einen wie Fritz, wieder einmal Vergleiche zu ziehen, die nicht zu seinen Gunsten ausfallen. Wilhelm Bock, ein Reichsdeutscher, stammt ganz aus dem Norden, aus der Hansestadt Lübeck nämlich, wo der ehemalige Handelsangestellte der Gestapo vorstand, bis er mit dem Anschluss ans andere Ende nach Wien versetzt wurde. Mittlerweile hat er es auch hier bereits zum Stellvertreter des Leiters der gesamten Dienststelle Franz Josef Huber gebracht. Ganz so außer Reichweite wie Ernst Kaltenbrunner ist dieser 1903er aber nicht. Erstens steht er nur eine Stufe über Bitter, die beiden haben im Alltag laufend miteinander zu tun. Bock ist zweitens kein Akademiker, und für kurze Zeit, als Fritz 1941 zum SS-Sturmbannführer aufrückt, werden beide sogar den selben Rang in der Schutzstaffelhierarchie bekleiden.

Dann geschieht etwas Ungeheuerliches: Am fünfundzwanzigsten August 1940 greift die Royal Air Force zum ersten Mal Berlin an. Tags zuvor fielen die ersten deutschen Bomben auf London. Im Pressereferat der Gestapo in Wien entspinnt sich darüber in Ansätzen eine Diskussion, was eigentlich von Rechts wegen gar nicht vorkommen dürfte, weil Meinungen zu solchen Geschehnissen grundsätzlich vorgegeben sind. Der kleine Beamte Albert Tomsik lässt sich trotzdem zu der unvorsichtigen Aussage hinreißen, man brauche sich nicht zu wundern, dass die Engländer unsere Hauptstadt aus der Luft attackieren, wenn das Deutsche Reich die ihre bombardiert. Im übrigen, legt er noch ein Schäufchen nach, im übrigen missbillige er grundsätzlich eine solche Art der Kriegsführung.

Die Geschichte ist längst vergessen, als Tomsik am zehnten Oktober von Dr. Friedrich Bitter an seinem Arbeitsplatz festgenommen wird. Jemand hat ihn angezeigt, offenbar mit einiger Verspätung und nicht, wie der Dienstweg dies ausdrücklich vorsieht, bei seinem unmittelbaren Vorgesetzten Dr. Rosse, dem Referatsleiterkollegen Bitters, sondern eine Etage höher bei Wilhelm Bock. Der Grund dafür ist offensichtlich: Rosse, dem aus den jetzt anlaufenden Untersuchungen selbst gröbere Schwierigkeiten erwachsen, hat Tomsik seinerzeit für den Posten empfohlen und kann den Mann gut leiden.

Abteilungschef Bock, wesentlich weniger sentimental, bat umgehend den für Disziplinarangelegenheiten im Haus zuständigen Fritz Bitter zu sich und übergab ihm den Fall. Der weiß, was zu tun ist. Noch vor dem ersten Verhör leitet Bitter persönlich eine Hausdurchsuchung bei dem Beschuldigten, die aber nichts zusätzlich Belastendes ergibt. Nur Tomsiks hysterische Frau, erst seit April mit ihm verheiratet, macht eine Szene.

In der Folge befragt Bitter aus taktischen Gründen zunächst ausführlich den Anzeiger, einen gewissen Johann Metzger, sowie kurz und oberflächlich die mutmaßlichen anderen Mithörer im betreffenden Dienstzimmer des Pressereferates, für die nunmehr selbst viel auf dem Spiel steht, weil sie es pflichtvergessen unterlassen haben, Tomsiks üble Entgleisung unverzüglich zu melden. Sitzen sie gar in einem Boot mit dem Saukerl? Noch hält Bitter sich in seinen Methoden zurück, er will bloß den Boden aufbereiten.

Angst und Schrecken sind erfolgreich verbreitet, zieht er nach dieser ersten Runde zufrieden Bilanz, die werden alle ihren eigenen Kopf retten wollen und sicherlich brav singen, was man ihnen vorsingt, sollte der in Gewahrsam Genommene unerwartete Steherqualitäten zeigen.

Dann nimmt Fritz endlich den in Einzelhaft schmorenden Spitzbuben Tomsik selbst ins Gebet, mit Blick auf die dafür nötige Nachtschicht und mit einer Prise NS-Humor gewürzt, ließe sich formulieren: ins Abendgebet. Dank seiner Routine, gepaart mit strategischer Gewitztheit und dem üblichen Repertoire an unterstützenden Maßnahmen, findet Bitter schnell Mittel und Wege, dem Mann ein umfangreiches und lückenloses Geständnis zu entlocken. Dass das kein Grund für eine milde Bestrafung sein kann, dafür wird man bei einem Gestapo-Mitarbeiter, auch wenn er nur ausländische Zeitungen auswertet und sortiert, jedes Verständnis voraussetzen dürfen.

Abfällig, zersetzend, defaitistisch, heimtückisch sind die Adjektive, mit denen sich Albert Tomsiks Äußerungen zum Luftangriff auf Berlin in der schriftlichen Begründung für die harte, aber zweifellos gerechte Strafe trefflich charakterisieren lassen. Dr. Friedrich Bitter ist mit sich wieder einmal rundum zufrieden. Tomsik verschwindet für fast das gesamte nächste Jahr im Gestapokerker und wird dann trotz gewisser gesundheitlicher Defizite zur Weiterbehandlung ins Konzentrationslager Dachau überstellt werden, wo er sich unter verschärften Bedingungen noch einmal vierzehn Monate lang besinnen darf.

Schließlich macht man dem Häftling dort im November 1942 das großzügige Angebot, selbst zu entscheiden, ob er eine Luftveränderung in Betracht ziehen möchte oder nicht. Es wird ihm nämlich, weil man nicht nachtragend sein will, die attraktive Möglichkeit eingeräumt werden, sich in einer Kompanie von Übeltätern an vorderster Front zu bewähren. Tomsik wird sie nutzen und bewährt sich insofern, als er den Heldentod zwar nicht sucht, aber binnen kurzem findet.

Während seines ersten Wiener Haftjahres darf Paula Tomsik, die vergeblich Himmel und Erde in Bewegung setzt, um ihren frisch angetrauten Mann zu retten, Albert hin und wieder einen kurzen Besuch abstatten. Bei einer dieser Gelegenheiten gelingt es ihm, ihr den Namen des Denunzianten zuzuraunen. Auch einstige Arbeitskollegen werden nach dem Krieg Frau Tomsik gegenüber Johann Metzger einhellig als den Schuldigen bezeichnen. Sie wird, obwohl sie sich dafür neuerlich Schmerzen um den Verlust ihres Gatten aussetzen muss, den Rechtsweg beschreiten.

Es könnte nun der Eindruck entstehen, Fritz Bitter wäre prinzipiell kein guter Kamerad, nur weil er regelmäßig pflichtvergessene und heimtückische Gestapo-Leute ohne falsche Nachsicht in die Schranken weist. Dem aber sei auf der Stelle unmissverständlich entgegengetreten: Für untadelige Mitstreiter nimmt er es sogar auf sich, weit jenseits seiner Kompetenzen tätig zu werden, um ihnen das Leben zu erleichtern.

Robert Kreehan zum Beispiel kennt er schon seit den Tagen von Gersthof II, jener frühen NSDAP-Ortsgruppe, zu der Revierinspektor Bitter vor jetzt genau einem Jahrzehnt stieß. Dass der Robert heute in seinem Referat als Personenschützer arbeitet, ist vermutlich kein Zufall. Dem alten Kumpel geht es leider verdammt schlecht. Die Ursache dafür muss man nicht lange suchen. Zwischen den Kreehans und ihren Nachbarn, den Ehegatten Eulemann, herrscht schon seit einiger Zeit dicke Luft. Dazu trägt sowohl die von Robert vermutete grundsätzliche Abneigung letzterer gegen die Nazis, aber auch ein davon weitgehend unabhängiges fatales Talent der beiden Damen bei, einander bei jeder sich bietenden, meist nichtigen Gelegenheit lauthals zu beschimpfen.

Ich habe als Vorgesetzter Kreehans die Wahrnehmung gemacht, dass dieser jedes Mal nach einem derartigen Streit so nervös und aufgeregt war, dass er kaum in der Lage war, seinen Dienstobliegenheiten nachzukommen. Als fürsorglicher Chef kann sich Fritz Bitter den dringlichen Bitten seines zerrütteten Mitarbeiters sowie von dessen unmittelbarem Vorgesetzten Dr. Othmar Trnka auf Dauer nicht verschließen, Frau Eulemann, wie er es vor dem Volksgericht 1952 als Zeuge so treffend ausdrücken wird, *das Ungehörige ihres Benehmens vorzuhalten und sie zu veranlassen, mit Frau Kreehan nicht dauernd Streit anzufangen.*

Aus reiner Freundschaft zu Robert und um die für das große Ganze immens schädliche fortwährende Beeinträchtigung seiner dienstlichen Leistungen ein für allemal abzustellen, zitiert Bitter die Eulemann tatsächlich zu sich ins Büro. Als Drecksau, Schlampe und

Kanaille soll sie die Kreehan unter anderem apostrophiert haben, weiß er von Robert. Bitter erspart es sich, die genaueren Umstände der Streitigkeiten, deren tatsächliche Urheberschaft und allenfalls von Frau Kreehan ihrerseits in die Auseinandersetzungen eingebrachte Schimpfwörter zu erheben, er hat ja seine Zeit nicht gestohlen. Wie sie da eingeschüchtert vor ihm sitzt, die Hände gefaltet, den Blick zu Boden gesenkt, würde man Franziska Eulemann die große Goschen gar nicht zutrauen.

Fritz lässt sie aber auch gar nicht richtig zu Wort kommen. In gebotener Lautstärke spricht er nach einigen Belehrungen voller Plastizität über die anderen Geschütze, die er auffahren werde, falls ihm noch einmal das Geringste in der Art zu Ohren kommen würde, eine strenge Verwarnung aus, obwohl er dazu gar nicht befugt ist, weil gewöhnliche Nachbarschaftsstreitigkeiten weder in sein Ressort noch überhaupt in die Zuständigkeit der Gestapo fallen. Bitter und Othmar Trnka, der im Jahr danach, als er den nach Charkow Versetzten im Amt beerbt, seinen wenig germanischen Nachnamen auf die bestens eingeführte Schreibweise Trenker ändern lassen wird, haben zudem vereinbart, aus pädagogischen Gründen darauf zu verzichten, Frau Eulemann davon in Kenntnis zu setzen, dass die Sache intern geregelt und sie daher nicht aktenkundig wird.

Während also Frau Kreehan sich wie bisher kein Blatt vor den Mund nehmen muss und ihrer Neigung zum ausgeprägten Räsonieren ungehindert nachgehen kann, sieht sich Frau Eulemann ab sofort zu vornehmer Zurückhaltung gezwungen, auch wenn ihr das ausgesprochen schwerfällt. Robert Kreehan wird beim leisesten Anlass den dezenten Hinweis fallen lassen können, dass sie auf der Gestapo beim nächsten Mal unter Garantie nicht so glimpflich davonkommen werde, und diese Vorgangsweise wirkt tatsächlich Wunder. Kreehan wird es völlig schleierhaft bleiben, wieso die nachtragenden Eulemanns dereinst im neuen Österreich auf den abwegigen Gedanken kommen können, ihn so einer Lappalie wegen als Denunzianten vor Gericht zu zerren.

Steht die unsägliche Causa Eulemann für das untere Ende des Spektrums seiner rastlosen Aktivitäten, die Niederungen eines ganz gewöhnlichen Nachbarschaftskonfliktes, darf Bitter sich bei den Weichenstellungen für die folgende Operation einbilden, weltgeschichtlichen Atem einzusaugen und organisatorische Verantwortung dafür zu tragen, dass das deutsch-französische Verhältnis nach dem Ratschluss des Führers auf eine neue Grundlage gestellt wird.

Da ihm wie erwähnt auch der Personenschutz untersteht, sieht Fritz sich im Dezember 1940 mit einem in mehrerlei Hinsicht höchst außergewöhnlichen Auftrag konfrontiert. Bei dem Schutzwürdigen handelt es sich um einen längst Toten, um niemand geringeren nämlich als den jung verstorbenen Herzog von Reichstadt, der über einhundert Jahre gleich neben seinem Großvater Franz, dem letzten römisch-deutschen Kaiser, ungestört in Wiens berühmter Kapuzinergruft ruhte.

Der Sarkophag mit Napoleons Sohn soll nun, ordnet Hitler an, in den Pariser Invalidendom überführt werden, und man lässt deshalb den Ordensprovinzial samt dem Pater Guardian umgehend ins Gestapo-Hauptquartier zitieren, wo mit Dr. Karl Ebner ein erprobter Verbindungsmann zum Klerus, der sich etwas später engagiert des Wiener Judenproblems annehmen wird, die Befürchtungen der Geistlichen schnell zerstreuen kann, ihr Kloster könnte aufgehoben werden. Den Herzog aber werden sie herausrücken müssen.

Eine ehrliche Geste gegenüber dem besiegten Frankreich will der Führer setzen. Marschall Petáin hat ihm zwar zu diesem Zweck einen Friedensvertrag sowie die Entlassung von zwei Millionen Kriegsgefangenen vorgeschlagen, Hitler jedoch findet die Sache mit dem Spross Napoleons besser. Allerdings fürchtet er Unmutskundgebungen, weswegen alles unter strengster Geheimhaltung vonstatten geht.

Erste Station der symbolisch aufgeladenen Überführung ist Wiens Westbahnhof, wo auf einem Abstellgleis bereits ein Sonderwaggon auf die kostbare Fracht wartet. In ihm erreichen die bestens bewachten sterblichen Überreste des Herzogs, nach bonapartistischer Lesart Napoleon II., ohne Zwischenfälle die französische Metropole. Vom dortigen Ostbahnhof aus setzt sich sodann mitten in der Nacht vom vierzehnten auf den fünfzehnten Dezember, damit klar ist, wer hier das Sagen hat, eine deutsche Lafette samt deutscher Eskorte in Richtung des monumentalen Kuppelbaus jenseits der Seine in Bewegung. Erst direkt am Bestimmungsort übernehmen Pariser Munizipalgardisten im Fackelschein für die letzten Meter den Transport. Tags darauf darf die Anhängerschaft Napoleons in der prächtigen Weihestätte mit Trommelwirbel und Fahnengepränge pathetisch ihre große Stunde feiern: Vater und Sohn sind glücklich vereint.

Es sind berufliche Sternstunden wie diese, die Fritz seinen Lieben nicht wie die meisten anderen auf Dauer vorenthalten muss, auch wenn sein Beitrag zum Gelingen der wichtigen Unternehmung womöglich wesentlich geringer ausgefallen sein mag als von ihm behauptet. Die deutsche Propaganda bejubelt den großmütigen

Akt im nachhinein in den höchsten Tönen, und in diesem Glanz will natürlich auch er sich sonnen, da sollen die vielen Monarchisten in der Verwandtschaft ruhig die Nase rümpfen. So wird sich der Wissensstand seiner Familie über die Dienstleistungen Bitters als hohes Tier bei den Nazis später einmal als ziemlich einseitig erweisen, denn der Alltag im Amt ist von weniger angenehmen Herausforderungen geprägt, die niemand an die große Glocke hängt.

Gerade als man ihn zusätzlich mit dem nicht zuletzt aufgrund interner Zwistigkeiten besonders problematischen Referat II Ks betraut, häufen sich überall die Sabotagefälle. Zum Beispiel öffnet ein gewisser Rudolf Snovitzka, Dampfkesselheizer von Beruf, mitten in der Nacht um zwei Uhr fünfundzwanzig das Abschlammventil beim Kessel 4. *Durch die rechtzeitige Entdekkung wurde eine Explosion des Dampfkessels verhindert. Im Falle einer Explosion wäre der gesamte Betrieb etwa 2 bis 3 Wochen zum Stillstand gekommen.*

Für die Gestapo reicht in solchen Fällen ein gewöhnliches Geständnis des Ertappten natürlich keineswegs aus, muss man doch stets davon ausgehen, dass es sich nicht um einen fanatischen Einzeltäter handelt, sondern um eine organisierte Widerstandsgruppe, die nur darauf wartet, erneut zuschlagen zu können. Und sollte Snovitzka auf eigene Faust gehandelt oder das Ventil gar aus Versehen geöffnet haben, so werden sich trotzdem einige Namen aus ihm herauspressen lassen, und die Betreffenden werden nach den Befragungen wie Tomsiks Kollegen im Pressereferat keine ruhige Nacht mehr haben, auch wenn man sie laufen lassen muss. Das kann nie schaden.

Für Bitter sind die verschärften Verhörmethoden nichts Neues, auf sie musste er auch in Wiener Neustadt gelegentlich, eigentlich ziemlich häufig zurückgreifen. Offiziell müsste dazu ganz oben beim Dienststellenleiter ein Antrag gestellt werden, die Zahl der Stockhiebe ist auf zwanzig begrenzt und ein Arzt beizuziehen. Ganz so genau nimmt man das aber nicht immer, bei Gefahr im Verzug etwa, sobald es darum geht, Hintermänner möglichst schnell dingfest zu machen, oder wenn das Verhörpersonal begreiflich erregt ist. Bitter selbst können im Gegensatz zu manchen Kollegen aus seiner nächsten Umgebung keine Todesfälle beim Foltern unterstellt werden, jedenfalls bieten die Akten, von denen allerdings nur ein kleiner Bruchteil erhalten ist oder erschlossen werden kann, dafür keinen Hinweis. Er hat sich stets in der Gewalt, bleibt überlegt und weiß, wie weit er gehen darf. Aber so weit geht er.

Einer seiner Untergebenen im Referat, wie Robert Kreehan als Personenschützer beschäftigt und daher kaum je im direkten Kontakt mit Gestapo-Häftlingen, wird sich später einmal an folgende Begebenheit erinnern: *Eines Tages hörte ich Geschrei aus dem mir anschliessenden Zimmer und als ich schnell das Zimmer betrat, sah ich, wie zwei Beamte einen Mann beim Rock hielten, der zur Hälfte beim Fenster hinaushing und schrie. Der Mann war an den Händen gefesselt und wie es mir erklärt wurde, wollte er Selbstmord dadurch verüben, dass er beim Fenster versuchte, hinauszuspringen.* Ob sich dieses Geschehen noch zu Bitters Zeiten oder schon in der besonders brutalen Ära Trnka vulgo Trenker zuträgt, wird sich dem Protokoll nicht entnehmen lassen.

Doch das ohnehin allgemein bekannte dreckige Geschäft der Geheimen Staatspolizei, mit dem Fritz sich derzeit noch tagein tagaus herumschlagen muss, soll hier nicht weiter ausgebreitet werden. Schließlich zeichnen sich am Horizont welthistorische Ereignisse ab, die weit über die Mission der Gebeine von Napoleons Sohn hinausgehen und Bitters künftigen Berufsweg entscheidend beeinflussen sollen.

Gebeine werden indes auch diesmal eine große Rolle spielen: Neben den Vorbereitungen für die Endlösung der Judenfrage steht 1941 vor allem der Überfall auf die Sowjetunion an. Viele im Reich hervorragend bewährte Gestapokräfte schalten und walten nun bald auf Spitzenpositionen in den Weiten der überrannten russischen Landstriche. Abteilungschef Wilhelm Bock und sein Referatsleiter Fritz Bitter aus Wien sind zwei von ihnen. Bock wird sich vorerst als Kommandeur des Vorkommandos Moskau der Einsatzgruppe B bei der systematischen Judenvernichtung unsterblich machen, bevor er die Staatspolizeileitstelle Berlin übernimmt und dort am ersten Mai 1945 dem Führer in den Freitod folgen wird.

Nach einem kurzen, aber einprägsamen Gastspiel nördlich von Kiew auf der Durchreise zur neuen Dienststelle wird Jahrgangskollege Bitter seinerseits nahtlos an die Massenmorde anschließen, die rund um die mit 830 000 Einwohnern viertgrößte Stadt der Sowjetunion schon die längste Zeit auf dem Programm stehen, als er für den ganzen Generalbezirk Charkow im Reichskommissariat Ukraine das Kommando der Sicherheitspolizei und des SD übernimmt. Ein Schnellbrief aus Berlin vom fünfundzwanzigsten Jänner 1942 setzt ihn von diesem ehrenvollen Karrieresprung in Kenntnis.

Nach dem Krieg wird Bitter so tun, als handle es sich bei diesem Amt um einen ziemlich harmlosen, untergeordneten Büroposten, bei dem es in erster Linie um

Berichterstattung ginge, um Papierkrieg also statt um die Auswüchse des echten. Niemand von Relevanz wird ihm widersprechen, das Thema gleich wieder vom Tisch sein. Doch mit dem Schritt hinaus in die besetzten Gebiete wird der Held dieses Buches endgültig eine Linie überqueren, hinter die er sich auf einer höheren Ebene als jener militärischer Strategien nie wieder zurückziehen wird können.

Was also umfasst so eine Kommandantur neben der von Bitter nachmals freimütig zugestandenen nachrichtendienstlichen Datensammlung und ihrer Weiterleitung? Vorm Volksgericht wird er dereinst etwas von den gewöhnlichen Agenden sicherheitspolizeilicher Tätigkeit schwadronieren, die mit seinem Amt verbunden gewesen seien. Kein Mensch wird auf den Gedanken kommen nachzubohren: Moment einmal! Was darf man sich darunter bitte vorstellen, guter Mann? Heraus mit der Sprache!

Wenigstens hier wird nicht länger um den heißen Brei herumgeredet werden. Was steckt denn wirklich hinter den zur NS-Sprachhülse verkommenen Vokabeln Sicherheitspolizei und SD, BdS und KdS? Und was wird sich in diesem Rahmen genau abspielen, wofür Bitter die Verantwortung trägt?

Nun, wer die Sicherheitspolizei befehligt, dem unterstehen Gestapo, Kripo sowie die Grenzpolizei, so einfach ist das. Das Wort Sicherheitspolizei ist der Überbegriff für alle drei. Und der meist abgekürzte SD, der Sicherheitsdienst des Reichsführers-SS, nimmt die geheimdienstlichen Aufgaben wahr. Dem in Kiew stationierten BdS für die gesamte Ukraine, also dem Befehlshaber der Sicherheitspolizei und des SD, untersteht formell der regionale KdS, etwa Kommandeur Bitter in Charkow. In einem gewissen Rahmen ist diesem die Kompetenz übertragen, autonom zu entscheiden.

Schön, und jetzt ganz konkret: Wieso überschreitet Fritz Bitter in dieser Machtposition eine besondere Linie, hinter die es kein Zurück mehr gibt? Auch auf diese klare Frage gibt es eine bestürzend einfache Antwort. Es hat sich ja schon einiges angesammelt, aber bisher räumte Fritz bloß mit einzelnen Menschen auf, die ihm oder seinen Dienstherren missfielen. Ab sofort wird in einem Großteil der Fälle dieser nachvollziehbare, wenngleich oft himmelschreiende Zusammenhang zwischen dem Reden, dem Handeln, dem Verhalten, der Rasse einzelner Individuen und seinem energischen Einschreiten nicht länger gegeben sein.

Bitters Federstrich oder lediglich sein mündliches Kommando werden künftig ausreichen, um in ordentlichen Zehnerpotenzen zu morden. Schrecklich runde Zahlen werden es zumindest bei den Erschießungen sein, denn es wäre abgrundtief lächerlich, aus Vergeltung oder zur Abschreckung zum Beispiel zweitausendsiebenhundertdreiundfünfzig Leute zu liquidieren, also lässt man gegenüber der unverlässlichen Untermenschenzivilbevölkerung durchsickern, dass stramme dreitausend von ihnen niedergemetzelt werden, soll am Ende sein ein paar weniger oder mehr, in verdaulichen Tagesportionen zu möglichst exakt dreihundert Stück, denn so wirkt einerseits der Schrecken länger nach, und mit dem Umlegen allein ist es ja nicht getan, die Leichen müssen schließlich unter die Erde gebracht werden.

Es wird Fritz trotz aller Auflistungen auch nicht weiter bekümmern, wer genau auf seine Anordnung hin, häufig sogar in seinem Beisein, mit Waffengewalt gezwungen werden wird, den multifunktionalen Gefängnistransporter zu besteigen und bei Bedarf eigene Kleinkinder im zarten Alter von Bitters jüngerer Tochter Hedda nachgeschleudert zu bekommen, bevor das Gefährt auf dem Weg von A nach B durch die besetzte und verwüstete Großstadt Charkow aus anonymen Menschen im Todeskampf vergaste Körper produziert.

Um an der Quelle vertraulich über den blutigen Stand der Dinge in den eroberten Regionen unterrichtet zu werden und um sich auf die extremen, keinerlei menschliche Schwächen duldenden neuen Herausforderungen gewissenhaft einzustimmen, verbringt SS-Sturmbannführer Dr. Friedrich Bitter vor der Versetzung nach Osten noch einen intensiven Monat in Berlin, wie es ihm anlässlich der Ernennung befohlen wurde. Er selbst gibt darüber natürlich nur kryptisch Auskunft: In verschiedenen Ämtern und informatorisch sei er im Reichssicherheitshauptamt beschäftigt.

Charkow liegt von Berlin mehr als 1600 Kilometer entfernt, erfährt er jetzt. Luftlinie. Mindestens so weit weg von Bitter werden, symbolisch gedacht, die Menschen sein, denen er dort den Garaus macht, auch wenn er ihnen dabei direkt in die Augen schaut. Ihre Sprache ist ihm fremd wie ihre Kultur, die sich mit der deutschen überhaupt nicht vergleichen lässt. Ob Fritz wohl weiß, dass einst, als sie 1805 ihren Betrieb aufnahm, nicht weniger als achtundzwanzig deutsche Professoren und Dozenten an die Universität Charkow berufen wurden?

Im Berliner Prinz-Albrecht-Palais, wo Bitter sich unterweisen lässt, geht es vorläufig weniger um die geistige als um die militärische Präsenz des Deutschtums im Osten. Wenn der russische Bär erst einmal in die Knie gezwungen ist, heißt es beim RSHA, wird sich die Lage schnell entspannen, und man wird die totale

Umgestaltung gelassener angehen können. Vorläufig jedoch möge er weiter auf eine unbarmherzige Schrekkensherrschaft setzen, man habe größtes Vertrauen in seine ruhige Hand, seine Konsequenz und Übersicht.

Nach allem, was bekannt ist über den Mann, fühlt Bitter sich als Vollstrecker so richtig in seinem Element. Hinweise, dass er je versucht hätte, eine harmlosere Verwendung zu finden, sind nicht aktenkundig, ganz im Gegenteil. Die gesamten sieben Jahre, in denen Österreich nicht existiert, verbringt er nahezu ununterbrochen damit, Menschen auszuschalten. Sehenden Auges übernimmt er ohne Not selbst exponierteste Aufträge und Posten, die zwar schon mit Verwaltung, aber eben auch mit Vernichtung zu tun haben. Seine Befehlsgewalt wird er, wo immer er zugange ist, skrupellos einsetzen.

Bitters alte Eltern werden der Familie gegenüber, als alles vorbei ist, freilich auf einer Begebenheit beharren, die sich im Anschluss an diesen letzten Berlinaufenthalt vor dem großen russischen Abenteuer abgespielt haben soll. Fritz, so heißt es, habe diesmal den Rückweg über Dachau genommen, weil er auch dort noch zu tun hatte, und sei dann kurz in Schärding vorbeigekommen, um sich zu verabschieden. Dieses womöglich endgültige Lebewohl, denn über die immense Gefährlichkeit der Partisanenbekämpfung in Russland machte er sich keinerlei Illusionen, sowie der vorhergehende Besuch im Konzentrationslager hätten Fritz kleinlaut gemacht, und es soll dabei sogar der bemerkenswerte Satz gefallen sein: Wenn ich könnte, würde ich auf der Stelle aussteigen, aber ich kann nicht.

Es ist dies die einzige kolportierte Aussage Bitters während der NS-Zeit, die sehr wohl zu jenem scheinbar feinfühligen Mann passen würde, in den Marliese sich einst verliebt hatte, nicht jedoch zu dem ellbogenbewehrten Exekutor, als der er jetzt schon jahrelang und bald noch viel grausamer in seinem Beruf wirkt. Vielleicht werden Karoline und Adolf Bitter diese Begebenheit als Strohhalm erlebt haben wollen, um sich daran in der sogenannten Stunde null festzuhalten, als ihr missratener Sohn in britischer Kriegsgefangenschaft einer ungewissen Zukunft entgegensieht. Vielleicht versuchen sie krampfhaft, Tochter und Enkelin auf diese Weise einen irregeleiteten Bruder und Onkel zu präsentieren, der sich in eine ausweglose Situation hineinmanövriert hatte und darunter fürchterlich litt, nicht einen kaltblütigen Schwerstverbrecher. Vielleicht spielt sich die Sache aber tatsächlich exakt so ab im Vorfrühling 1942. Zuzutrauen wäre es Bitter allemal.

Karl Flanner, Karl Götzl, Albert Tomsik und unzählige andere von ihm oder seinen Untergebenen Erstbehandelte sind, ganz gleich ob Widerständler, Juden oder selbst Gestapo-Leute, in den letzten Jahren in jenem Dachau gelandet, das Bitter jetzt so erschüttert haben soll. Den Vorschriften gemäß gab Fritz der menschlichen Fracht jeweils Personalakten bei und nahm damit direkt Einfluss auf deren weiteres Schicksal. Die KZ-Lagerleitung orientierte sich nämlich im allgemeinen an den Ausführungen des Schlussberichtes der zuständigen Gestapo-Dienststelle. Fanden sich darin Anhaltspunkte für eine nötige verschärfte Behandlung, wurden die Betreffenden nicht dem allgemeinen Lager zugeteilt, sondern zunächst einmal ausgepeitscht und dann auf Wochen in den Bunker gesperrt.

Als Bitter auf einen Sprung in Dachau vorbeikommt, vielleicht gar, um zur Vorbereitung auf Charkow aktuelle Folterpraktiken zu studieren, schmachten seine

Opfer, wenn sie nicht bereits tot oder entlassen sind, immer noch dort. Flanner und Tomsik zum Beispiel sind nach wie vor im Stand, penibel verzeichnet wie übrigens auch der Wilheringer Pater Just. Fritz wird sich, darf angenommen werden, an Ort und Stelle zwar kaum im Detail über das mangelnde Wohlbefinden seiner früheren Ermittlungssubjekte unterrichten lassen haben, aber natürlich weiß er, seit es die segensreiche Einrichtung gibt, ganz genau, wofür der Name Dachau steht, für all das nämlich, was er selbst seit langem betreibt. Nur findet es vor den Toren Münchens in größerem Format und oft mit letalen Folgen statt.

Soeben hat er sich in der Reichshauptstadt jedoch auf bestialische Monströsitäten einstimmen lassen, die das erschreckende Niveau einer Institution wie Dachau noch beträchtlich übersteigen werden, zumindest was die anonymen Massentötungen anlangt. Dr. Friedrich Bitter wird trotzdem wieder einmal keinen Grund sehen, mit der Wimper zu zucken. Wie sonst, bitte, ließe sich das Abendland gegen den Bolschewismus verteidigen?

Nein, sollte er Vater und Mutter gegenüber tatsächlich bekannt haben, er würde so gerne aussteigen, könne das aber nicht mehr, dann hat er es, darf ihm unterstellt werden, aus purer Berechnung getan, weil sie alte Leute aus einer anderen Zeit sind und um sie nicht völlig gegen sich aufzubringen.

Ach ja, Bitters Schwester in Linz, die für sich und das kränkelnde Kind oft nicht einmal mehr genug Geld aufbrachte, um die kargen Rationen der Lebensmittelkarten zu bezahlen, geht seit einiger Zeit als Bedienerin putzen, zu einem besonders linientreuen Arztehepaar. Erst kürzlich leistete der Herr Doktor seinem Einberufungsbefehl zur Wehrmacht Folge. Jetzt kann ich gut nachvollziehen, wie es Ihnen gegangen ist, als sie Ihren Mann abholen kamen, musste Annemarie sich tags darauf von seiner Frau sagen lassen, die sie als glühende Nationalsozialistin kennt. Sie hätte aufschreien mögen.

Dr. Friedrich Bitter ist reisefertig. Der Abschied von Marliese vor dem bisher größten Abenteuer bedeutet de facto das Ende ihrer Ehe, auch wenn Fritz in diesem Moment höchstens mit Bezug auf den Heldentod daran denkt. Die Gelegenheiten, bei denen seine Mädchen, fast vier Jahre und zwölf Monate alt inzwischen, den Vater ab jetzt bis zu seinem Tod von Angesicht zu Angesicht sehen werden, lassen sich an den Fingern einer Hand abzählen.

Den Töchtern wird später bloß ein einziges Foto bekannt sein, das alle vier, Vater, Mutter und sie selbst zeigt. Die beiden werden sich draußen in Wildungsmauer, da ist Marlieses Vater bereits tot, in der ersten schweren Zeit nach dem Krieg mit Vorliebe in die Welt der Märchen phantasieren und einander gern Schneeweißchen und Rosenrot nennen. Das ist die erquickende Geschichte zweier solidarischer Schwestern, fromm und gut, arbeitsam und unverdrossen, sowie ihrer Mutter, einer armen Witwe, die dem Bären Obdach gewährt, aus dem sich ein strahlender Prinz schälen wird, der einen ebensolchen Bruder hat, damit auch Rosenrot ihr Glück findet.

Hedda hat ein besonders schweres erstes Jahr hinter sich. Nur wenige Wochen nach seiner Geburt erkrankte der im Gegensatz zur Schwester von Anfang an schwächliche Säugling an einer schweren Lungenentzündung und schwebte eine Zeitlang zwischen Leben und Tod, was Marliese sogar zur heimlichen Nottaufe des Kindes veranlasste. Den stets humorvollen Vater regte sein ausgezehrtes Körperchen dazu an, ihm den Kose- oder vielmehr Spitznamen Gandhi zu verpassen. Auch wenn die Ukraine nicht so weit im Osten liegt wie Indien, Bitter wird dort noch viele Gandhis zu sehen bekommen, lebendig und tot.

VI

Was aber wird SS-Sturmbannführer Dr. Friedrich Bitter im Reichssicherheitshauptamt hinter dem Potsdamer Platz über die bisherigen und die nunmehr anstehenden, vertrauensvoll in seine Hände gelegten Operationen rund um Charkow konkret erfahren haben? Unter anderem vermutlich folgendes: Seit der blutigen Eroberung im August sind in einem ersten Schritt bereits fast alle Juden erfolgreich vernichtet worden, eine anständige fünfstellige Zahl jedenfalls. Das wurde im wesentlichen um die Jahreswende ein paar Kilometer außerhalb der Stadt im Wege von Massenerschießungen erledigt. In dieser Sache wird Bitter also nicht mehr sonderlich viel zu tun bleiben. Er wird sich damit begnügen können, ein paar versprengte Übersehene zu beseitigen.

Außerdem schien es letzten November strategisch zweckmäßig, die Patienten des Lipezker Spitals in der Nähe von Charkow allesamt zu liquidieren, vierhundertfünfunddreißig an der Zahl. Das bisherige Gebietskrankenhaus soll der Wehrmacht nämlich fürderhin als Kaserne dienen, wenngleich die Adaptierung des Gebäudes sich noch verzögert und es derzeit immer noch leer steht.

Von unproduktiven slawischen Untermenschen besetzte Krankenbetten sind aber ohnehin in jedem Fall ein übertriebener, völlig ungerechtfertigter Luxus, und da bereits damit begonnen worden ist, arbeitsfähige Ukrainer in großem Stil zum Arbeitseinsatz ins Reich zu dirigieren, Alte, Kranke und Kinder dagegen letal auszuscheiden, war dieses auf den ersten Blick unter

Umständen etwas roh erscheinende Vorgehen ausgesprochen vernünftig. Leider weigerten sich die russischen Ärzte strikt, ihre Patienten zu vergiften. Also kam man um Massenexekutionen im Hof des Krankenhauses nicht herum. Ähnliche organisatorisch einigermaßen aufwendige, ungefestigte Gemüter möglicherweise belastende Aktionen werden auch hinkünftig von Zeit zu Zeit auf der Tagesordnung stehen müssen, darauf kann Bitter sich gleich einmal einstellen.

Was die nächste gut mögliche Instruktion in der Berliner Wilhelmstraße anlangt, bietet es sich an, die Handlung etwas zu raffen und Bitter bereits an seiner neuen Wirkungsstätte anzusiedeln, wo er sich ausgiebig einer technischen Innovation bedient, die schon vor seinem Eintreffen erfolgreich eingeführt wurde, aber erst unter seinem Kommando ihre wahre Blütezeit erlebt.

Oder noch besser: Die Gegenwartsebene dieses Kapitels könnte gleich im Dezember 1943 eingezogen werden. Da wird sich Bitter zwar bereits vorsorglich ins nördliche Italien verfügt haben, um im Prinzip dort weiterzumachen, wo er in der Ukraine aufhören hat müssen, weil die Rote Armee sich unterstanden hat, Charkow und Umgebung endgültig zurückzuerobern. Warum es sich dennoch anbietet, vom Jahresende 1943 auszugehen, ist schnell erklärt. Fritz Bitters noch lebendiges, weniger missverständlich ausgedrückt: sein noch frisches Wirken am Ort ist in diesen Tagen zentraler Gegenstand eines Kriegsgerichtsverfahrens, in welchem drei deutsche Gefangene, einer davon direkter Untergebener Bitters, ein zweiter ebenfalls seiner Befehlsgewalt unterstellt, sowie ein für die Besatzer tätig gewesener russischer Fahrer auf der Anklagebank sitzen. Sie haben allesamt verdammt schlechte Karten.

Von seinem ursprünglichen Vorhaben, die ziemlich

abenteuerliche Lebensgeschichte eines überdurchschnittlich begabten Innviertler Lausbuben aus der untergehenden Habsburgermonarchie ohne Schönfärberei und unbelegbare Ausschmückungen getreulich nachzuzeichnen, ist der hier in der Mitte des Buches erstmals genannte Erzähler natürlich nicht abzubringen. Auf den nächsten Seiten wird allerdings auffallend häufiger wörtlich zitiert werden als bisher. Angesichts der Dimensionen jener Untaten, die Fritz Bitter am neuen Dienstort zugeschrieben werden, möchte der Erzähler es sich nämlich ersparen dürfen, allzu viel zu paraphrasieren. Zum wiederholten Male beschränkt er sich auf wenige signifikante Vorfälle, jedes Streben nach ohnehin illusorischer Vollständigkeit kommt ihm jetzt noch weit frivoler und unnötiger vor als während Bitters Gestapowirken daheim in der Ostmark.

Ihr Hauptquartier in Charkow schlugen Sicherheitspolizei und SD an der Ecke Dscherschinski-Platz Sumskaja-Straße auf. Am gigantomanischen Platz der deutschen Armee, wie das sowjetische Renommierprojekt momentan heißt, mit seinen vielen Protzbauten mochte sich KdS Dr. Friedrich Bitter, wenn er aus dem Fenster seines Büros schaute, an manchen Tagen wohl so recht als Weltenherrscher fühlen. Sage und schreibe fünfmal so groß wie der Rote Platz in Moskau, entsprach das weitläufige Areal jener architektonischen Monumentalität, die Nationalsozialisten und Stalinisten in gleicher Weise als ästhetisches Nonplusultra vorschwebte. Die Menschen da draußen verkamen programmgemäß zu Ameisen, und Bitter verfuhr mit ihnen exakt so, wie mit den zur Plage gewordenen Insekten gewöhnlich verfahren wird.

Im Vorfeld der folgenden Betrachtungen gilt es, sich zunächst mit jener bereits erwähnten technischen

Innovation vertraut zu machen, die in Charkow auf Befehl Dr. Friedrich Bitters bis an die Grenzen der Belastbarkeit beansprucht wurde. *Im SD wurde ein sogenannter »Gaswagen« hergestellt. Äußerlich unterschied er sich nicht von einem gewöhnlichen Gefängniswagen, aber seine Karosserie ist luftdicht verschließbar und die Auspuffgase des Motors werden durch eine besondere Röhre ins Innere des Wagens geleitet. In diesem Wagen können einige Dutzend Menschen untergebracht werden. In der Regel wird ihnen gesagt, daß sie in ein anderes Gefängnis oder Lager überführt werden.*

Wenn der Wagen sich in Bewegung setzt, dringen die Gase ins Wageninnere ein, und die darin befindlichen Menschen ersticken.

Der als Zeuge geladene SS-Obersturmbannführer Heinisch erklärt dem sowjetischen Gericht und dem journalistischen Prozesspublikum aus aller Welt sachkundig die Theorie, der angeklagte Obergefreite Reinhard Retzlaff von der Geheimen Feldpolizei dagegen die Praxis der Anwendung: *Als ich in die Gefängniskanzlei kam, sah ich dort den SD-Sturmführer Freese. Ich meldete ihm den Zweck meines Erscheinens, worauf Freese erwiderte, daß gerade heute das Gefängnis gesäubert werden solle, und mir vorschlug, mich daran zu beteiligen. Bald darauf erschien in der Gefängniskanzlei Sturmbannführer Doktor Pitter, der alle Mitarbeiter aufforderte, in den Hof zu gehen. Als wir im Hof waren, fuhr der Gaswagen vor der Gefängnistür vor. Doktor Pitter befahl uns, die Gefangenen aus den Zellen zu holen. Ich hatte die Liste mit den Namen der zwanzig Gefangenen bei mir. Ich ließ sie aus den einzelnen Zellen kommen. Dann wurde einigen von ihnen mitgeteilt, daß sie in ein anderes Gefängnis überführt würden, während den anderen gesagt wurde, daß sie in ein Lager kämen. Die Gefangenen wurden darauf in den Gefängnishof geführt, wo der Gaswagen bereits vor dem Ausgang stand. Dort nahmen SD-Leute die Verladung der Gefangenen in den Wagen vor, und wir übergaben ihnen die von uns gebrachte Gruppe. Wohl wurde die Bestimmung des Gaswagens streng geheimgehalten, aber dennoch schienen manche davon gewußt zu haben. Mehrere Gefangene leisteten bei der Verladung in den Gaswagen Widerstand und wurden durch Schläge mit Knüppeln, Kolben und Pistolengriffen hineingestoßen. Unter diesen Gefangenen befanden sich Greise, Frauen und sogar Kinder. Gerade an diesem Tage spielte sich eine gräßliche Szene ab. Die Frauen weinten, manche flehten kniefällig um ihr Leben. Ich erinnere mich an einen Fall, da einer Frau das Kind aus den Armen gerissen wurde und sie, krampfhaft schluchzend, sich auf den danebenstehenden SD-Offizier stürzte und ihm das Gesicht zerkratzte. Der SD-Offizier zog sofort seine Pistole und schoß die Frau nieder. Ihre Leiche wurde von den SD-Soldaten in den Wagen geworfen.*

Was sich gewöhnlich nach dem im Anschluss ans Verladen durchgeführten Totfahren einer fast ausnahmslos noch lebenden Fracht abspielte, berichtet Retzlaff an anderer Stelle, als er minutiös einen weiteren seiner soldatenhandwerklichen Einsätze schildert: *Ende März 1942 beteiligte ich mich an der Verladung von Leuten in den Gaswagen und erhielt darauf von Pitter den Befehl, den Wagen zum Ausladeplatz zu begleiten. Wir fuhren durch die Stadt, erreichten die Baracken der Charkower Traktorenwerke und machten dort halt. Darauf hatte der Führer des SD-Sonderkommandos Pitter den uns begleitenden Soldaten befohlen, die Leichen auszuladen und sie im Korridor einer der Baracken aufzustapeln, wo sich, wie ich mit eigenen Augen gesehen habe, bereits eine große Anzahl von Leichen befand, die offenbar schon früher dahin gebracht worden waren.*

Als die Ausladung beendet war, erteilte Pitter den Befehl, alle Wagen beiseitezuführen mit Ausnahme eines Lastkraftwagens, auf dem eine Gruppe von Soldaten des Sonderkommandos fuhr.

Aus diesem Lastkraftwagen nahmen die Soldaten auf Weisung Pitters einige Behälter Benzin, gingen in die Baracken, begossen dort alle dort hingeworfenen Leichen, dann an einigen Stellen die Außenwand der Baracke und steckten diese in Brand.

Pitter ist Bitter. Daran besteht nicht der geringste Zweifel. Dass der Anfangskonsonant verschrieben ist, verdankt sich der mangelhaften Wiedergabe seines Familiennamens in kyrillischer Schrift, die bei der Übertragung des Prozessberichtes ins Deutsche, aber auch in andere Sprachen, ungeprüft übernommen werden wird.

Nein, der Obergefreite spricht natürlich nicht russisch, aber was er aussagt, wird zunächst in einem stenographischen Protokoll sowie auf Zelluloid festgehalten und ins Russische übersetzt. Diese russische Fassung wiederum ist Grundlage der deutschsprachigen Ausgabe einer umfangreichen Broschüre, die unter dem Titel ›Deutsche Greuel in Rußland. Gerichtstag in Charkow‹ ausgerechnet in Wien erscheinen wird, selbstverständlich erst, als es wieder in Österreich liegt, aber noch nicht lange.

Man mag nun mit einigem Recht argumentieren, einen besseren Beweis, dass den Russen nicht zu trauen ist, kann es gar nicht geben: Wenn schon der Name nicht stimmt! Und überhaupt: Protokolle eines Prozesses vor einem sowjetischen Kriegsgericht im Jahr 1943! Da wird ja der Bock zum Gärtner gemacht.

Es stimmt schon: Von Stalins juristischen Bütteln wurde nicht nur unzähligen Sowjetmenschen, sondern unter anderem auch einer beträchtlichen Anzahl österreichischer Emigranten und Flüchtlinge, Schutzbündler wie Kommunisten, übel mitgespielt. Haft, Arbeitslager, gar der Tod waren die Folge von häufig völlig absurden Denunziationen, die prompt das lebensgefährliche Delikt konterrevolutionäre Tätigkeit nach sich zogen.

Eva Stricker zum Beispiel entwarf für die Moskauer staatliche Porzellanmanufaktur Dekore. Bei genauer Betrachtung, so der findige Anzeiger, ließen sich bei einem ihrer Entwürfe, der zunächst anstandslos in die Produktion gegangen war, sowohl die Zeichenform des sechseckigen Zionssternes als auch jene des Hakenkreuzes herauslesen.

Wegen gleichzeitig zionistischer und nationalsozialistischer Propaganda am siebenundzwanzigsten Mai 1936 verhaftet, versuchte Frau Stricker dem Untersuchungsrichter vergeblich klarzumachen, dass das gemeinsame Propagieren zweier einander ausschließender Überzeugungen doch eine Denkunmöglichkeit sei. Sie erhielt leider nur eine dürftige, unzulässig vereinfachende Antwort: Ihr seid doch alle Faschisten! Mit weniger als zwei Jahren Haft kam sie vergleichsweise glimpflich davon. Ihr geschiedener Mann jedoch, der als Physiker in Charkow lebte und sich dort sowie in Leningrad und Moskau persönlich für Eva einsetzte, wurde im Jahr 1937 seinerseits zum Konterrevolutionär hochstilisiert und verschwand in einem Kerker jener ukrainischen Großstadt, in der sich ein Weilchen danach Fritz Bitter austobte.

Andererseits: Mit den meisten Prozessen, die österreichische Volksgerichte zu verwandten Causen ins Werk setzen werden, nimmt es dieses sowjetische Kriegsgericht locker auf, zumindest was das ernsthafte Erkenntnisinteresse, die sorgfältige Beweismittelsicherung und das Bemühen um eine breite öffentliche Wahrnehmung anlangt.

Über das Zustandekommen der Geständnisse bei den Einvernahmen vor Prozessbeginn und die drakonischen Strafen kann man diskutieren, doch wütet, man darf das nicht vergessen, zur gleichen Zeit weiter der kürzlich erst von Goebbels ausgerufene totale Krieg, starben allein bei den vier Schlachten um Charkow mehrere hunderttausend Soldaten der Roten Armee. Kaum verwunderlich also, dass unter solchen Vorzeichen Milde ein Fremdwort bleibt.

Jedenfalls wird etwa der vom stalinistischen Sowjetimperium als rein innere Angelegenheit betrachtete Nachkriegsumgang mit den von den Nazis als Arbeitssklaven verschleppten Landsleuten wesentlich problematischer sein als die Urteilsfindung im gegenständlichen Verfahren. Jetzt, Ende 1943, geht es dagegen nicht zuletzt um eine möglichst positive Außenwirkung, versteht sich die Sowjetunion doch in erster Linie als entscheidende Kraft im alliierten Kampf gegen den Faschismus, die ungleich mehr zivile Opfer und Zerstörung als die westlichen Mitstreiter zu beklagen hat.

Der sogenannte Charkower Gerichtstag ist der erste von zehn großen Kriegsverbrecherprozessen, die bis Dezember 1946 in zehn Städten der Sowjetunion durchgeführt werden. Auch um das immer noch wild fuhrwerkende Dritte Reich weltweit an den Pranger zu stellen, bemüht man sich dabei um größtmögliche Transparenz und propagandistische Resonanz. Deshalb ist die gesamte in Moskau akkreditierte Presse eingeladen, das Verfahren persönlich zu verfolgen. Das Sitzungsprotokoll wird gleich in mehrere Sprachen übersetzt und in verschiedenen Ländern veröffentlicht werden. Zudem wird der Prozess abgefilmt, die Alliierten bekommen Kopien zur Verfügung gestellt.

Das alles sind gute Gründe, dem, was gegen die anwesenden Angeklagten und ihre abwesenden Vorgesetzten ins Treffen geführt wird, weitgehend Glauben zu schenken. Worauf stützt sich aber nun die Anklage? Da sind zunächst einmal die Toten, unüberschaubare Heere umgebrachter Zivilisten. Eine fünfstellige Zahl ist bereits ausgegraben, über tausend Leichen sind gerichtsmedizinisch untersucht, als die wenigen gefassten Täter einvernommen werden. Bitter ist wie gesagt nicht unter ihnen, er hat selbstverständlich rechtzeitig dafür Sorge getragen, nicht zu den Letzten zu gehören, die knapp vor Weihnachten von den Hunden gebissen werden.

Übrigens wird es auch zu dem, was er momentan gerade in Italien vollbringt, schriftliches Material geben, die Opferzahlen werden geringer sein, aber Italien ist eben nicht Russland. Und wieder wird man alle möglichen Einwände gegen das Zustandekommen und die Güte dieser Dokumente erheben können. Bitter selbst wird es in der Kunst der Relativierung nach dem Krieg zu höchster Meisterschaft bringen.

Hier wird vorläufig nicht sonderlich viel eingewandt und gelassen davon ausgegangen, dass es ein absurder Zufall wäre, würde Fritz an Schauplätzen, die ungefähr zweitausend Kilometer voneinander entfernt liegen, durch einander wildfremde Menschen in ähnlicher Weise versehentlich oder gar aus böser Absicht persönlich ins grausame Spiel gebracht. Eine noch viel absurdere Konstellation wäre es, würde ausgerechnet der Gestapochef selbst, also SS-Sturmbannführer Bitter, von den schauderhaften Verbrechen, sollten seine Leute sie gegen alle Wahrscheinlichkeit Tag für Tag in Eigenregie ohne seine Billigung ins Werk setzen, nicht den Funken einer Ahnung haben.

Neben russischen und italienischen Quellen gibt es auch englischsprachige Informationen zu den Untaten Dr. Friedrich (Fritz) Bitters. Die finden sich auf einem Personalblatt im Staatsarchiv Nürnberg, das sich auf SHAEF-Quellen beruft. Dieses Kürzel steht für ›Supreme Headquarters Allied Expeditionary Force‹, das Hauptquartier der alliierten Streitkräfte in Nordwesteuropa. Was da notiert ist, wird also noch während des Krieges oder unmittelbar danach zusammengetragen werden, denn schon im Juli 1945 ist die Einrichtung SHAEF Geschichte.

Bevor er in Charkow das Kommando übernommen hat, steht in diesem Dokument unter anderem zu lesen, war Bitter noch kurz im Raum Kiew als Experte bei der Partisanenbekämpfung zugange. In diesem Zusammenhang ließ er in einer Ortschaft südlich des nachmals weißrussischen Bobruisk zur Vergeltung eine Reihe von Dorfbewohnern aufhängen. Es wird schon so gewesen sein, mutmaßt der Erzähler, und wenn nicht, tut es angesichts von Bitters weiteren Unternehmungen wenig zur Sache, um sein Handeln grundsätzlich bewerten zu können.

Zu Lebzeiten wird Dr. Friedrich Bitter es sich ersparen dürfen zu kommentieren, was sich zusammentragen lassen wird über ihn als veritablen Massenmörder. Niemand wird ihn je danach fragen, niemand. Der Bitter dieses Romans hingegen muss es aushalten, dass etwa die folgende Begebenheit als Tatsache aufgenommen wird in seine Biographie:

Schon vor der endgültigen Rückeroberung war Charkow im Februar 1943 für genau einen Monat von den Sowjets befreit worden. Doch wendete sich das Kriegsglück auf einem der blutigsten Schauplätze dieses sogenannten Völkerringens ein letztes Mal. Natürlich nahm für einige Zeit auch die Gestapo wieder Quartier in der Stadt, und es lag an Fritz Bitter, die in solchen Fällen üblichen Exempel zu statuieren.

In den folgenden Wochen ließ er ermitteln, wer von den Einwohnern sich in seiner Abwesenheit dazu verstiegen haben könnte, den vermeintlichen Sieg der Roten Armee zu begrüßen oder nachteilige Äußerungen über die abgezogenen Deutschen in die Welt zu setzen. Dass es unter den obwaltenden Umständen mit der Treffsicherheit dieser Nachforschungen wahrscheinlich etwas haperte, dass die ukrainisch-russischen Informanten mitunter ganz andere Rechnungen beglichen und es letzten Endes eigentlich vollkommen egal war, wer da alles über den Jordan geschickt wurde, dürfte sich nicht von der Hand weisen lassen. Es musste vor allem eine erkleckliche Zahl sein, damit es sich propagandistisch auszahlte und Breitenwirkung erzielte: Dreitausend schien diesem Anforderungsprofil offenbar am besten zu entsprechen.

Hans Ritz, der darüber einiges zu erzählen vermag und jetzt gleich das Wort ergreifen wird, ist kein schlichtes Gemüt. Sohn eines Professors aus dem westpreußischen Marienwerder sowie sechzehn Jahre jünger als sein Vorgesetzter Dr. Friedrich Bitter, besuchte er einst in einem anderen Leben das humanistische Gymnasium und studierte dann wie sein Vorgesetzter Rechtswissenschaften. Wie sein Vorgesetzter beschäftigte er sich daneben privat seit frühester Jugend intensiv mit Musik. Sein Staatsexamen legte er in Königsberg ab, in Posen arbeitete er sodann nach einem kurzen Intermezzo bei der Wehrmacht zwei Jahre lang als Jurist, weil er wegen eines Magenleidens vorübergehend vom Militärdienst zurückgestellt worden war.

1937 schon, da war er achtzehn, trat Ritz der NSDAP bei. Als mit der Ausrufung des totalen Krieges Anfang 1943 die totale Mobilisierung einherging, konnte auch auf diesen Mann nicht länger verzichtet werden. Am einunddreißigsten Mai traf SS-Unterscharführer Hans Ritz schließlich in Charkow ein. Er war dem Kommando Fritz Bitters zugeteilt worden, den er nach eigenem Bekunden schon von Deutschland her kannte. Anders als sein glücklicherer Chef geriet Hans Ritz allerdings am Ende des ukrainischen Abenteuers in russische Gefangenschaft.

Durch betont kooperatives Verhalten versucht der junge Mann jetzt vor Gericht zu retten, was zu retten ist. Ob er Massenerschießungen von Sowjetmenschen beigewohnt habe, will der Staatsanwalt wissen. Ritz hat. Er soll darüber erzählen.

Pitter sagte mir, daß eine Erschießung von ungefähr 3000 Menschen bevorstehe, die bei der Einnahme Charkows durch die Sowjettruppen die Wiederkehr der Sowjetmacht begrüßt hatten. Pitter sagte mir, daß ich die Möglichkeit hätte, dieser Erschießung beizuwohnen.

Man muss diese Einladung wohl als Einstandsgeschenk an den Neuen oder als eine Art Feuerprobe auffassen. Ist er aus echtem Schrot und Korn, oder packen ihn lächerliche Skrupel, sobald es ans Eingemachte geht? SS-Sturmbannführer Bitter, in der Wehrmacht wäre er jetzt tatsächlich schon Major, schlug Ritz daher überraschend vor, gleich auch eine Probe seines praktischen Könnens zu liefern:

Am 2. Juni nahm mich Major Pitter mit und fuhr mit einigen Offizieren in das in der Nähe von Charkow gelegene Dorf Nadworki oder Prodworki, wo die Erschießung stattfinden sollte. Unterwegs überholten wir drei Kraftfahrzeuge, die mit Gefangenen, begleitet von SS-Leuten, beladen waren und ebenfalls dorthin fuhren. Der Wagen, mit dem ich fuhr, überholte den Wagen mit den Gefangenen und erreichte eine Waldwiese, auf der Gruben ausgehoben waren. Diese Wiese war von SS-Leuten abgeriegelt. Bald darauf trafen die Kraftfahrzeuge mit den Gefangenen ein. Pitter sagte, daß an diesem Tag gegen 300 Personen erschossen werden sollten. Die Gefangenen wurden in kleine Gruppen eingeteilt, die der Reihe nach von SS-Leuten aus Maschinenpistolen erschossen wurden. Ich will nicht verschweigen, daß auch ich mich an dieser Operation beteiligt habe. Major Pitter sagte mir: »Zeigen Sie, was Sie können!«, und ich als Militärmensch und Offizier lehnte es nicht ab, nahm einem SS-Mann die Maschinenpistole aus der Hand und gab auf die Gefangenen einen Feuerstoß ab.

Er habe sich eben nicht blamieren wollen, rechtfertigt sich der Angeklagte kleinlaut. Ob unter den Erschossenen dieses Tages auch Frauen und Kinder waren? Ritz will das nicht dementieren und schildert dem Gericht auf Verlangen einen konkreten Fall, der so ausging: *Die Frau versuchte, das Kind zu retten und deckte es mit ihrem Leib. Es half aber nichts, denn die Kugeln durchdrangen sie und das Kind.*

Wie konnten Sie, nimmt sich der Staatsanwalt an dieser Stelle tatsächlich Zeit für einen philosophischen Exkurs, der auch dem Erzähler seit Dutzenden Seiten nahezu wortident auf der Zunge liegt, allerdings mit Dr. Friedrich Bitter als dem Adressaten, *wie konnten*

Sie, Ritz, ein Mann mit juristischer Universitätsausbildung, der sich anscheinend für einen Kulturmenschen hält, wie konnten Sie die Mißhandlungen nicht nur ansehen, sondern sich auch an ihnen aktiv beteiligen, und zwar nicht nur gezwungenermaßen, sondern auch aus freien Stücken?

Das mit den freien Stücken scheint Ritz eine lebensgefährliche Falle zu sein, in die er unter keinen Umständen tappen will. Obwohl er die ihm angelasteten groben Verfehlungen im Prinzip einräumt, wehrt er sich entschieden gegen diese für ihn zumindest nach außen haltlose Unterstellung, um sich in seiner ziemlich aussichtslosen Lage an den Strohhalm einer Verantwortung klammern zu können, die da wenig originell lautet: Er habe stets nur Anordnungen ausgeführt, hätte er sich geweigert, wäre er vors Kriegsgericht gestellt und zum Tode verurteilt worden. In seinem Schlusswort wird er konsequenterweise trotz des folgenden Schachzugs von Staatsanwalt Dunajew auf Befehlsnotstand plädieren.

Der nämlich gibt ihm sofort Contra und zitiert aus den Vernehmungsprotokollen. Ritz habe kurz nach seiner Ankunft in Charkow zum Beispiel selbst das Ansinnen geäußert, der Verladung von Opfern in den Gaswagen beiwohnen zu dürfen. Dieser Wunsch habe ausschließlich mit seiner Neugierde zu tun gehabt herauszufinden, ob hier im Osten tatsächlich solche Kraftfahrzeuge benützt würden, über die es allerlei Gerüchte gegeben habe, entgegnet der Beschuldigte und bleibt eisern bei seiner Verteidigungslinie: Befehle, nichts als Befehle.

Die kamen meistens von Bitter, den Ritz schwer belastet. Von Prügelorgien bei den Verhören am Dscherschinski-Platz, an denen der Chef persönlich teilgenommen haben soll, bis zu den Massenexekutionen werden dem abwesenden Leiter von Sicherheitsdienst und SD die schrecklichsten Schandtaten zugeordnet. Der Befund des Angeklagten deckt sich mit den Ermittlungsergebnissen, auf die sich die Staatsanwaltschaft stützt, etwa mit jenen der Untersuchungskommission zu den Massakern von Podworki, sechs Kilometer vor der Stadt. Dieses schon im September verfasste Protokoll listet zwölf mutmaßliche Haupttäter auf, an erster Stelle findet sich auch da der Name Bitter. Die obersten Leichenschichten, heißt es unter anderem in dem Bericht, seien mit nur wenig Erde bedeckt gewesen, teilweise sogar sichtbar. *Decken, Kissen, kleine Taschen mit Mehl und Lebensmitteln, Töpfe usw.* habe man mit den Ermordeten ausgegraben. Eine der Gruben beinhaltete ausschließlich Frauenkörper. Im Gegensatz zu den Männern und Kindern waren sie ohne Ausnahme nackt.

Auch Michail Bulanow, beim Kommando Bitter als Kraftfahrer beschäftigt und mindestens zwanzigmal im Gaswagenkonvoi durch Charkow dabei, lässt nicht die geringsten Zweifel aufkommen: Viele der Greuel hätten sich auf direkte Anordnung Bitters zugetragen, andere jedenfalls mit seiner Billigung. Bitters SD-Kommando trage zum Beispiel für die ihm, Bulanow, wegen ihrer unfassbaren Brutalität besonders lebhaft gegenwärtige Liquidation der im Kinderspital von Nishne-Tschirskaja untergebrachten kleinen Patienten die Verantwortung. Onkel, ich habe Angst, habe laut Bulanow eines der Opfer dem Gestapomann Alex, dessen Familiennamen der Angeklagte nicht mehr weiß, zugerufen, als sie vor der vorsorglich ausgehobenen Grube in Reih und Glied Aufstellung nehmen mussten. Alex habe wortlos die Maschinenpistole auf die sechzig Kinder gerichtet und sie, eines nach dem anderen, ins Massengrab gemäht.

Mama, Mama, ein Mann liegt in deinem Bett und raucht! Mit diesen Worten stürmte die kleine Waltraud an einem Morgen Anfang November 1943 aufgeregt in die Währinger Küche, wo Marliese ein kräftigendes Frühstück vorbereitete. Fritz Bitter hatte große Teile seines Kommandos gerade noch rechtzeitig aus Charkow evakuieren können, hielt sich dann eine Zeitlang im westukrainischen Dubno auf und machte nun auf dem Weg nach Italien in der Herbeckstraße Station. Erst am späten Abend war er eingetroffen. Als seine ältere Tochter in der Früh erwachte und wie jeden Tag ins Schlafzimmer zur Mutter trippelte, hatte es sich dort ein Unbekannter im Unterhemd gemütlich gemacht, denn die fünfjährige Waltraud erkannte den Vater nicht mehr. Zu lange hatte sie ihn nicht gesehen.

Liegt es wirklich nur am kindlichen Gemüt und dem Faktor Zeit? Mag sein, dass seine Züge sich tatsächlich verändert haben. Vielleicht hatte Fritz seit Tagen keine Gelegenheit oder Lust gehabt, sich zu rasieren. Gut möglich, dass er durch die Anstrengungen des Rückzugs merklich schlanker geworden ist. Spiegelten sich im Gesichtsausdruck gar die Abgründe seines Tuns wider, haben sie sich eingegraben, ist er gealtert? Dem Erzähler fällt auf, dass er, ohne es zu wollen, im Begriff ist, dem Helden dieser Geschichte eine Brücke zu bauen: Bitter möge sich gefälligst anmerken lassen, nicht zur ungerührten Mordmaschine verkommen zu sein. Lächerlich ist das.

Ob Marliese sich zum Zeitpunkt seines letzten Aufenthalts im gemeinsamen Haushalt der Herbeckstraße in Wahrheit schon so sehr vor alliierten Bombenangriffen auf Wien fürchtete, wie sie geltend machte, oder ihre Angst nur vorschob, um den Trennstrich leichter ziehen zu können, sei dahingestellt. Jedenfalls eröffnete sie Fritz jetzt, dass sie mit den Kindern und einem Teil der Einrichtung bald einmal vorsichtshalber nach Wildungsmauer ins Elternhaus ziehen werde. Und scheiden lasse sie sich auch.

Ihr Gatte hatte im fernen Charkow trotz der Fülle an Obliegenheiten sein Zuhause zumindest in einem speziellen Zusammenhang ganz und gar nicht vergessen. Dass ihm die eigenen Kinder vor Augen traten, als er fremde umbringen ließ, kann nicht ganz ausgeschlossen werden, doch dürfte seine praktische Lebensauffassung ihn glücklicherweise selbst angesichts solch extremer Herausforderungen vor der gefährlichen Versuchung bewahrt haben, sentimentale Vergleiche anzustellen.

Andere Versuchungen hingegen scheinen von eben dieser praktischen Lebensauffassung regelrecht befördert worden zu sein: An die Adresse Herbeckstraße in der Stadt seiner Heimatdienststelle hatte Fritz aus der Ukraine unter anderem mehrere wertvolle Teppiche abtransportieren lassen, ein goldenes Besteck sowie ein Ölgemälde, das einen alten Tataren mit wettergegerbtem, grimmigem Gesicht, blitzenden schwarzen Augen und weißem Bart zeigt. Dass er das Zeug dort trotz anderer Möglichkeiten redlich erworben hat, lässt sich ebenfalls nicht ganz ausschließen. Das meiste davon trat nun, noch im November, erneut eine Reise an, und zwar zurück nach Osten, allerdings nur ein paar wenige Kilometer bis Wildungsmauer.

Marliese reißt sich endlich los. Sie kann sich im Scheidungsverfahren in allen Punkten durchsetzen, Fritz hat zu viel auf dem Kerbholz und sie genügend Beweise, da helfen seine Beteuerungen, Gandhi sei das lebende Produkt ihrer Aussöhnung, nur wenig. Er steckt diese Niederlage weg wie die in Russland und schaut beharrlich nach vorn.

Den Kindern und Enkeln gegenüber wird es, was die Scheidung anlangt, eine sie lange Zeit überzeugende, für beide Seiten vorteilhafte Sprachregelung geben: Dass der Krieg verloren war, ließ sich damals bereits absehen. Als höherer Offizier der unterlegenen Seite musste der Vater leider damit rechnen, von den Siegern nach dem Zusammenbruch schikanös verfolgt zu werden. Damit wenigstens die Kinder einer zu befürchtenden Sippenhaft nicht zum Opfer fallen würden und einmal ordentliche Schulen besuchen könnten, entschlossen sich die Eltern schweren Herzens auseinanderzugehen. Diese Version der Dinge wird zudem verständlich erscheinen lassen, warum der völlig von der Bildfläche verschwundene Vater der Mutter nicht und nicht aus dem Kopf gehen will.

Wie Fritz, der sich wohl auch in Charkow gelegentlich zum Weiblichen hingezogen fühlte, damit in der Praxis umging, darüber schweigt sich die Chronik aus. Natürlich gab es Bordelle und andere Lokalitäten zur Zerstreuung für die Besatzer, natürlich gab es deutsches Personal beiderlei Geschlechts in der Stadt, natürlich hatte ein mächtiger Mann wie er darüber hinaus eine Vielzahl weiterer Möglichkeiten. Marliese gegenüber schwärmte er jedenfalls nur von einer einzigen Frau, die ihm dort unterkam, Aida. Die als Geisel nach Ägypten entführte nubische Prinzessin begeisterte Bitter im letzten Frühjahr auf einer von deutschen Theaterleuten bespielten Charkower Opernbühne. Marliese hat sich ihre begründete Eifersucht nie abgewöhnen können, aber sie glaubt zu spüren, so weh wie früher tut es nicht mehr.

Am achtzehnten Dezember 1943 werden im Charkower Kriegsverbrecherprozess die Urteile gefällt. Heute stünden die Angeklagten Rede und Antwort, nimmt Staatsanwalt Dunajew gegen Ende seines Plädoyers den Mund voll, morgen würden auch ihre Vorgesetzten Rede und Antwort stehen müssen. Nach dem Kommandanten der SS-Division Adolf Hitler, Obergruppenführer Sepp Dietrich, und dem der SS-Division Totenkopf, Gruppenführer Max Simon, nennt der staatliche Anklagevertreter in der Reihe derer, die der Ahndung ihrer Schandtaten garantiert nicht entkommen würden, gleich an dritter Stelle ausdrücklich SS-Sturmbannführer Bitter und sein SD-Kommando.

Aus morgen wird der Sankt Nimmerleinstag werden. Heute hingegen findet statt, und wie. Die Angeklagten enden am Strang.

VII

In Italien erfüllen sich Fritz Bitters Träume von ganz oben schließlich doch noch. Allerdings nur auf dem Papier. Und das auch erst ein Vierteljahrhundert nach seinem Tod und später. Einmal wird ihm in der einschlägigen italienischen Literatur nämlich zugebilligt werden, Gestapochef in Italien gewesen zu sein, dann wieder wird er als General firmieren, während er es im wirklichen Leben zum einen bestenfalls umgangssprachlich, wenn man nämlich seinen eigenen Chef und die Kollegen Abteilungsleiter wegrechnet, und zum anderen überhaupt nicht bringt. Historiker und Journalisten apostrophieren ihn in ein und derselben Sache ganz ohne Fragezeichen einmal als Dreh- und Angelpunkt, dann wieder als bloße Nebenfigur.

Nirgendwo sonst, schon gar nicht im heimatlichen Österreich, wird sein Name, teilweise auch hier grotesk entstellt, in so vielen Veröffentlichungen auftauchen, wenn von deutschen Kriegsverbrechen die Rede ist. Und nirgendwo sonst wird eine solch heillose Verwirrung herrschen, was diesen Mann angeht, der Mystifikationen geradezu anzuziehen scheint. Das italienische Militärgericht in Verona zum Beispiel wird die längste Zeit unergiebige Voruntersuchungen gegen einen gewissen Maggiore Binttor führen und ihn meinen.

Eines lässt sich freilich mit Bestimmtheit vorwegnehmen: Als reine Nebenfigur ist er überall eine glatte Fehlbesetzung und sein vergleichsweise häufiges Vorkommen in italienischen Zeitschriftenartikeln, Aufsätzen und Büchern nur allzu gerechtfertigt. Im Gegensatz zu den meisten sowjetischen Opfern, die nicht nur im Charkower Prozess als weitgehend anonyme Masse erscheinen, haben viele italienische, die Bitters Weg kreuzen müssen, sehr wohl Namen und Adresse. Sie werden in der postfaschistischen Republik, deren offene Scheunentore andererseits unzähligen NS-Kriegsverbrechern einen bequemen Absprung aus Europa ermöglichen, als Helden des Widerstands geehrt werden und zumindest einem ansehnlichen Teil der Bevölkerung ein wirkliches Anliegen sein. Und auch jene alliierten Soldaten, denen Bitter als Teil der Befehlskette oder überhaupt eigenmächtig den Garaus machen lässt, werden der Justiz, die dafür auf mittlere Sicht allerdings vornehmlich die untergeordneten ausführenden Organe bestraft, durchaus intensive Nachforschungen wert sein.

Im Spätherbst 1943, als Fritz Bitter sich in Oberitalien nützlich zu machen beginnt, ist auch in dieser Gegend alles im Fluss. Britische und US-amerikanische Truppen sind von Süden her langsam, aber sicher auf dem Vormarsch. Der abgehalfterte Diktator Benito Mussolini, auf Befehl des Königs in Rom inhaftiert, ist zwar erst vor ein paar Wochen mittels einer spektakulären Operation von deutschen Fallschirmjägern befreit und als Marionettenherrscher eines an fortgesetzter Schwindsucht leidenden Rumpfstaates, der Italienischen Sozialrepublik, inthronisiert worden. Zu sagen hat er aber nichts mehr. Wo die Alliierten noch nicht sind, haben die Nationalsozialisten de facto längst selbst das Kommando übernommen, mit allen furchtbaren Konsequenzen, in erster Linie für die jüdischen Italiener.

Die Geheime Staatspolizei hat ihr Hauptquartier in Verona aufgeschlagen, im Gebäude der nationalen Versicherungsanstalt INA. Die alte Kulturstadt ist, vor allem was die Verkehrsverbindungen anlangt, ausnehmend günstig gelegen, hier kreuzen sich die West-Ost-Achse von Turin nach Triest und die Nord-Süd-Route vom Brenner bis jeweils dorthin, wo das deutsche Herrschaftsgebiet gerade endet. Dr. Friedrich Bitter, dem Charkower Kriegsgericht glücklich entronnen, übernimmt in der neuen Umgebung, wenn er schon unter dem baldigen SS-Gruppenführer Harster die zweite Geige spielen muss, zumindest die in seinen Augen wichtigste Abteilung IV.

BdS Dr. Wilhelm Harster, dieser doch aufschlussreiche Vorgriff sei dem Erzähler gestattet, wird nur ein Jahr nach seiner vorzeitigen Entlassung aus einem niederländischen Gefängnis in nicht allzu ferner Zukunft standesgemäß im bayerischen Innenministerium Beschäftigung finden. Als Regierungsrat, bald schon Oberregierungsrat wird er alles daransetzen, seinen Karriereknick im öffentlichen Dienst schnell zu überwinden.

Ist der gute Mann gelegentlich genötigt, von seinem früheren Leben Erwähnung zu tun, wird er konsequent angeben, im untergegangenen Großdeutschen Reich General-Leutnant der Polizei gewesen zu sein. Sein hoher SS-Rang, wird er bei solchen Gelegenheiten lästige Einwände vom Tisch wischen, sei als bloßer Angleichungsdienstgrad zu verstehen, dem man beim besten Willen nicht habe ausweichen können damals.

Der promovierte Jurist aus München, Jahrgang 1904, steht dem mit allen Wassern gewaschenen Fritz, was plumpe, aber selbstbewusst vorgetragene Ausreden dieser Güte anlangt, in nichts nach. Und er wird Bitter gegenüber Gelegenheit finden zu beweisen, dass seine Ehre tatsächlich unverbrüchliche Treue heißt, indem er dem alten Kameraden höchstpersönlich beispringt, um auch ihn vom bösen, völlig aus der Luft gegriffenen SS-Verdacht zu entlasten.

Warum Harster ausgerechnet in den Niederlanden einsitzen wird? Nun, in Den Haag hat er sich als Befehlshaber von Sicherheitspolizei und SD jene Lorbeeren erworben, die ihn für die wahre Herkulesaufgabe, auf italienischem Boden bei wachsender militärischer Bedrängnis in gleicher Position ähnlich effizient zu wirken, bestens qualifizieren

Vor allen Dingen brachte Harster, wie seiner stolzen Vollzugsmeldung gegenüber dem aus Wien übersiedelten Ex-Kurzzeit-Bundeskanzler und jetzigen Reichskommissar Arthur Seyß-Inquart zu entnehmen ist, das logistische Kunststück zuwege, binnen weniger Monate bis zum Frühsommer 1943 um die hunderttausend Juden aus Holland in die Vernichtung deportieren zu lassen. Deswegen sowie für seine Beteiligung an Misshandlungen und Tötungen von Häftlingen im Durchgangslager Amersfoort wird er dereinst zwölf Jahre aufgebrummt bekommen. Harster wird sie jedoch kaum zur Hälfte absitzen müssen, was andererseits den Freistaat Bayern in die erfreuliche Lage versetzt, unerwartet früh von den außergewöhnlichen Fähigkeiten eines eben zur Bewährung entlassenen schweren Kriegsverbrechers zu profitieren.

Als jedoch, bedingt durch den aufsehenerregenden Eichmann-Prozess in Israel sowie den unaufhaltsamen gesellschaftlichen Wandel in Westdeutschland der öffentliche Druck wächst, profilierten Schreibtischtätern wie Wilhelm Harster für den von ihnen zu verantwortenden einmaligen Zivilisationsbruch endlich die angemessene Rechnung zu präsentieren, wird er, diesmal daheim in München, 1967 erneut vor Gericht gestellt werden, allerdings erneut nur wegen seines Gastspiels in Den Haag, nicht aber wegen des ähnlich gelagerten in Verona.

Man wird dem Angeklagten Harster daher in lediglich 82773 Fällen Deportationen nach Auschwitz und Sobibor zur Last legen, dreihundertsiebzehn dieser Jüdinnen und Juden, heißt es, überlebten. Dieser Sachverhalt koste in der Bundesrepublik momentan fünfzehn Jahre, wird dem Angeklagten beschieden. Die sind freilich in Windeseile, nämlich schon 1969, vollständig verbüßt, da hat der offenbar reichlich robuste ältere Herr noch einundzwanzig gemütliche Pensionistenjahre vor sich.

Unterhalten sich die beiden fast gleich alten schrecklichen Juristen Harster und Bitter irgendwann im Dezember 1943 bei einem guten Glas Wein über ihre bisherigen Heldentaten? Dafür wird sicherlich Zeit sein, wenngleich sie natürlich nicht zum Dolce far niente nach Verona abgeordnet worden sind. Italien, bis vor kurzem ein immerhin einigermaßen verlässlicher, deutscher Gründlichkeit natürlich nicht ernsthaft vergleichbarer Verbündeter, ist nämlich ein verdammt schwieriges Pflaster geworden.

Die neue Front im Süden gibt den lästigen Widerständlern, das muss man sich intern ohne Wenn und Aber eingestehen, zusätzlichen Aufschwung. Und diese kommunistischen bis katholischen Verbrecherbanden genießen bei Teilen der Bevölkerung leider erstaunlichen Rückhalt, weswegen ab sofort, wie Bitter das von seinem letzten Einsatzgebiet her ohnehin gewohnt ist, rücksichts- und gnadenlos durchgegriffen werden muss. Zu allem Überdruss spazieren hierzulande, vom Operettenduce Mussolini die längste Zeit verhätschelt, jüdische Visagen immer noch provokant durch die Gegend, als ob es nie eine Wannseekonferenz gegeben hätte. Die werden jetzt endlich zum Verheizen umgesiedelt, wofür wiederum Harster der ideale, weil bestens erprobte Mann ist.

Von überall her werden die erfahrensten, charakterstärksten und abgebrühtesten Spezialisten für Sicherheitspolizei und SD zusammengezogen, um in dieser besonders sensiblen Region stabilisierend zu wirken. Führungsfiguren wie Dr. Harster und Dr. Bitter, ergänzt durch Dr. Friedrich Robert Boßhammer, vormals enger Mitarbeiter Eichmanns im Berliner Judenreferat, garantieren akademische Besonnenheit und effektives, strategisches Handeln.

In manchen italienischsprachigen Darstellungen der folgenden Ereignisse wird behauptet werden, Adolf Eichmann selbst habe Fritz Bitter mit dem Auftrag nach Verona geschickt, die italienische Judenfrage zu lösen. Belege dafür liegen dem Erzähler nicht vor, ganz im Gegenteil. Bitters Hauptaugenmerk hat stets der Bekämpfung des politischen Widerstands sowie den dazu nötigen Straf- und Vergeltungsmaßnahmen gegolten. Auch in Verona ist das nicht anders, die Zuständigkeit fürs Judendeportieren liegt eindeutig bei Harster selbst und eine Etage darunter bei Bitters Abteilungsleiterkollegen Boßhammer.

Gut möglich, dass der Bitter des beginnenden Jahres 1944 dieser Interpretation seiner beruflichen Neigungen vehement widersprechen würde. Immerhin, so dürfte in einem solchen Fall seine Argumentation lauten, immerhin habe er in den von Wiener Neustadt aus befehligten Teilen Niederdonaus das Judenproblem, freilich nach den damals üblichen verhaltenen Grundsätzen, vergleichsweise radikal angegangen, immerhin könne ihm doch niemand ernsthaft zum Vorhalt machen, dass die Judenpest in Charkow und Umgebung bereits vor seinem Eintreffen nahezu vollständig ausgemerzt worden war.

Und wenn er schließlich am Wiener Morzinplatz gegenüber der übel verjudeten Leopoldstadt und quasi direkt neben der Hauptsynagoge in der Seitenstettengasse eben jenes Referat übernommen habe, für das er vom Reichssicherheitshauptamt als bestgeeignete Kraft ausgewählt wurde, so dürfe dies nicht mit persönlichen Präferenzen in Zusammenhang gebracht werden, sondern mit seiner Auffassung von Gehorsam und Pflichterfüllung. Es liege weiters auf der Hand, dass er, formell übrigens immer noch der Heimatdienststelle am Donaukanal zugeordnet, der großen Sache wohl auch in Verona dort am nützlichsten sei, wo er, bei aller Bescheidenheit, auf breites Fachwissen, reiche Erfahrung sowie auf besonderes Geschick zurückgreifen könne: im Rahmen der Partisanenbekämpfung und bei der Abschreckung.

In der Beurteilung, wo der Platz Bitters sein solle, rudert sein Innviertler Landsmann Ernst Kaltenbrunner vor und zurück. Zeichnen sich da gar erste Auflösungserscheinungen ab am Horizont? Zunächst kündigt sein oberster Chef ihm nämlich an, mit Wirkung vom ersten März 1944 Kommandeur von Sicherheitspolizei und SD in Bozen zu sein, einer Nebenstelle von Verona. Am siebzehnten April dementiert Kaltenbrunner sich selbst, indem er die offenbar noch gar nicht umgesetzte Entscheidung in einem Schnellbrief offiziell widerruft. Dr. Friedrich Bitter sei im italienischen Hauptquartier derzeit unentbehrlich, heißt es jetzt plötzlich, und bleibe daher bis auf weiteres auf seinem Posten als Leiter der Abteilung IV. Nur drei Tage später verleiht man ihm das Kriegsverdienstkreuz I. Klasse mit Schwertern, einen hohen, aber keineswegs spektakulären Orden.

Sind es bloße Routinegeschäfte, die in der Zentrale niemand so ausgezeichnet erledigen kann wie Bitter, oder hängt Kaltenbrunners Meinungsumschwung doch eher mit den heiklen, neu ins Programm aufgenommenen Spezialaufgaben zusammen, die von Verona aus koordiniert werden und für die dereinst der Name Fossoli stehen wird?

Nahe Modena war bereits von Italiens Faschisten ein Lager zur Unterbringung alliierter Kriegsgefangener errichtet worden. Kürzlich, im Februar 1944, sicherten sich Harster, Bitter und Boßhammer mit Billigung Berlins den direkten Zugriff auf das Gelände für ihre etwas anders gearteten Zwecke. Sehr gelegen kam den Herren, dass die Hauptbahnstrecke vom Brenner, wichtigste Nachschubader der Wehrmacht, direkt an Fossoli vorbeiführt. Schon im letzten September nutzte man diesen Schienenstrang, um die bis dato hier internierten Briten und US-Amerikaner ins Reich zu verlegen.

Momentan stellt man von Verona aus die Weichen für gut gefüllte Deportationszüge mit Bestimmungsorten wie Auschwitz, Bergen-Belsen, Ravensbrück, Buchenwald und Mauthausen. Letzte Zwischenstation auf italienischem Boden für rassisch wie politisch Missliebige ist dabei das neue Durchgangslager Fossoli am Stadtrand von Carpi.

Der Schriftsteller Primo Levi, einer von ihnen und als Angehöriger der Resistenza wie als Jude gleich doppelt betroffen, wird dereinst berichten, wie der diensthabende Oberscharführer beim letzten Appell vor der Verladung brüllt: Wieviel Stück? An diesem Tag sind es sechshundertfünfzig. *Sodann verlud man uns auf Autobusse und brachte uns zum Bahnhof Carpi. Dort erwarteten uns Zug und Bewachung. Wir bekamen die ersten Schläge. Das war so neu für uns und so unsinnig, daß wir keinen Schmerz empfanden, weder körperlichen noch seelischen. Nur tiefe Verwunderung: Wie kann man einen Menschen schlagen, ohne zornig zu sein?* Sein Reiseziel Auschwitz vernimmt der junge Levi mit einer gewissen Erleichterung, ein Name ohne tiefere Bedeutung ist das für ihn: *Aber er mußte immerhin einem Ort dieser Erde angehören.*

Mindestens alle vierzehn Tage begibt sich der mit Wilhelm Harster aus den Niederlanden nach Italien versetzte SS-Untersturmführer Karl Friedrich Titho, ein gelernter Schlosser, einst Chauffeur des BdS, mittlerweile zum Lagerkommandanten von Fossoli aufgestiegen, zur Berichterstattung nach Verona. Von Boßhammer erhält er im Anschluss daran die Judentransportlisten, Bitter stellt ein Stockwerk höher jene der aus politischen Gründen Internierten zusammen.

Im Laufe des Jahres ändert die Gestapo bei den Politischen offensichtlich ihre Strategie. Wenn diese Kerle allesamt sang- und klanglos nördlich der Alpen verschwinden, bringt man sich nämlich ganz ohne Not um jene abschreckende Wirkung, die nicht nur Fritz Bitter für unumgänglich erachtet, um den italienischen Widerstand endlich in die Schranken zu weisen. Ausgewählte Exemplare werden daher besser gleich an Ort und Stelle liquidiert.

Zu den bekanntesten Einzelopfern von Fossoli zählt der direkt aus einem Mailänder Gefängnis angelieferte Alpinist und Anwalt Leopoldo Gasparotto, Leiter einer lombardischen Partisanengruppe mit besten Verbindungen zu antifaschistischen Organisationen in der Schweiz. Schnell wird er auch im Lager zur zentralen Instanz für internierte Gesinnungsgenossen, die, so heißt es später, einen Massenausbruch geplant hätten.

Man würde ihn an einen anderen Ort überstellen, teilt man ihm mit und erschießt ihn am zweiundzwanzigsten Juni von hinten im Außenbereich des Lagers. Auf der Flucht natürlich.

Keine drei Wochen später sollen gleich siebzig Widerständler aus unterschiedlichen Organisationen mitten im Hochsommer auf einen Schlag kaltgemacht werden. Am Abend des elften Juli ruft man sie namentlich auf, lässt sie antreten und eröffnet ihnen, schon morgen stünde per Bahn eine Verlegung ins Reich an. Währenddessen sind einige jüdische Gefangene bereits heftig an der Arbeit, in der Nähe des Lagers ein Massengrab auszuheben, ob für sich oder andere, wird sich zeigen.

Dr. Friedrich Bitter, der darauf verzichtet, persönlich zu dieser nicht alltäglichen Unternehmung anzureisen, hat aus Verona fünf seiner Spezialisten in Marsch gesetzt. Sie werden die Hinrichtungen vornehmen. Zeitig in der Früh, es ist vier Uhr, werden die am Vortag Auserwählten zu einem nahen Schießplatz verfrachtet. Dreien gelingt unter abenteuerlichen Umständen die Flucht, den restlichen siebenundsechzig erklärt man unmittelbar vor ihrer Niederstreckung umständlich die scheinbare Ursache ihres gewaltsamen Ablebens. Am fünfundzwanzigsten Juni seien bei einem heimtückischen Attentat in der Genueser Bar Olanda sieben deutsche Matrosen umgekommen. Im Verhältnis eins zu zehn werde nun Vergeltung geübt.

Dass Vergeltungsmaßnahmen sowohl zeitlich wie örtlich dermaßen weit auseinander liegen, ist absolut ungewöhnlich. Auch verzichtet man in diesem Fall auf die sonst übliche öffentliche Bekanntgabe der Opfernamen und beschränkt sich in den Verlautbarungen vornehm auf die imposante Zahl. Das wird allerlei

Spekulationen Nahrung geben: Man habe sich schlicht und einfach führender Köpfe des Widerstands entledigen wollen, meinen die einen, es habe sich in Wirklichkeit um eine camouflierte Racheaktion für verratene Ausbruchspläne gehandelt, geben sich andere überzeugt.

Lagerkommandant Karl Friedrich Titho wird anlässlich seiner Vernehmung bald nach dem Krieg wenigstens über die Befehlskette Klartext sprechen: Angeordnet habe das Massaker Bitter, Harster habe den Liquidationsbefehl nur bestätigt. Bitter selbst wird diese Darstellung auch gar nicht in Abrede stellen, macht jedoch geltend, seinerseits lediglich einem Befehl Feldmarschall Kesselrings nachgekommen zu sein, der über Friedrich Engel, den Kommandeur von Sicherheitspolizei und SD in Genua, an ihn weitergeleitet worden war.

Jener Dr. Friedrich Bitter, der in britischer Kriegsgefangenschaft die wohl größte Massentötung von Fossoli ohne Umschweife als sein Werk, wenn auch nicht als seine Idee zu erkennen geben wird, ist derselbe Mann, der bei anderer Gelegenheit die Stirn haben wird zu behaupten, erst in ebendieser britischen Kriegsgefangenschaft von den schlimmen Verbrechen der Nationalsozialisten überall in Europa erfahren zu haben. Diese schwer in Einklang zu bringende Verantwortung wird ihm freilich nicht zum Nachteil gereichen.

In noch viel weiterer zeitlicher Ferne, Ende 1999 nämlich, wird das Militärgericht La Spezia anhand dieses Falles mit bemerkenswerter Deutlichkeit die Praxis der Nachkriegsjustiz in Italien geißeln. In seiner ausführlichen Begründung, warum es das drei Jahre zuvor wieder aufgenommene Verfahren gegen den langlebigen Karl Friedrich Titho einstellt, wird es besonders hervorheben, kleine Fische habe man damals mit aller

Härte bestraft, die großen aber tunlichst verschont: *Wie kann man ernsthaft die Hypothese aufstellen, dass ein Massaker an sage und schreibe 67 Gefangenen von militärischen Kräften niederen Ranges verübt worden sein könnte, und dazu noch auf eigene Initiative, d.h. ohne eine Kontrolle oder eine Anleitung von oben? Das genaue Gegenteil ist wahr: nur eine bei weitem höhere Autorität (und bei weitem höhere auch als die des einfachen Kommandanten eines Konzentrationslagers) hätte nämlich einen derart schwerwiegenden Befehl erteilen können, 70 Personen vorsätzlich zu töten. Wie hätte Titho eine derartige Handlung auch gegenüber seinen Vorgesetzten rechtfertigen können, musste er doch allein wegen des von einem seiner Untergebenen (wahrscheinlich von Rikoff) verursachten Todes eines jüdischen Internierten bereits ein Disziplinarverfahren einleiten und den Schuldigen zum Oberkommando in Verona bringen, um ihn von einem Offizier (Dr. Kappel) verhören zu lassen, und auch seinen Vorgesetzten mündlich Bericht erstatten (Dr. Bitter, Dr. Harster und Dr. Bosshammer).*

Dem ist nur wenig hinzuzufügen. Außer dass diese Erkenntnis sehr spät kommt, dass sie Lagerchef Titho, um den es hier geht, etwas unscharf den kleinen Fischen zuordnet und dass sie den großen Tieren Bitter, Harster sowie Boßhammer wegen rechtzeitigen Ablebens völlig egal sein kann.

Weil hier schon vom rechtzeitigen Ableben die Rede ist: Friedrich Boßhammer wird zwar erstinstanzlich wegen Beihilfe zum vieltausendfachen Mord an italienischen Juden 1972 in der Bundesrepublik eine lebenslange Freiheitsstrafe ausfassen, sie erlangt aber durch seinen Tod im gleichen Jahr nie Rechtskraft. Da Harster, wie erwähnt, zumindest für den niederländischen

Teil seines Treibens ein paar Jährchen hinter Schloss und Riegel verbringen muss, ist Fritz Bitter tatsächlich der einzige des Trios, dessen Weste völlig weiß bleiben wird.

Dabei kann er sich nicht einmal durchgehend darauf berufen, im wahrsten Wortsinn weit weg vom Schuss gewesen zu sein, wenn seine Leute mordeten. Bitters Akten beim Militärgericht Verona enthalten zum Beispiel die traurige Geschichte Oberstleutnant Giovanni Ducas, des Kommandanten der Militärakademie von Modena, unter einem Aliasnamen führender Kopf des Widerstands in der Region. Im März 1944 verhaftet, wurde Duca zunächst gemeinsam mit seinem Sohn hinter den dicken Mauern der im neunzehnten Jahrhundert von den Österreichern auf einem Hügel nördlich von Verona angelegten Festung San Leonardo foltertechnisch eingehend behandelt. Am achtundzwanzigsten August wird Duca schließlich am Gestapositz unten in der Stadt umgebracht.

Noch am selben Tag lässt Bitter Giovannis Sohn Vittorio ins Lager Bozen überstellen. Dort gelingt es dem jungen Mann, heimlich Tagebuch zu führen. Anfang Februar 1945 dann wird er mit einer Bahnladung Leidensgenossen nach Mauthausen deportiert werden. Ins berüchtigte Außenlager Gusen verlegt, wird der Zweiundzwanzigjährige die Befreiung nicht mehr erleben. Ducas aufschlussreiches Tagebuch werden Mithäftlinge wenigstens teilweise retten können. Am zwölften Jänner, heißt es darin, fällt Vittorio zufällig ein alter Werbeprospekt für Touristen in die Hand: *Oben ein schönes Photo von schneebedeckten Bergen, dichte, junge Fichten, die sich vom großflächigen Weiß dunkel abheben, eine Überschrift mit der Aufforderung: Besucht Südtirol! Der Gipfel der Ironie.*

Apropos Bozen: Noch zwei weitere mit Bitter eng verbundene Tötungsszenen sollen in diesem Kapitel ausgebreitet werden. Sie spielen beide in der Stadt an der Etsch, aber nicht, weil Ernst Kaltenbrunner es sich wieder einmal anders überlegt und den anscheinend überall nötigen Fritz neuerlich nach Südtirol versetzt hätte. Vielmehr nähert sich im Sommer 1944 die Front bereits bedrohlich, alliierte Flieger haben die Brücken über den Po ins Visier genommen. Das praktische Lager bei Modena muss unter diesen Umständen leider ausgedient haben, es wird nach Bozen zurückgezogen. Über elftausend Häftlinge werden dort als Zugänge verbucht, aber gegen Ende wird man es mit den bürokratischen Vorschriften nicht mehr ganz so genau nehmen. In Bozen jedenfalls toben sich die Nationalsozialisten, Bitter stets an vorderster Front, solange es ihnen noch möglich ist, munter weiter aus, und bis Februar 1945 werden auch von hier mehr als ein Dutzend Deportationszüge nach Mauthausen, Flossenbürg, Auschwitz, Dachau und Ravensbrück in Verkehr gesetzt werden.

Noch im beginnenden einundzwanzigsten Jahrhundert wird sich Karl Friedrich Titho mit fast neunzig und ein paar Monate vor seinem eigenen Tod an das Bozener Massaker vom zwölften September 1944 erinnern müssen. Das will ihm aus verständlichen Gründen nur teilweise gelingen. Gegen den Greis Titho wird in Italien, unsagbar lächerlich ist das, kurz nach der Einstellung seines letzten Verfahrens 1999 nämlich gerade wieder einmal ermittelt, weil er vielleicht doch kein ganz kleiner Fisch war. Im Rahmen der Rechtshilfe sagt der ehemalige Lagerchef bei sich zu Hause in Detmold ein letztes Mal umfassend aus: *Einige Zeit später kam dann dasselbe Kommando mit einem Auftrag Dr. Bitters, das*

Urteil solle vollstreckt werden. Dazu brauchte er die Genehmigung vom Obersten Kommissar Gauleiter Hofer, die dieser erteilte. Hofer bestimmte eine leerstehende Kaserne für die Vollstreckung und dass die Leichen später auf dem Friedhof begraben werden sollten.

In der Tat setzt Fritz Bitter, wie in solchen Fällen üblich, seine Spezialisten in Marsch, die diesmal dreiundzwanzig Internierte zu liquidieren haben. Ihrem Auftrag kommen sie in den Stallungen auf dem ehemaligen Kasernengelände nach, das stimmt schon, aber ein Urteil gibt es offenbar nicht, und statt auf dem Friedhof verscharrt man die Leichen lieber anonym im freien Gelände in einem vorsorglich ausgehobenen Massengrab. Ach ja, und Titho, der 2001 immerhin genau wissen wird, selbst nicht dabeigewesen zu sein, schaut, mit seinem Dienstwagen extra angefahren, nach Meinung eines Augenzeugen interessiert zu. Ein knappes Jahr später werden die Toten zur Identitätsfeststellung exhumiert werden.

Bald nach Kriegsende wird Karl Gutweniger von der SS-Wachmannschaft des Lagers wesentlich detailliertere Angaben zu den hier in Rede stehenden Vorgängen machen als sein diesbezüglich offensichtlich gehemmter Vorgesetzter fast ein Menschenalter später. Die Erinnerung ist noch frisch. Gutweniger, einem sprachgewandten Mann, der auch gerne als Dolmetscher herangezogen wird, fällt gewöhnlich die ehrenvolle Aufgabe zu, vor den Exekutionen das Urteil und den Erschießungsbefehl zu verlesen. Es wird ihm jedoch auf Anfrage beschieden, dieser Teil der Veranstaltung falle heute aus. Die Gefangenen müssen ihre Oberkörper entblößen und werden in Gruppen von je drei Stück *am Riemen hinten an der Hose gepackt und so in das Abteil im Stall abgeführt.* Jeder der drei Vollstrekker geht in je einer solchen Pferdebox unabhängig von den anderen frisch ans Werk. Jedes der Opfer bekommt eine Kugel in den Kopf. Vor dem Gebäude liegt am Schluss ein kleiner Haufen Leibwäsche, in den drei Boxen je ein ebensolcher aus toten Menschen.

Dass Fritz Bitter, der die dreiundzwanzig Italiener aus allen Teilen des Landes als Kollaborateure mit dem alliierten Feind erschießen lässt, sich dafür tatsächlich von oben Deckung geholt hat, wie Titho es darstellen wird, ist nicht eindeutig erwiesen. Eigentlich hätte er es tun müssen, aber eigentlich hätten sich Szenen wie jene in dem Stallgebäude am Rande Bozens selbst im Krieg gar nicht abspielen dürfen.

Dazu kommt, dass ausgerechnet um diese Zeit über die Schweiz erste vorsichtige Kontakte zwischen den deutschen Befehlshabern in Italien und den Alliierten geknüpft werden. Die Operation Sunrise hat eine Kapitulation auf eigene Faust zum Ziel, von der sich Karl Wolff, der Höchste SS- und Polizeiführer in Italien, und seine Mitverschworenen zumindest Strafverschonung erwarten. Als stramme Antikommunisten bieten sie ferner ihre guten Dienste für später an.

Während also italienische Widerständler für ihre wirklichen oder auch nur behaupteten Verbindungen zum Feind von den deutschen Besatzern nach wie vor brutal ermordet werden, nehmen diese selbst nicht nur Tuchfühlung mit ihm auf, sondern beginnen hinter den Kulissen alsbald ernsthafte Verhandlungen, die nach Überwindung gröberer Schwierigkeiten tatsächlich in eine eigenmächtige Kapitulation münden werden, allerdings erst eine Woche vor dem offiziellen Kriegsende in Europa.

Bitters Position in diesem unübersichtlichen Szenario lässt sich bestenfalls indirekt erschließen, denn auch dazu wird ihn nach Lage der Dinge niemand je befragen. Dass er rein gar nichts mitbekommt von den Avancen Wolffs und seiner Leute, will der Erzähler nicht recht glauben. Schließlich wird Fritz mit Wilhelm Harster zu jener illustren und heiteren Runde von SS-Granden um Wolff gehören, die alle erst am dreizehnten Mai in Bozen festgenommen werden.

Ein weiteres Indiz für seinen Weitblick in dieser Schlussphase ist Bitters höchst unterschiedlicher Umgang mit jenen gefangenen Soldaten der Alliierten, die nach deutscher Lesart aufgrund terroristischer Einsatzaufträge ihr Leben verwirkt haben. Während er die einen ohne langes Herumfackeln brutal umbringen lässt, zeigt er sich bei anderen von einer ungewohnten Seite.

Es lohnt sich ein genauerer Blick: Die unter dem Begriff Special Air Service operierenden Kräfte sind eine ursprünglich vor allem für Sabotageeinsätze und Informationsbeschaffung hinter den feindlichen Linien aufgestellte Spezialtruppe der britischen Armee. Dem im niedersächsischen Fallingbostel einsitzenden Dr. Friedrich Bitter wird es 1948 als Geschenk des Himmels erscheinen, vom SAS War Crimes Investigation Team schriftlich bestätigt zu bekommen, im September 1944 entgegen Hitlers geheimem Kommandobefehl vom Oktober 1942 einen SAS-Hauptmann und vier seiner Soldaten nicht liquidiert, sondern ordentlich behandelt und ohne Aufsehen in ein Kriegsgefangenenlager überstellt zu haben. Selbst wenn als Saboteure qualifizierte feindliche Militärangehörige Uniform tragen, müssen sie nach dem unumstößlichen Willen des Führers nämlich umgehend hingerichtet werden, sobald man ihrer habhaft wird.

Was Fritz bei der genüsslichen Schilderung dieser Heldentat nach dem Krieg stets unter den Tisch fallen lassen wird, ist die Tatsache, dass er sich für sein Vorgehen direkt beim Reichssicherheitshauptamt Rückendeckung geholt hat und den Fünfen wie manch anderen SAS-Gefangenen wohl ohne Wimpernzucken den Garaus gemacht hätte, hätte man in Berlin anders entschieden. Erst Mitte der fünfziger Jahre wird er die wahren Umstände einräumen.

Dem blendenden Strategen Dr. Friedrich Bitter ist es, ganz unabhängig von der Frage, ob er mit dem Unternehmen Sunrise aktiv zu tun hat, selbstverständlich zuzutrauen, dass er, sofern das Risiko überschaubar bleibt, auf allen Ebenen dosiert für die sich schon abzeichnende nähere Zukunft vorsorgt, in der ganz andere als das zittrige Auslaufmodell Adolf das Sagen haben werden. In den vorletzten Zügen des Dritten Reiches, als es bereits drunter und drüber geht, behält Bitter seelenruhig die Übersicht und arbeitet zum Beispiel an einer anderen Front zielstrebig und schließlich erfolgreich daran, endlich zum Oberregierungsrat befördert zu werden.

Er dürfte also tatsächlich davon ausgehen, nach der absehbaren Niederlage umstandslos in den Staatsdienst zurückkehren zu können. Alimente werden leider auch in Zukunft anfallen, und das nicht zu knapp, denkt er sich womöglich in weiser Voraussicht, während rundherum jene Welt untergeht, für die er seine besten Jahre geopfert hat. Da in aller Regel mit einer verantwortungsvolleren Dienststellung auch ein höheres Arbeitsentgelt verbunden ist, wäre es doch ausgesprochen unklug, den nächsten Karrieresprung erst dann anzugehen, wenn andere als seine Parteigenossen die dafür nötige Entscheidungsgewalt innehaben.

Es darf jetzt nicht der falsche Eindruck entstehen, Bitter ließe über solch praktischen Erwägungen am

Ende des Krieges, Sunrise hin oder her, gänzlich vom Mordhandwerk ab. Zumindest als Befehls(weiter)geber stoppt ihn erst der Schlusspfiff im allgemeinen Völkerringen. Sein ohnehin bereits signifikanter Beitrag am großen Menschenausschalten wird, weil es an dieser Stelle ausgesprochen gut passt, etwa durch strenge Maßnahmen gegen Special Air Service-Angehörige ergänzt, die in dem entlastenden Bericht von 1948 zum Glück für ihn keine Erwähnung finden werden. Es geht dabei um eine Operation mit dem bezeichnenden Titel Cold Comfort.

Mitte Februar 1945 sollen britische Flugzeuge per Fallschirm im noch von der Wehrmacht kontrollierten nördlichsten Italien zwölf SAS-Spezialisten absetzen. Ihre Aufgabe: Schi anschnallen und sich zur Brennerbahn durchkämpfen, einen gewaltigen Erdrutsch auslösen und so den deutschen Nachschub nachhaltig unterbrechen. Die tollkühne Aktion misslingt, weil die Leute am falschen Ort abspringen und noch dazu weit voneinander entfernt landen. Ab sofort geht es nur noch darum zu überleben. Sie verstecken sich daher, wo sich Gelegenheit dazu bietet, in Scheunen und Erdhöhlen etwa, wechseln ständig das Notquartier. Zwei von ihnen, Captain Ross Littlejohn und Corporal Joseph Crowley, fallen schließlich Bitters Männern in die Hände und werden im Bozener Lager Gries interniert.

Dort hält man unter anderem auch den US-amerikanischen Bomberpiloten Charles Parker gefangen, dessen Maschine auf dem Rückflug von einer Operation in Deutschland durch die Flak abgeschossen wurde. Der diensthabende Befehlsgewaltige, SS-Sturmbannführer August Schiffer, lässt zwecks Informationsgewinn sowohl Parker als auch Littlejohn und Crowley an Fleischerhaken aufhängen und mit Elektroden foltern.

Dann holt er sich, wie das spätere Vollzugsorgan SS-Oberscharführer Albert Storz während des Prozesses 1946 gegen die direkt Tatbeteiligten angeben wird, bei Bitter und Harster Rückendeckung für das weitere Vorgehen.

Ich hatte um diese Zeit von der kompletten Zerstörung deutscher Städte gehört, wird Herr Schiffer sich bei gleicher Gelegenheit zu rechtfertigen versuchen, *mir waren auch die Terrorangriffe auf Dresden bekannt. Diese Bomberpiloten sah ich daher nicht als Soldaten einer feindlichen Armee an, sondern als Terroristen, von denen ich glaubte, sie müßten mit terroristischen Methoden bekämpft werden.*

Und das sieht dann so aus: Den beiden SAS-Leuten, die in den Augen Harsters, Bitters und Schiffers ihr Leben ohnedies verwirkt haben, sowie dem enttarnten Terroristen Charles Parker wird, wie in solchen Fällen Stand der Technik, die sofortige Verlegung auf deutsches Territorium angekündigt. Zeitig am nächsten Morgen nötigen Storz und SS-Sturmbannführer Andergassen die drei, ein bereitstehendes Auto zu besteigen, das sich vom Lager Gries stadtauswärts in Bewegung setzt.

Direkt an einer Kreuzung der Meraner Straße mit einem Seitengässchen zwingt die bestens Instruierten ein Defekt, den Wagen anzuhalten: Dem linken Vorderreifen ist die Luft ausgegangen, Schuld daran trägt ein rostiger Nagel. Zwar hatte man ursprünglich vor, noch viel weiter außerhalb der Stadt eine Motorpanne vorzutäuschen, um die Delinquenten möglichst ohne Zeugen umzulegen, aber diese unerwartet günstige Gelegenheit kann man sich einfach nicht entgehen lassen. Angesichts des realen Platten schöpfen die Gefangenen nicht den leisesten Verdacht. Umso besser.

Andergassen und Storz lotsen ihre Opfer zu Fuß in die Seitenstraße. Die MPs im Anschlag, halten sie sich dabei dicht hinter den Todgeweihten. Nach etwa fünfzig Schritten, das Gässchen ist so früh am Morgen menschenleer, verständigen sich die beiden Gestapoleute kurz mit Blicken. Andergassen bellt knapp: Fertig!, und Salven durchlöchern die drei Körper. Regungslos liegen sie jetzt bäuchlings in ihrem Blut. Zur Vorsicht steigt einer der beiden Vollstrecker jedem von ihnen auf den Rücken, richtet die Waffe nach unten und legt je eine Kugel in die Hinterköpfe nach. Auf der Flucht erschossen, kann Bitter den Akt ordnungsgemäß abschließen lassen. Es ist einer der letzten, und er wird mit den anderen kurz darauf in Flammen aufgehen, um die Spuren zu verwischen.

Dr. Wilhelm Harster und Dr. Friedrich Bitter, beide als Kriegsgefangene zu jenem Zeitpunkt in Italien noch bequem greifbar, werden übrigens nicht belangt werden, während Schiffer, Andergassen und Storz für dieses und andere Verbrechen an alliierten Soldaten im Verantwortungsbereich der Gestapo Bozen Anfang 1946 ein Todesurteil kassieren, das am sechsundzwanzigsten Juli durch den Strang vollzogen werden wird.

Schauplatzwechsel: Am fünften Mai 1945 betritt die Bedienerin Annemarie Schmerl in Linz zum letzten Mal jene Wohnung, die sie aus Erwerbsgründen jahrelang in Schuss gehalten hat. Sie ist diesmal jedoch nicht erschienen, um zu putzen, sondern um den Dienst aufzukündigen. Ab jetzt, lässt sie die Frau des eingezogenen Arztes wissen, und der feste Ton ihrer Stimme lässt keinen Zweifel, wie sie das meint, ab jetzt sei sie wieder ausschließlich die Witwe ihres Mannes.

Annemaries frühere Schwägerin, Bitters geschiedene Frau, könnte mit den Kindern zu diesem Zeitpunkt längst ohne Angst vor alliierten Bomben von Wildungsmauer zurück in das seit April befreite Wien gezogen sein, das Haus in der Herbeckstraße steht noch. Doch ist sie im Gegensatz zu ihrem Ex-Gatten unter dieser Adresse gar nicht mehr gemeldet, nur die Schlüssel hat sie noch. Womöglich hätte man ihr trotzdem den Zutritt verwehrt. Schon in den ersten Wochen nach der Eroberung der Stadt hatte die sowjetische Geheimpolizei nämlich eine gründliche Durchsuchung des Objekts vorgenommen und alle in Bitters Arbeitszimmer auffindbaren Schriftstücke beschlagnahmt.

Übrigens wird das überlastete Wohnungsamt baldigst neue Mieter zuweisen, ohne dass man sich der Mühe unterziehen würde, dafür die Zustimmung der einzigen an dieser Adresse gemeldeten Person einzuholen. Vom einstigen jüdischen Besitzer des Hauses gibt es vorläufig keine Nachrichten.

VIII

Viele NS-Kriegsverbrecher, die entweder in Italien stationiert waren oder sich nach dem Waffenstillstand dorthin absetzen können, ziehen sich nun fürs erste in die imposante Südtiroler Bergwelt zurück. Dort ist in diesem ungewöhnlich warmen Mai der Frühling eingekehrt, alles grünt und blüht, man könnte meinen, es habe nie etwas gegeben.

Die relevanten Netzwerke funktionieren weiterhin klaglos, über scheinbar unverdächtige Institutionen wie das heillos überforderte Rote Kreuz oder gar über vatikanische Verbindungsleute werden die meisten dieser Untergetauchten mit einer neuen, unverdächtigen Identität ausgestattet. Häufig mutieren sie zu vertriebenen Volksdeutschen, die leider alle Papiere verloren haben. Schließlich heuern sie einheimische Fluchthelfer an und versuchen, sich bei günstiger Gelegenheit zu einem der großen Häfen am Mittelmeer durchzuschlagen, um Europa vorläufig oder ganz hinter sich zu lassen.

Dass Bitter, fast zwei Wochen nach der Kapitulation immer noch ein freier Mann, sein Heil nicht in der verhältnismäßig leicht zu bewerkstelligenden Flucht sucht, scheint auf den ersten Blick verwunderlich. Adolf Eichmann, Josef Mengele, Walther Rauff, der Entwickler jenes praktischen Gaswagens, von dem Fritz in der Ukraine so profitierte, selbst Kameraden aus seiner nächsten Umgebung wie Rudolf Thyrolf, den Fritz nach dem Willen Ernst Kaltenbrunners als Kommandeur von Sicherheitspolizei und SD in Bozen beerben sollte, setzen sich auf die beschriebene Weise erfolgreich nach Südamerika ab. Der nüchterne Stratege Bitter, müsste man meinen, wäre geradezu prädestiniert für einen solchen Ausweg.

Der Familie wegen wird Bitter wohl nicht davor zurückgeschreckt sein. Die gibt es de facto nicht mehr. Seine Frau samt den Kindern geht eigene Wege, um die Schwester hat er seit der leidigen Sache mit Pepi einen möglichst großen Bogen gemacht. Nein, wenn er ehrlich ist, gilt das nur für die erste Zeit, später hatte er schlicht zu viel um die Ohren, um überhaupt einen Gedanken an Annemarie zu verschwenden. Und die alt gewordenen Eltern? In der Frage steckt schon die Antwort: Sie haben mit seiner Zukunft nichts mehr zu tun.

Mag sein, dass er schon jetzt in der Stunde null überzeugt ist, man werde ihm letztlich nicht viel anhaben können, anhaben wollen. Mag sein, dass er die nächste große Herausforderung für seine ausgeprägte Spielernatur darin sieht, das alliierte Pack wenigstens auf der persönlichen Ebene zu besiegen, indem er den neuen Herren erhobenen Hauptes gegenübertritt und trotz allem unbeschadet davonkommt. Schließlich gehörte es zu den unschätzbaren Vorzügen eines Engagements bei der Gestapo, dass diese Behörde auf das streng Geheime setzte, dass man daher stets und überall peinlich dafür Sorge trug, verräterische Aktenbestände rechtzeitig verschwinden zu lassen, wenn es eng wurde. Mag aber auch sein, dass Bitter eiskalt damit spekuliert, ausgewiesene Fachleute wie er würden immer gebraucht. Der nächste große Krieg, das lässt sich an den Fingern einer Hand abzählen, steht praktisch vor der Tür, Russland gegen den Westen wird das Match lauten. Und mit den Russen kennt Bitter sich aus wie wenige. Steht er schon wieder Gewehr bei Fuß?

Die äußeren Umstände rechtfertigen seinen Optimismus. So lässt es sich leben, dürfte Fritz sich an diesem zwölften Mai entspannt denken. Nicht als unrasierte, schmutzstarrende, ausgemergelte Truppe darf man sich die menschlichen Reste der Naziherrlichkeit in dieser Gegend vorstellen, aus Kellerlöchern hervorgeholt, wo sie sich seit Tagen ohne Nahrung versteckt hielten, während über ihnen die Bomben einschlugen. Alles ist intakt hier in Bozen.

Seit der würdigen Kapitulation vor zehn Tagen sorgen in Südtirol gemischte Special Police-Wacheinheiten, bestehend aus amerikanischen und deutschen Soldaten, für Ruhe und Ordnung. Gemeinsam regelt man den Verkehr, bewacht man Gebäude. Rundstempel mit dem Hakenkreuz zieren weiter Dokumente, Passierscheine, Berichte an die Alliierten. Das US-Magazin ›Stars and Stripes‹ berichtet verwundert, auch nachdem sie sich ergeben hätten, würden bewaffnete und arrogante SS-ler die Straßen Bozens als freie Männer durchstreifen. Je länger das so weitergeht, desto stärker die Gewissheit der SS-Granden, es werde tatsächlich zur erhofften Strafverschonung kommen, Grund genug, es sich gutgehen zu lassen.

Für Sonntag lädt SS-Obergruppenführer Karl Wolff, der die so segensreiche Operation Sunrise eingefädelt hat, zu einem großen Geburtstagsfest in seine Residenz, die Bozener Prachtvilla der Herzöge von Pistoia, in der auch eine beträchtliche Anzahl zusammengestohlener Kunstwerke lagert. Wolff wird fünfundvierzig. Viele ranghohe Kameraden werden ihm selbstverständlich die Ehre geben.

Es fließt reichlich Champagner, heißt es, als unhöfliche amerikanische Soldaten sich unterstehen, die ausgezeichnete Stimmung vorsätzlich zu ruinieren, indem sie die Party sprengen und just an diesem Festtag einen Gutteil der SS-Elite Norditaliens endlich dingfest machen. In Washington hat man nämlich darauf bestanden, dem bizarren Südtiroler Spuk schleunigst ein Ende zu setzen. Geburtstagskind Wolff protestiert heftig, aber vergeblich. SS-Gruppenführer Wilhelm Harster, SS-Brigadeführer Karl Brunner, SS-Oberführer Karl-Heinz Bürger und andere gewesene Größen aus Himmlers Imperium, unter ihnen Fritz Bitter, müssen sich endgültig von all den schönen SS-Rängen trennen und treten den Weg in die Gefangenschaft an.

Als er abgeführt wird und in das bereitgestellte Fahrzeug steigt, lässt Fritz sich von dem absurden Gedanken erst gar nicht streifen, in wenigen Minuten irgendwo am Rande Bozens auf der Flucht erschossen zu werden. Derlei liegt unendlich weit zurück, auch wenn es erst ein paar lächerliche Wochen sind. Und es ist schon in diesem Moment gar nicht mehr wahr.

Da ist kein imaginärer Schalter umgepolt worden, da hat sich kein finsterer Unhold auf einen Schlag in einen Biedermann zurückverwandelt. Es empfiehlt sich vielmehr eine betont nüchterne Betrachtungsweise: Hätte das Ende Österreichs am zwölften März 1937 stattgefunden, dann hätte Fritz Bitter eben exakt ein Jahr früher aktualisiert, was ihm lange schon vor Augen stand. Und wäre umgekehrt noch länger Zeit zum letalen Ausschalten Missliebiger geblieben, dann hätte er natürlich weiter mit vollem Einsatz ausgeschaltet. Er ist nun einmal höchst flexibel. Geschmeidig wird er sich nach der Dekke strecken und seinem Idealismus in absehbarer Zukunft bestenfalls im engeren Kreise vertrauter Gleichgesinnter freien Lauf lassen. Was dann kommt, wird man sehen. Mit einundvierzig hat er jedenfalls keine Lust, sich schon zum alten Eisen zählen zu lassen. Sein Vater ist jetzt etwa doppelt so alt wie er, ist ihm dieser Tage eingefallen. Das halbe Leben kann er noch vor sich haben.

Fritz wird mit anderen Leidensgenossen umgehend in das von den Briten geführte Lager Rimini überstellt. Dort sitzen, so Bitters Sprachgebrauch, ausschließlich politische Gefangene wie er ein. Über Florenz verlegt man ihn weiter nach Rom, und zwar in die zweckentfremdete Cinecittà, später nach Ancona, wieder nach Rimini und schließlich über Neapel, die letzte Zwischenstation in Italien, Mitte März 1946 per Schiff nach London.

Der inzwischen in Österreich rechtskräftig verurteilte Strafgefangene Friedrich Bitter, vertreten ausgerechnet durch den von ihm einst schnellarisierten jüdischen Anwalt Dr. Michael Stern, wird all diese Etappen wahrheitsgemäß auflisten, wenn er Ende Jänner 1949 beim Justizministerium um gnadenweise Einrechnung der alliierten Vorhaft einkommt. Wahrheitsgemäß freilich nur, was die Orte und Zeiträume seiner Internierung anlangt. Denn inhaltlich wird der Text von Mystifikationen und einer für sich sprechenden verräterischen Terminologie strotzen, die ohne weitere Prüfung Anlass genug geben müssten, keine Gnade walten zu lassen. Dass Bitter seine ungebrochen aufrechte Gesinnung von ehedem in diesem Schriftstück erst gar nicht zu verschleiern trachtet, dürfte weniger von trotziger Standhaftigkeit zeugen als von der Erwartung, damit beim Adressaten auf Verständnis, vielleicht sogar auf ein gewisses Wohlwollen zu stoßen. Stern hat gegen eine solche Diktion offenbar nichts einzuwenden.

Er wird sich wie gesagt in dieser Eingabe standhaft als politischer Gefangener bezeichnen und zur Unterstützung seiner Argumentation beispielsweise ohne jede Scham behaupten, in Großbritannien im Lager 165 interniert gewesen zu sein, *wo sich nur politisch verdächtige Offiziere der ehemaligen deutschen Wehrmacht befunden haben*. Ein solcher wäre er nach 1945 selbstverständlich liebend gern gewesen, das ist einsichtig. Dass er es nicht war, wird spätestens nach seinem Volksgerichtsverfahren allen daran Beteiligten bekannt sein. Aber man wird es doch wenigstens probieren dürfen.

Sein Lebtag begleitet Bitter das Versteckspiel. Einmal ist die Reihe an ihm, anderen die Maske vom Gesicht zu reißen, dann fällt ihm wieder die Rolle zu, selbst Steherqualitäten zu zeigen. In London nimmt man ihn vierzehn Tage hindurch in die Mangel. Er hat sich darauf lange genug vorbereiten können, ist berufsbedingt mit Verhörkonstellationen bestens vertraut und schlägt sich nach eigener Einschätzung ausgezeichnet. Fritz gibt sich höflich und umgänglich, aber nicht unterwürfig oder gar übertrieben arrogant, dabei auskunftsfreudig, ohne sich in eine Falle locken zu lassen, wirklich Belastendes von sich zu geben. Ganz im Gegenteil: Scheinbar beiläufig lässt er auch bei dieser Gelegenheit einfließen, mehreren britischen Soldaten gegen die Vorschriften das Leben gerettet zu haben. Man werde seinen Angaben nachgehen, erfährt er befriedigt. Dann wird er einem Kriegsgefangenenlager in Sheffield zugeteilt.

Bitter darf in alliiertem Gewahrsam Korrespondenzen führen. Schnell nimmt er Kontakt zu seiner geschiedenen Frau in Wildungsmauer auf, vordergründig, um zu erfahren, wie es den Kindern geht und wie es um die Wiener Wohnung steht. Die ist weg und damit wohl auch die vage Hoffnung, Marliese doch noch zu einem gemeinsamen Neuanfang bewegen zu können, sofern es zu keiner Anklage kommt und er die Gefangenschaft mit heiler Haut übersteht.

Es nützt nichts, dass er ihr für den Fall des unwahrscheinlichen Falles hoch und heilig versichert, der Familie künftig wesentlich mehr Aufmerksamkeit schenken zu wollen. Die Hitlerei ist zwar ausgestanden und damit seine permanente Unabkömmlichkeit, seine Wichtigtuerei und sein ewiges Herumgondeln in der Weltgeschichte, aber vernachlässigte Frauen voller Sehnsucht, sich an eine starke Schulter zu lehnen, wird es weiterhin geben, mehr als je zuvor übrigens, weil so viele Männer im Krieg geblieben sind. Marlieses Herz schlägt zwar heftig, wenn sie Post von Fritz erhält, wahrscheinlich sogar für ihn, aber die Vernunft siegt, es wird kein Zurück geben.

Nicht ganz so aussichtslos schätzt er die Lage bei seiner Schwester ein. Im zweiten Jahr erreicht ihn nämlich ein Brief der Mutter, dem das Totenbild des Vaters beigelegt ist. Adolf Bitters plötzliches Ableben ist willkommener Anlass, nach Jahren vorsichtig bei Annemarie anzuklopfen. Wenn es ihm gelänge, damit die Pepi-Tragödie irgendwie zu umschiffen und ihre Vertrautheit von ganz früher zu beschwören, ließe sich da vielleicht etwas ausrichten.

Über kurz oder lang freilich würde er trotzdem auf den Schwager zu reden kommen müssen, denn ausgerechnet der kann ihm tot noch gute Dienste leisten, sollte man, wovon auszugehen ist, auf die Idee kommen, ihn später einmal in Österreich vor Gericht zu stellen. Fritz hat da schon einen konkreten Plan. Ob Anni wohl über ihren Schatten zu springen bereit wäre?

Die tut das gerade, wenngleich, wie vermutet werden darf, nicht so recht im Sinne des Bruders. Erst vor wenigen Monaten hat sie einen Schritt gesetzt, dessen Konsequenzen sie sehr belasten, ja geradezu aufwühlen, den sie sich jedoch längst schuldig war. Der Mord an Kriminal-Oberinspektor Josef Schmerl ist nämlich immer noch ungesühnt. Offiziell gilt Annemaries Mann nach wie vor als Selbstmörder, auch wenn ihm das wiedererstandene Österreich zubilligt, vom Terror der Nationalsozialisten in den Freitod getrieben worden zu sein. Am vierundzwanzigsten März 1946 hat Annemarie alle Kraft zusammengenommen und Anzeige erstattet. Die Witwe Schmerl benennt darin konkret zwei von jenen Beamten, die ihren Gatten abholen kamen. Sie macht geltend, dass es klare Hinweise auf eine Schussverletzung gebe, ihr eigener Vater, noch lebte er, der die Wunden gesehen habe, sei bedroht worden, darüber zu schweigen.

Unmittelbar darauf begannen die Ermittlungen, anfangs sogar durchaus zügig. Der noch in der fraglichen Nacht herbeizitierte Polizeiarzt sagte aus, dann doch nicht zur Leiche Schmerls vorgelassen worden zu sein, SS-Arzt Dr. Jordan habe nämlich bereits die Totenbeschau vorgenommen, sei ihm beschieden worden. Ein damals im Zellentrakt zum Wachdienst eingeteilter Polizeibeamter erinnerte sich, noch eine halbe Stunde, ehe man ihn leblos auffand, mit dem Gefangenen kurz gesprochen zu haben, den er beim Kontrollbesuch offensichtlich geweckt hatte. Die Unterhaltung sei völlig ruhig verlaufen, Misshandlungsspuren habe er zu diesem Zeitpunkt keine wahrgenommen, Selbstmordabsichten habe Schmerl nicht geäußert.

Kriminalrevierinspektor Erich Ramml, ein dezidierter Nazigegner und deswegen in der Nachbarzelle verwahrt, berichtete, was er spät in der Nacht durch die Wand wahrnehmen musste und dass SS-Hauptsturmführer Karl Dorfer, einer der beiden von Annemarie mit Namen genannten Gestapoleute, unmittelbar nach den fürchterlichen Schmerzenslauten nebenan, die Ramml wie jene eines wilden Tieres vorkamen, betrunken zu ihm in die Zelle gestolpert sei. Dorfer wurde auch von anderen Polizisten als jener Vernehmungsbeamte ins Spiel gebracht, der sich in der fraglichen Nacht bei den Misshandlungen Gefangener besonders hervorgetan hat. An einen Suizid Josef Schmerls wollte keiner von ihnen glauben.

Am dritten April konnte Annemarie einen wichtigen Etappensieg feiern: Karl Dorfer und einstweilen unbekannte Mittäter wurden an diesem Tag von der Staatsanwaltschaft Linz offiziell für den Mord an Kriminal-Oberinspektor Josef Schmerl verantwortlich gemacht. Der Gesuchte, heißt es, sei jedoch seit Kriegsende unbekannten Aufenthalts, womöglich habe er damals seinem Leben ein Ende gesetzt.

Bevor das Verfahren mangels Hauptbeschuldigtem und gesicherten Erkenntnissen über die anderen Tatbeteiligten ins Stocken gerät, wird Annemarie Schmerl Ende Juli noch einmal genau befragt. Die Zeugin wiederholt ihre bisherigen Angaben und fügt hinzu, ihr sei mittlerweile überdies die bezeichnende, ihren Mordvorwurf stützende Aussage eines ihr persönlich gut bekannten, damals frischgebackenen Gestapobeamten eingefallen, den sie gefragt hatte, ob ihr Mann vor seinem Tod eine Nachricht für sie hinterlassen habe. Er dürfe sich dazu nicht äußern, habe der Angesprochene zunächst kurz angebunden gemeint und dann doch hinzugefügt, sie solle froh sein, dass hier nicht wie in Russland gleich die ganze Familie ausgerottet würde.

Es ist bestens vorstellbar, dass Bruder Fritz in Wiener Neustadt zur selben Zeit zu einer ähnlich geschmacklosen Bemerkung imstande gewesen wäre. Bitter wird sich übrigens noch länger nicht in Händen der österreichischen Justiz wiederfinden, was sich für ihn als ausgesprochener Glücksfall herausstellen wird, stellt man die von Monat zu Monat spürbar mildere

Spruchpraxis der Volksgerichte in Rechnung. Anfang 1948 übergeben die Briten ihn schließlich – auf eigenes Drängen, wie er später betonen wird – dem United States Army Criminal Investigation Command, kurz CIC. Zu diesem Zweck wird Fritz aus England nach Fallingbostel überstellt, das ungefähr auf halbem Weg zwischen Hamburg und Hannover liegt.

Dort erreicht ihn im Juni schriftlich die ersehnte frohe Kunde, sein bester Trumpf im Ärmel habe endlich gestochen. Zwar hat Fritz in den Vernehmungen vieles konsequent ausgelassen, so manches zu seinem Vorteil phantasievoll umgedeutet und immer wieder Erinnerungslücken geltend gemacht, was, weil niemand nachhakt, absolut folgenlos bleibt. Aber er erinnert sich, wie bereits ausführlich berichtet, zu jeder Tages- und Nachtzeit daran, im Frühherbst 1944 auf eigenes Risiko fünf britische Soldaten gerettet zu haben. Dabei gelingt ihm das Kunststück, diese Heldentat sympathisch bescheiden ins Treffen zu führen, statt sie in den glühendsten Farben auszumalen, und jetzt hat eine SAS-interne Untersuchung bestätigt, Bitters Darstellung entspreche in ihren Grundzügen den Tatsachen.

In den Jahren der Internierung kommt ihm seine praktische Lebensauffassung keineswegs nur dadurch zugute, dass er das Geschehene für sich stets vorteilhaft darzustellen weiß, sofern er nicht überhaupt den Mantel des Schweigens darüber breiten kann. Fritz Bitter, der alte Tausendsassa, beschließt, die Zeit in den Camps sinnvoll zu nutzen und sich umfassend weiterzubilden. Er liest viel, besucht Vorträge zu den unterschiedlichsten Wissensgebieten und lernt vor allem die Schneiderei, beweist auch dafür erstaunliches Geschick und muss bald ein Auftragsbuch führen. Über die Haftbedingungen, wird er Anni später erzählen, könne er sich im großen und ganzen nicht beschweren.

Alles schön und gut, aber warum versäumen es Briten wie Amerikaner drei Jahre lang, jenen *atrocities in Kharkov* nachzugehen, den Greueltaten in Charkow, von denen Bitters englische Akten in Nürnberg Mitteilung machen? Warum studieren sie weder die deutsche noch die englische Ausgabe des umfangreichen Prozessprotokolls – sogar eine französische gibt es –, mit dem Sowjetrussland die Welt nicht zuletzt über das Wüten Bitters in der Ostukraine informierte? Warum interessieren sich die Westalliierten nicht für den Film über das groß aufgezogene Kriegsgerichtsverfahren, für die Zeitungsberichte der damals anwesenden Journalisten aus aller Welt? Mit Schlamperei lässt sich das nicht ausreichend erklären, vielmehr hat der von vielen vorausgesagte neue Krieg tatsächlich schon begonnen, und zwar als kalter. Lästiger Schnee von gestern ist in diesem Szenario das Wühlen in verrotteten Leichenbergen auf dem Territorium des stalinistischen Sowjetimperiums.

Doch auch im Westen verscharrte Opfer der NS-Barbarei haben oft genug die neuen Prioritäten zu akzeptieren. Anfang Februar 1948 noch erwartete ein britischer Militärrichter jeden Tag Direktiven seines Außenministeriums betreffend die Auslieferung mutmaßlicher deutscher Kriegsverbrecher an Italien, darunter ein gewisser Dr. Friedrich Bitter. Die Regierung in London jedoch verhält sich seither sonderbar zögerlich, während die italienische Justiz sich andererseits als erstaunlich ineffizient erweist. Sie will Fritz offenbar gar nicht, dafür den Maggiore Binttor. Mit einem Major dieses Namens können wiederum die Alliierten nicht dienen. Wirkliches Engagement in Sachen Aufklärung der Mordgeschehnisse rund um Verona, Fossoli und Bozen sieht anders aus. Bei weitem wichtiger ist es jetzt, an der südlichen Flanke der in Gründung begriffenen NATO alles zu unternehmen, um eine kommunistische Machtergreifung zu verhindern.

So geschickt er sich auch persönlich anstellt, Bitter verdankt es wie unzählige seiner Verbrecherkumpane in erster Linie der geopolitischen Dynamik, dass er nahezu ungeschoren davonkommt. Wer jetzt noch nicht abgeurteilt wurde, hat für gewöhnlich auf absehbare Zeit kaum mehr etwas zu befürchten. Die wenigen Ausnahmen bestätigen die Regel. Zudem trägt der entlastende SAS-Bericht, wonach Fritz über die fünf gefangenen Briten seine schützende Hand gehalten haben soll, viel dazu bei, dass sein Spruchkammerverfahren in Fallingbostel eingestellt wird.

Für die Westalliierten ist die Sache damit so gut wie erledigt, Bitters Repatriierung steht also nichts mehr im Wege. Er wird umgehend nach Kärnten ins Gefangenenentlassungslager Feistritz an der Drau verlegt. Am fünfzehnten Juli betritt er zum ersten Mal seit gut zehn Jahren, den Märztagen 1938 nämlich, als er tatkräftig mithalf, das Land gänzlich abzuschaffen, wieder österreichischen Boden, der auch so heißt.

Noch ist freilich nicht alles überstanden, denn Fritz muss daheim, da braucht er sich nichts vorzumachen, auf jeden Fall mit einem Volksgerichtsverfahren rechnen. Entscheidend wird sein, wie umfangreich die Anklage ausfällt. Er hat allen Grund zur Hoffnung, dass die österreichische Justiz sich sagen wird, den Alliierten war der Mann trotz seiner Spitzenpositionen bei der Gestapo offensichtlich keinen Prozess wert, also werden wir nicht päpstlicher sein als der Papst und uns allzu genaues Nachschauen von vornherein ersparen.

Wie auch immer, es gilt schon jetzt, die eigenen Geschütze rechtzeitig in Stellung zu bringen.

Von Kärnten aus bearbeitet er deshalb sofort gezielt seine Schwester, mit der er schon seit dem Tod des Vaters hin und wieder Briefe wechselte. Als nur wenige Monate darauf auch Karoline Bitter, beider Mutter starb, intensivierte sich dieser Kontakt. Fritz zog alle Register. Annis spürbare Zurückhaltung erwies sich schnell als jene Grunddistanz, die sie seit Pepis Ermordung Menschen gegenüber prinzipiell an den Tag legte, sogar der eigenen, abgöttisch geliebten Tochter. Er stellte sich ein darauf, er musste unbedingt am Ball bleiben.

Es geht nun sicherlich nicht an, Fritz einfach zu unterstellen, das zeitlich günstige Ableben der Eltern einzig und allein utilitaristisch verbucht zu haben, als eine Art Hebel für sein in den Augen Außenstehender wahrscheinlich so frivol wie aussichtslos erscheinendes Begehren, Annemarie dafür zu gewinnen, den vermoderten Leichnam des Schwagers für ihn auf die richterliche Waagschale zu legen.

Aber seine Trauer, wenn er denn eine solche empfunden haben sollte, dürfte durch die Aussicht, Anni für seine Zwecke jetzt vielleicht besser einspannen zu können, spürbar gemildert worden sein. Sie hat es womöglich in der Hand, sein Wohl und Wehe entscheidend zu beeinflussen. Aus ihrem toten Ehemann, dem feigen Selbstmörder aus den Tagen des Umbruchs, für den Bitter keinen Finger zu rühren bereit war, ist inzwischen nämlich, auch wenn die Fahndung nach den Tätern bisher erfolglos geblieben ist, ein veritabler österreichischer Märtyrer geworden. Das hat Gewicht, von dem sich der gewiefte Bruder einiges verspricht.

Wie zu erwarten, bereitet sich die Republik Österreich tatsächlich darauf vor, den von der Besatzungsmacht zur Entlassung vorgesehenen Dr. Friedrich Bitter ihrerseits sofort in Gewahrsam nehmen. Zu seiner großen Freude legt man ihm lediglich Hochverrat zur Last. Das klingt bloß auf den ersten Blick bedrohlich, denn hinter diesem Delikt verbirgt sich, stellt man Bitters weiteres Wirken und Werken im Dritten Reich in Rechnung, die höchst nebensächliche Frage, ob der Angeklagte in der Zeit vor dem Anschluss illegales Mitglied der NSDAP war oder nicht.

Natürlich wird er konsequent alles abstreiten, aber selbst wenn es dem Staatsanwalt gelingen sollte, ihn zu überführen, mehr als ein Jährchen wird er, falls Anni sich ins Zeug legt, nach menschlichem Ermessen kaum kassieren, und für Bitter steht außer Frage, dass er noch am Tag des Urteils heimgehen wird, denn die alliierte Internierung möge man ihm wie die Monate der Untersuchungshaft gefälligst auf die Strafe anrechnen.

Richtig schlimm könnte es nur werden, wenn durch die aufgebotenen Zeugen gewisse unangenehme Dinge zur Sprache kämen, die weit schwerwiegendere Folgeanklagen nach sich ziehen könnten. Dass er selbst sich vor Gericht taktisch geschickt verhalten und vor allem einen prinzipiell verständisvollen Schöffensenat vorfinden wird, davon geht Fritz ganz selbstverständlich aus. Freunde halten ihn über die aktuelle, durch und durch erfreuliche Spruchpraxis der Volksgerichte auf dem laufenden, er hat jeden Grund, verhalten optimistisch zu sein.

Am achtzehnten September wird Bitter den österreichischen Behörden überantwortet. Er muss in eine Zelle des Wiener Landesgerichts umziehen. Erste zählbare Frucht seiner prophylaktischen Anstrengungen bei der Schwester ist ein ausführlicher Brief der Kriminal-Oberinspektorswitwe Annemarie Schmerl vom fünfundzwanzigsten September an die Staatsanwaltschaft in der Strafsache gegen Dr. Friedrich Bitter.

Kommen Anni wirklich nie Zweifel, ob es angehen kann, einerseits jahrelang verbissen vor Gericht darum zu kämpfen, dass jene Naziverbrecher endlich zur Rechenschaft gezogen werden, die ihren Pepi auf dem Gewissen haben, und andererseits zur selben Zeit einem hohen Gestapooffizier, von dem sie nicht wissen kann, ob er um einen Deut besser ist als Karl Dorfer und Kumpane, einen Blankoscheck auszustellen? Ist ihr die Überlegung tatsächlich völlig fremd, dass da draußen andere Schwestern, Mütter, Witwen ausgerechnet in Fritz Bitter ihren Karl Dorfer erblicken könnten, dem sie um jeden Preis das Handwerk legen wollen? Oder ahnt sie gar das Ausmaß seiner Verbrechen und hilft ihm trotzdem, weil sie nun einmal seine Schwester ist?

Geschickt hält sie in ihrem Schreiben einleitend fest, die Einlieferung des Bruders ins landesgerichtliche Gefängnis von Wien einer kurzen Zeitungsnotiz entnommen zu haben, also aus Eigenem tätig geworden zu sein. Der anwaltliche Beistand und die nicht an die große Glocke gehängten zweckdienlichen Einflüsterungen des promovierten Juristen Fritz lassen sie sodann überzeugend argumentieren, Herrn Dr. Bitter werde lediglich ein formelles Delikt zur Last gelegt.

Ein formelles Delikt? In der Tat. Denn dass Fritz in den vergangenen Jahren aus unterschiedlichsten Gründen viele Tausende Menschen ausgeschaltet hat, die meisten davon mit tödlicher Konsequenz, eine beträchtliche Anzahl sogar noch auf dem Territorium des inzwischen wiedererstandenen Österreich, ist, wie bereits angedeutet, für dessen Rechtspflege anscheinend kein lohnendes Thema. Die nächsten Jahre – denn mit der Verurteilung ist die Sache längst nicht erledigt – wird dafür ein ebenso gigantischer wie im Grunde lächerlicher Aufwand betrieben werden, nur um zu klären, ob Dr. Friedrich Bitter einst illegaler Nazi war und seine Mitgliedschaft bei der SS freiwillig.

Auf das Gericht werden die eidesstattlichen Erklärungen alter Kameraden nur so herunterprasseln, die beschwören können, was Fritz selbst für sich wörtlich so in Anspruch nehmen wird: Er sei ein durch und durch harmloses Märzveilchen. Mit diesem Ausdruck bezeichnet man in Österreich außerhalb botanischer Zusammenhänge jene Personen, die sich einst im Gefolge des Umbruchs mit tatkräftiger Unterstützung korrupter NS-Funktionäre aus bloßem Opportunismus nachträglich eine karrierefördernde illegale Mitgliedschaft bei der NSDAP bastelten, von der sie sich jetzt begreiflicherweise wieder lossagen möchten. Fritz, bei dem die Dinge anders liegen, probiert es kaltschneuzig, auf diesen Zug aufzuspringen.

Anni fährt der Staatsanwaltschaft gegenüber als nächstes gleich das schwerste denkbare Geschütz auf, die von Bitter ersehnte Wunderwaffe: Als Witwe eines prominenten Opfers des Nationalsozialismus sei sie im besonderen legitimiert, für ihren Bruder Fürbitte einzulegen. Bei den Behörden jenes österreichischen Staates, für den ihr Mann sein Leben ließ, möge ihr Eintreten für einen im Grunde seines Wesens anständigen Menschen gebührend Berücksichtigung finden. Im übrigen hätten die englischen Armeestellen seine Vergangenheit bereits scharf geprüft und nichts wirklich Belastendes festgestellt.

Um zu unterstreichen, dass der Arme wahrlich schon genug gestraft ist, versteigt Annemarie sich, wohl auf Anraten von Fritz selbst, im folgenden Absatz zu einer hochdramatischen Schilderung: *Die Wohnung meines Bruders in Wien wurde nach dem Zusammenbruch geplündert und in der Folge von anderen Personen bezogen, sodaß mein Bruder, wenn er nach dreijähriger Anhaltung enthaftet wird, dringend sich um eine Wohnung wird umsehen müssen.*

Zu Annemaries Entlastung sei angemerkt, dass Fritz es bei ihrer Beratung aus guten Gründen unterlassen haben dürfte, im Detail zu schildern, unter welchen spezifischen Umständen der Wiener Neustädter Gestapochef sich die teure Immobilie vor ein paar Jahren organisiert hatte. Immerhin machte er es sich, wenn den Erzähler die Erinnerung nicht trügt, dereinst selbst samt Familie ohne den geringsten Genierer in einer voll ausgestatteten, zwangsarisierten Wohnung anderer, nicht um ihr Einverständnis gebetener Personen gemütlich.

Die unterschieden sich vom jetzt zum Handkuss gekommenen Fritz vor allem auch dadurch erheblich, dass sie rechtmäßige Besitzer des gesamten Hauses in besserer Währinger Lage gewesen waren und nach dem Hinauswurf obendrein um ihr nacktes Leben zu fürchten hatten. Und von wegen Plünderung im Mai 1945: Was einigermaßen von Wert ist, darunter alles, was er aus Russland geschickt hatte, war mit Marliese und den Kindern zu diesem Zeitpunkt längst nach Wildungsmauer übersiedelt.

Erhebungsbeamte haben übrigens auf Wunsch der Staatsanwaltschaft erst vor kurzem zum wiederholten Male Nachforschungen in Sachen Wohnobjekt Herbeckstraße angestellt. Schon im August 1945 hatte die Staatspolizei Herrn Sipötz, den neuen Mieter, aus demselben Grund behelligt, und das noch dazu vergeblich, weil die russischen Kollegen, ebenfalls an Bitter interessiert, um einiges schneller gewesen waren und nichts Relevantes zurückgelassen haben.

Immerhin brachte man jetzt durch Nachbarn auch offiziell in Erfahrung, dass die ehemalige Hausherrenwohnung wie die gesamte Liegenschaft bis zum Einzug der Familie Bitter jüdisches Eigentum gewesen war. Im Prozess gegen ihn wird diese in den Akten sehr wohl vermerkte Erkenntnis wie etliche andere alarmierende Hinweise dann keinerlei Rolle spielen. Bitter selbst wird, gestärkt durch die öffentliche Gleichgültigkeit gegenüber den wahren Opfern, in späteren Gnadenbitten – etwa um Streichung der Registrierung als NS-Belasteter – seinen eigenen Opferstatus immer stärker herauskehren, wenn er etwa, ganz kalter Krieger, akzentuiert angibt, dass *meine vormalige Wiener Wohnung von einem Kommunisten besetzt* wurde.

Ihrer körperlich angeschlagenen Tochter, mittlerweile zu einer jungen Dame herangereift, erklärt Annemarie, es sei ohne jeden Zweifel in Vatis Sinne, Onkel Fritz in dieser schweren Zeit beizustehen. Sie hege keinen Groll gegen ihn, auch wenn er sie menschlich enttäuscht habe. Ihr fester Glaube gebe ihr die Kraft zu verzeihen. Es werden noch Jahrzehnte ins Land gehen, bis Anneliese sich über die Großmut der Mutter ernsthaft zu wundern beginnt.

Als Rechtsbeistand kann Fritz auf Annis und seiner Freunde Kosten einen guten alten Bekannten engagieren. Michael Stern findet nichts dabei, sich gleich einer ganzen Reihe von höheren Nazis als Anwalt zur Verfügung zu stellen. Bitter nimmt für sich phantasievoll in Anspruch, Stern einst in Wiener Neustadt zur Funktion eines Rechtskonsulenten für jüdische Auswanderer verholfen zu haben. So habe der Advokat den Genozid relativ unbeschadet überstehen können, sieht man einmal von den bedauerlichen Folgen der Arisierung ab. Ein toter österreichischer Märtyrer im Talon und ein prominenter jüdischer Anwalt, Fritz hat sich bestens aufgestellt. Es kann losgehen, seine Spielernatur frohlockt.

Und tatsächlich läuft Dr. Friedrich Bitter am sechsten Oktober anlässlich der Beschuldigtenvernehmung im Wiener Landesgericht für Strafsachen zu großer Form auf. Er ist ganz in seinem Element. Kollegen der Polizei, deren Namen er nicht preisgeben wolle, seien an ihn, der erst – erst!, sagt er – im Jahre 1931 NSDAP-Mitglied geworden war, und auch das lediglich als Karteileiche, glaublich im Oktober 1934 mit dem Ansinnen herangetreten, sich einer Gruppe anzuschließen *bzw. deren Zusammenkünfte beizuwohnen, die Besprechung politischer Tagesfragen, aber auch in der Auswertung dienstlicher Wahrnehmungen bezügl. der verbotenen* NSDAP *und ihrer Bekämpfung dienten.* Auch wenn die Niederschrift holpert, eines schält sich schnell heraus: Bitter gibt diesmal den tumben Tor. Erst viel später sei ihm bewusst geworden, dass es sich bei dieser ominösen Gruppe, die er in Wirklichkeit leitete, um einen illegalen Nachrichtensturm der SS-Standarte 89 handelte.

Immerhin räumt der Beschuldigte ein, 1936 zum SS-Hauptscharführer ernannt worden zu sein, was ein nicht abstreitbares Dokument beweist. Nachträglich habe sich aber herausgestellt, schränkt er gleich wieder ein, dass seine vorerwähnte Ernennung in der illegalen Zeit nicht anerkannt worden war, schließlich sei er im März 1938 doch erneut zum SS-Hauptscharführer bestellt worden.

Als SS-Offizier, übrigens, wie betont werden muss, als von wegen bloßem Angleichungsdienstgrad quasi unechter, habe er sich nirgendwo und zu keiner Zeit irgendeines Verbrechens schuldig gemacht. Er sei doch Leiter der Gestapo Charkow gewesen, wird ihm da überraschend vom Untersuchungsrichter entgegengehalten, obwohl diese sehr berechtigte Anmerkung mit der Anklage nur am Rande zu tun hat.

Das ist der Moment, den Bitter am meisten gefürchtet hat. Plötzlich steht Charkow im Raum. Wird er jetzt die Nerven verlieren, verwirrt zu stammeln anfangen, erbleichen und einen Schweißausbruch zu verkraften haben? Ganz im Gegenteil. Er wählt die offensivste aller möglichen Strategien und gibt lächelnd zurück: *Ich war niemals Leiter der Gestapo Charkow, da es gleichsam eine Leitstelle Charkow niemals gegeben hat.*

In diesem einen Satz offenbart sich Fritz Bitters ganze Ausgefuchstheit. Ihm ist zwar das für sensible Ohren verräterische Wörtchen ›gleichsam‹ herausgerutscht, alles andere als ein Füllsel und im Zusammenhang seines unausgesprochenen Überlegens, wie er sich am besten aus der Affäre ziehen könne, durchaus von großer Bedeutung. Aber indem er sich auf einen reinen Formalaspekt zurückzieht – Charkow war nämlich offiziell der Leitstelle und dem BdS Kiew unterstellt, er selbst also ›nur‹ KdS –, versucht er gleichzeitig, den schwerwiegenden und substantiellen Vorhalt als solchen vom Tisch zu wischen: Als Kommandeur der Sicherheitspolizei und des SD war er am Ort in Wirklichkeit sogar wesentlich mehr als bloß der Gestapochef.

Eine Nachfrage würde sich allemal lohnen, doch der Untersuchungsrichter hakt nicht ein. Vielleicht hängt er selbst bis zu einem gewissen Grad der ideologischen Heimat des Beschuldigten an, vielleicht hat er sich mit solchen Spitzfindigkeiten nie näher beschäftigt, und sein

Gegenüber, das darf man nicht vergessen, wirkt souverän, ja entspannt. Leiter der Gestapo Charkow war Dr. Bitter jedenfalls nicht, lässt das einvernehmende Justizorgan von der Schreibkraft festhalten, weil es gleichsam keine Leitstelle dort gegeben hat. Punkt. Übrigens sei er mit den gewöhnlichen Agenden sicherheitspolitischer Tätigkeit und Berichterstattungen dort völlig ausgelastet gewesen, ergänzt Fritz in verschleierndem, aber beeindruckendem Fachchinesisch. Aha.

Das Erkenntnisinteresse der österreichischen Justiz in Sachen Friedrich Bitter fällt dürftig aus in diesem Herbst 1948, wohl auch, weil jede genaue Untersuchung seines umfänglichen Wirkens in den sieben Jahren Fremdbestimmung der Staatsraison widersprechen würde, wonach Österreich wie seine Bürger Opfer der deutschen Aggression wurden. Als völkerrechtliches Subjekt erloschen, von der Landkarte verschwunden, bekümmert sich die Republik nur dann um unschöne Angelegenheiten, die sich in ihrer Abwesenheit zugetragen haben, wenn es gar nicht anders geht.

Bei Bitter geht es anders. *Über das sonstige Verhalten des B. während seines Aufenthaltes in Wr. Neustadt sowie Charkow und Verona konnte mangels Ausforschung geeigneter Auskunftspersonen bis nun nichts Zweckdienliches in Erfahrung gebracht werden.* Eine vielsagende und jedenfalls zutreffende Formulierung der ermittelnden Behörde ist das, lässt sie doch völlig offen, ob überhaupt jemals ernsthafte Anstrengungen erfolgten, solche Auskunftspersonen auszuforschen.

Weit hätte man indessen nicht zu gehen brauchen, um höchst aufschlussreiches Material zusammenzutragen. Mitten in Wien sind zu dieser Zeit ausreichend Exemplare jenes broschierten, erst kurz zuvor erschienenen rostfarbenen Büchleins mit dem Titel ›Deutsche

Greuel in Rußland. Gerichtstag in Charkow‹ aus dem heimischen, aber verdächtig linken Stern-Verlag im Umlauf. Der Staatsanwaltschaft, dem Untersuchungsrichter dürfte das, obwohl kaum vorstellbar, ebenso verborgen geblieben sein wie die alarmierende Nürnberger Vita des Angeklagten. Oder man beschließt einfach, sich die Finger nicht verbrennen zu wollen.

Schon die der Buchausgabe jener Charkower Prozessmitschrift vorangestellte Einleitung stellt für das gerade mühsam aufgebaute neue Selbstverständnis des Landes nämlich eine ungeheuerliche Provokation dar. Da steht im Hinblick auf österreichische Massenmörder wie Bitter etwa schwarz auf weiß zu lesen: *Und auch darauf möge niemand in Österreich vergessen, daß unser österreichisches Volk nicht frei von Mitschuld ist an den grausamen Mordtaten, die auf deutsches Kommando an der sowjetischen Zivilbevölkerung verübt wurden.*

Das offizielle Österreich hat sich aber nun einmal bedingungslos auf die von den Alliierten erfreulicherweise schon 1943 akzeptierte Opferthese eingeschworen, und dieser Gründungsmythos der zweiten Republik darf unter keinen Umständen in Frage gestellt werden, koste es, was es wolle. Man hat die vier Besatzungsmächte im Land und strebt ein Abkommen an, das die volle Souveränität möglichst bald wiederherstellen soll.

Mit einer breiten Debatte über den österreichischen Beitrag zur Barbarei des Nationalsozialismus würde man die eigene Verhandlungsposition entscheidend schwächen, sind sich die regierenden Kräfte, Konservative wie Sozialdemokraten, absolut einig. Und das sogenannte dritte Lager, ein Auffangbecken ehemaliger Nazis, das sich Ende 1948 gerade auf seinen Gründungsparteitag vorbereitet, will dem nicht widersprechen. Alle haben sie die Zukunft fest im Blick, die Vergangenheit ist bestenfalls etwas fürs Kino, wo in der scheinbar heilen Welt der Monarchie angesiedelte Schnulzen, etwa über das zur süßen Sissi verkommene kaiserliche Idol des Adolf Bitter, in den Fünfzigern für volle Kassen sorgen werden.

Alternative Sichtweisen, die es natürlich gibt, werden in diesem Klima als Sabotage begriffen und am besten durch Totschweigen bekämpft, selbst als dafür längst kein nachvollziehbarer Anlass mehr besteht. Erst satte vierzig Jahre nach Unterzeichnung des ersehnten Staatsvertrages, der dem Land 1955 um den wohlfeilen Preis immerwährender Neutralität tatsächlich die Unabhängigkeit beschert, wird ein amtierender österreichischer Bundeskanzler zum ersten Mal vor aller Welt einbekennen, was vorher nur üble Nestbeschmutzer und verblendete Intellektuelle zu formulieren wagten: Als ehemaliger Bestandteil des Großdeutschen Reiches ist die Alpenrepublik auch ein Land der Täter.

Um einen möglichen solchen geht es an diesem sechsten Oktober 1948 übrigens auch, aber eben nicht um Fritz Bitter selbst, denn illegales Mitglied bei den Nazis gewesen zu sein mag zwar als Hochverrat geahndet werden, wirkliche Schandtaten stehen aber auf einem ganz anderen Blatt, das die Staatsmacht in seinem Fall partout nicht aufzuschlagen bereit ist, selbst wenn sie mit der Nase darauf gestoßen wird.

Man muss es sich auf der Zunge zergehen lassen: Ein und derselbe Richter schließt unmittelbar an die Vernehmung des Beschuldigten Dr. Friedrich Bitter gleich diejenige des Zeugen gleichen Namens im von einer vergessensunwilligen Witwe angestrengten Volksgerichtsverfahren gegen Johann Metzger an. Das geschieht wohl aus rein praktischen Erwägungen, weil der Mann nun schon einmal aus der Untersuchungshaft vorgeführt wurde. Und so kommt nur Minuten nach dem vergleichsweise unbedeutenden illegalen Vorkriegsnazi Bitter, den die Republik mit unverhältnismäßig großem Aufwand zu überführen trachtet, tatsächlich der mit ihm identische hohe Gestapooffizier vom berüchtigten Morzinplatz zur Sprache, der ihr völlig egal ist.

Im Auftrag des Abteilungsleiters Bock, erzählt der Zeuge freimütig, habe er eine Amtshandlung gegen einen Beamten namens Tomsik vorgenommen, wobei er den Tomsik auch verhaftet habe. Der Mitarbeiter des Pressereferats wurde von seinem Arbeitskollegen Metzger in Form einer Anzeige dahingehend belastet, *daß er sich in abfälliger und zersetzender Weise über die Durchführung von Luftangriffen durch die Deutschen geäussert habe*. Kaum darf Fritz Bitter sich in seine Machtposition während der glorreichen Zeiten versetzen, wird er ungeniert forsch und fällt in die Diktion von früher zurück. Aber weiter im aufschlussreichen Text der Niederschrift: Vom Reichssicherheitshauptamt sei Tomsik, der ihm gegenüber geständig war, in der Folge nach Dachau eingewiesen worden. *Mehr weiss ich von ihm nicht mehr.*

Das ist schade, aber gut verständlich. So kann man die den Lesern bereits bestens bekannte Geschichte natürlich auch zusammenfassen, und der gnädige Untersuchungsrichter gibt sich wie erwartet zufrieden damit. Eigentlich, so die Botschaft von Bitters trockener Einlassung, eigentlich waren wir alle, außer Himmler vielleicht, bloße Befehlsempfänger. Langweilen Sie mich bitte nicht mit der öden Frage nach Schuld.

Formell stand sicherlich das RSHA hinter Tomsiks indirekt todbringender Einweisung, doch verdankte der Unglückliche sie in Wirklichkeit zweifellos Bitter höchstpersönlich, der alle Hebel in Bewegung setzte, um den Mann zu überführen und exemplarisch zu bestrafen. Und natürlich dem Verräter aus dem Pressereferat, über den heute, am elften Jänner 1949, das Urteil gesprochen wird. Fritz ist als Auskunftsperson geladen. Nur eine Woche später wird er selbst den Angeklagten geben müssen.

Paula Tomsik, die den Mut gehabt hat, Johann Metzger wegen der Denunziation ihres Gatten anzuzeigen, schildert in der Hauptverhandlung unter anderem, wie Dr. Friedrich Bitter ihre Wohnung auf den Kopf stellen ließ, und der Zeuge muss auf Befragen einräumen, er sei *zur Hausdurchsuchung selbst mitgegangen*.

Erst durch den Prozessverlauf wird dem in den allgemeinen Informationsfluss nur mangelhaft eingebetteten Untersuchungshäftling Bitter die Strategie der Verteidigung so richtig klar: Metzgers Anzeige soll demgemäß erst erfolgt sein, als ihm zugetragen wurde, dass ein geheimnisvoller, nicht mehr eruierbarer Dritter seine Vorgesetzten bereits über Tomsiks zersetzende Wortspende informiert hatte. Der arme Angeklagte habe sich in der Folge ausschließlich, um seinen eigenen Kopf zu retten, somit unter schlimmen Gewissensnöten, gezwungen gesehen, seinerseits gegen Tomsik mobil zu machen.

Reaktionsschnell springt Bitter sofort auf den fahrenden Zug auf und dem bedrohten Kameraden bei. Zu diesem Zweck dementiert er im Gerichtssaal, was er bei der Vernehmung unzweideutig zu Protokoll gegeben und unterschrieben hat: *In der Form, wie sie mir vorgehalten wird, habe ich meine Aussage nicht gemacht, ich habe lediglich gesagt, vielleicht habe sich der Angeklagte verpflichtet gefühlt, Mitteilung von der Äusserung Tomsiks zu machen.* Welcher Zeitraum zwischen dieser und der Anzeige Metzgers lag, ist dem Zeugen beim besten Willen nicht erinnerlich.

Der einigermaßen abenteuerlichen, von Bitter jetzt nicht mehr klar konterkarierten Verantwortung des Angeklagten schließt sich das Gericht zwar nicht an, hält sie aber immerhin für theoretisch denkbar und verfährt nach dem Grundsatz in dubio pro reo. Johann Metzger wird zum Entsetzen von Frau Tomsik im Zweifel freigesprochen.

Noch am dreizehnten September 1948 wurde im Bericht der Polizeidirektion Wien an die Staatsanwaltschaft über das Vorleben des Beschuldigten unter den vielen Aufgaben Bitters in der Gestapoleitstelle am Morzinplatz einzig und allein die bei weitem harmloseste, nämlich jene eines Schulungsleiters für neue Mitarbeiter aufgeführt. Fällt jetzt endlich der Groschen?

Nimmt die träge Justiz im Anschluss an die doch ziemlich bemerkenswerten Einlassungen des aus der U-Haft vorgeführten Zeugen in der Causa Tomsik und knapp vor seiner eigenen Hauptverhandlung Bitters herausgehobene Position sowie seine verschiedenen Funktionen an jenem berüchtigten, im März 1945 von alliierten Bomben zerstörten Ort im Zentrum Wiens endlich genauer unter die Lupe, der 1985 zum Gegenstand eines eindrücklichen Mahnmals werden wird? Dort steht zu lesen, das ehemalige Hotel Metropol sei als Gestapohauptquartier zur Hölle für die Bekenner Österreichs geworden, zum Vorhof des Todes.

Ob Fritz momentan wohl schlecht schläft? Dass ihn der lange schon vermoderte lästige Tomsik oder seine rachsüchtige Witwe bis in den Schlummer verfolgen, ist wenig wahrscheinlich. Aber dass das Volksgericht ausgerechnet jetzt den späteren beruflichen Werdegang des kleinen illegalen Nazis Bitter aus der Systemzeit auf dem Tablett serviert bekam und in den letzten Wochen bei den Vernehmungen sowohl Charkow als auch der Morzinplatz, und zwar jenseits seiner Nebentätigkeit als Schulungsleiter, zur Sprache kamen, das könnte selbst den abgebrühten Fritz durchaus nervös machen. Wider Erwarten wird es vielleicht doch eng werden.

Noch im November hat er sich jedenfalls stark genug gefühlt, durch Rechtsanwalt Dr. Stern einen Enthaftungsantrag gegen Gelöbnis zu stellen. Zwar sei er geschieden, doch habe er vor, *wieder mit meiner Frau zusammenzuleben, was auch die Absicht meiner Frau ist. Ich bin daher für meine Frau und zwei Kinder im Alter von 8 und 11 Jahren sorgepflichtig. Wir haben 1945 die Wohnung samt Inventar verloren, meine Frau lebt bei ihrer Mutter und ist auf deren Almosen angewiesen.*

Gleich im nächsten Satz allerdings relativiert Bitter das edle und scheinbar fix abgesprochene Vorhaben einer dauernden Neuverbindung mit der Ex-Gattin, indem er dem Oberlandesgericht ankündigt, seine Schwester in Linz würde dem Antragsteller im erhofften Falle der Entlassung einen Teil ihrer Wohnung in Untermiete zur Verfügung stellen, ein Arbeitsplatz stehe bereit. Flucht-, Verabredungs- sowie Wiederholungsgefahr der Straftat Hochverrat durch eine illegale Mitgliedschaft bei der NSDAP seien nicht gegeben, letztere, weil dies *unter den jetzt gegebenen Umständen keinesfalls im Bereiche der Möglichkeit liegt*. Wie wahr. Das Begehren wurde erwartungsgemäß abgewiesen.

Die entscheidende Hauptverhandlung in seinem Verfahren ist für den neunzehnten Jänner anberaumt.

Bitter hat heute nicht seinen besten Tag, er widerruft auch diesmal Teile seiner von Zeugen vehement bestrittenen früheren Aussagen und begründet das mit einer äußerst bezeichnenden, wenn auch reichlich komplexen Argumentation: *Wenn ich dies vor dem Untersuchungsrichter zugab, so nur deshalb, weil ich der Ansicht war, daß die beiden Herren dies so angeben würden und ich nicht als Lügner dastehen wollte, da mir weniger Glauben geschenkt worden wäre.* Wie immer versucht Fritz, sich taktisch ausgeklügelt zu verhalten, das mögliche Verhalten anderer richtig einzuschätzen und seine Darstellung der Ereignisse zum eigenen Nutzen von vornherein auf die mutmaßlichen Aussagen der Zeugen abzustimmen. Nur selten verheddert er sich dabei so hoffnungslos wie in diesem Fall.

Es ist ein Routineprozess. So wie er winden sie sich fast alle, das ist nicht weiter auffällig. Nach der Verhandlung gilt wenig überraschend als erwiesen, dass Bitter als illegaler Nationalsozialist Hochverrat begangen hat. Alles andere fällt zu seiner großen Erleichterung komplett unter den Tisch. Das Urteil von einem Jahr schweren Kerkers, verschärft durch ein hartes Lager vierteljährlich, entspricht exakt der Mindeststrafe, denn Milderungsgründe finden sich, wenn man nicht genau hinschauen will, tatsächlich zuhauf. Da wären zum Beispiel *der nicht nachteilige Leumund, die Obsorgepflicht für Frau und zwei mj. Kinder sowie der Umstand, dass eine missbräuchliche Ausnützung seiner Stellung oder eine Bereicherung nicht nachgewiesen werden konnte.*

Die Verfahrenskosten hat der Angeklagte zu tragen, sein gesamtes Vermögen wird für verfallen erklärt, laufende Sühneabgaben sollen ihn an den Verrat am Vaterland erinnern. Rechtsmittel sind bei Volksgerichtsverfahren keine vorgesehen. Die Untersuchungshaft und der Aufenthalt im Entlassungslager Feistritz werden ihm angerechnet. Der Verurteilte tritt die Reststrafe sofort an, er verbüßt sie im von schweren Kriegsschäden weitgehend verschonten Gefangenenhaus an der Roßauer Lände und wird als Außenarbeiter eingesetzt.

Mitte Juli schon wird er ein freier Mann sein. Allerdings wird Fritz einer Berufsbeschränkung unterliegen, das schmerzt ihn. Den akademischen Grad verliert er. Sich daran zu halten, hat er freilich nicht vor, selbst im Schriftverkehr mit Behörden, ja sogar mit der Justiz und mit dem Bundespräsidenten wird er weiter ungerührt als Doktor der Jurisprudenz firmieren. Die Adressaten kümmert das nicht. 1954 allerdings wird der von ihm einst in die geschlossene Psychiatrie verfrachtete Wiener Neustädter HNO-Arzt Dr. Frühwirth diesen Umstand neben wesentlich schlimmeren Straftatbeständen in typischer Querulantenmanier sogar zur Anzeige bringen. Folgen für Fritz wird das keine haben, sieht man einmal davon ab, dass er postwendend und erfolgreich Anstrengungen unternimmt, die von ihm nie anerkannte Aberkennung aufheben zu lassen.

Alles in allem genommen, kann Bitter den Ausgang des Prozesses trotzdem eindeutig als Sieg verbuchen, denn nichts von Belang ist in einer Weise zur Sprache gekommen, die ihm eine neuerliche Anklage, unzweifelhaft eine wesentlich gravierendere, eintragen könnte.

Exakt so sehen es auch die Kameraden, die sich an den Anwaltskosten großzügig beteiligt haben. Schon im Dezember hatte Bitters Jugendfreund Diplomkaufmann Bruno Fliegler Marliese brieflich seine ausgezeichneten Verbindungen angetragen, beim Prozess war er selbstverständlich persönlich anwesend. Tags darauf zeigt Fliegler sich im eigenen wie im Namen der alten Seilschaften hochzufrieden: *Bei einigem guten Willen des Vorsitzenden wäre er sogar freigesprochen worden.*

Wir alle freuen uns, dass Fritz so gut davongekommen ist. Jedenfalls waren die 44 Monate in England nicht umsonst, da in der Zwischenzeit doch viel Wasser die Donau hinunter geflossen ist. Ich glaube sicher, dass es uns gelingen wird, Fritz, wenn er herauskommt gleich unterzubringen.

Ein anderer Kamerad, unterrichtet Fliegler Marliese weiter, die offenbar ungebrochen lebhaften Anteil am Schicksal ihres Ex-Mannes nimmt, in der Sache Korrespondenzen führt und Briefe wie jene Flieglers bis zu ihrem Tod fein säuberlich aufbewahrt, ein anderer Kamerad sei unmittelbar nach der Verurteilung sofort zu Rechtsanwalt Dr. Michael Stern entsandt worden, um mit Bitters Verteidiger über Möglichkeiten eines Gnadengesuchs zu sprechen, das Fritz die knapp sechs Monate im gewöhnlichen Vollzug ersparen soll.

Der gelernte Jurist Bitter argumentiert in dieser bereits früher angesprochenen Eingabe noch im Jänner, die österreichische Justiz habe ja schon seit 1945 nach ihm geforscht, weswegen man doch gleich auch seine Kriegsgefangenschaft in Italien, England und Deutschland auf die Strafe anrechnen könnte. Es bestehe seines bescheidenen Erachtens durchaus Anlass, ihn deswegen aus Billigkeitsgründen sofort heimgehen zu lassen, wo er doch schon genug gestraft ist. *Meine Ehegattin hat sich von mir abgewendet und von mir scheiden lassen, die Kinder sind mir entfremdet, ich habe meine Anstellung eingebüsst, werde mich nach meiner Entlassung als Hilfsarbeiter fortbringen müssen und habe auch meine Wohnung, Wien, 18., Herbeckstrasse 58, verloren. Es ist auch sehr zu befürchten, dass die beiden minderjährigen Töchter in ihrer Erziehung vernachlässigt sind, sodass ich als Vater dringend zum Rechten sehen müsste.* Noch zwei Monate zuvor hat Fritz in seiner letzten Enthaftungsbitte das idyllische Bild eines bereits vereinbarten gemeinsamen Neustarts mit Marliese und den Kindern gezeichnet. Ob er das inzwischen vergessen hat?

Der potentiell fürsorgliche Vater Fritz Bitter wird seiner jüngeren Tochter Hedda jedenfalls trotz befürchteter erzieherischer Vernachlässigung nie mehr wieder begegnen, der älteren genau ein einziges Mal, bevor Waltraud ihn an seinem Sterbebett aufsucht. Die beiden Mädchen wachsen, wie erwähnt, in dem Bewusstsein auf, der arme Vater müsse sich konsequent von ihnen fernhalten. Dieses Opfer bringe er, damit sie eine Zukunft hätten, weil die bösen Sieger ihn als treuen Soldaten der unterlegenen Kriegspartei verfolgen würden und ein Zusammenleben der Eltern unweigerlich Sippenhaft nach sich zöge, Ausschluss vom Besuch höherer Schulen, Alltagsschikanen. Der Vater, das sind ein paar alte Fotos und ein Glorienschein. Marliese sorgt dafür, dass er stets leuchtet.

Als das bockige Justizministerium die Argumentation des unaufschiebbare elterliche Pflichten geltend machenden Häftlings verwirft und ihn weder begnadigen noch, wie von ihm als mögliche Alternative angeregt, zur Bewährung entlassen will, ist seine Schwester im März ihrerseits mit einer ganz anders akzentuierten Gnadenbitte zur Stelle. Als Witwe Josef Schmerls, *welcher am 14.3.1938 von der SS und Geheimen Staatspolizei im Linzer Polizeigefängnis ermordet wurde*, schätzt sie die Lage der Dinge so ein: *Zweifellos hat sich mein Bruder während der Strafhaft gut geführt und ich bin der Meinung, daß die Voraussetzungen für eine vorzeitige Enthaftung gegeben sind.* Sie sind es nach Meinung der Entscheidungsbefugten nicht.

Ob er wenigstens geläutert ist? Im Vergleich zu vielen anderen berechnenden Belasteten wird Bitter in den zahllosen Eingaben der Folgejahre mit einer einzigen Ausnahme keine flammenden Bekenntnisse zur Republik Österreich abgeben, in Sack und Asche für sein illegales Nazi-Engagement – und nur dafür wurde er ja belangt – geht er schon gar nicht. Dafür lügt er bei jeder sich bietenden Gelegenheit, dass sich die Balken biegen.

Die größten Konzessionen wird er 1951 in einem Gnadengesuch an den nach Karl Renners Tod vorübergehend mit den Agenden des Bundespräsidenten betrauten Kanzler Leopold Figl machen, der selbst lange in Dachau und Mauthausen interniert war. Bitter beklagt sich darin rührselig, dass ihn der strafweise Verfall seines Vermögens sogar sein einziges Schmuckstück gekostet habe, einen vergoldeten Siegelring, und schildert dann die dramatischen Folgen seiner angeblichen politischen Ernüchterung. Diese habe zu einer großen seelischen Belastung geführt, *zumal ich in der Tat erst nach dem Zusammenbruch 1945 während der Gefangenschaft in britischer Hand von vielen Dingen Kenntnis erhielt, die mich mit Entsetzen erfüllten und meine Einstellung zum nat.soz. Regime wesentlich anders gestaltet hätten, hätte ich von ihnen früher erfahren. Schon aus diesem Grunde darf ich meine positive Einstellung zur wiedererstandenen Republik Österreich betonen.*

Ein Mitgefangener aus Sheffield erinnert sich da ganz anders. Während der Zeit, da Fritz in der Roßauerkaserne einsitzt, begegnet Marliese einmal im Menschentrubel an der Tramwayhaltestelle vor der durch ein Notdach dürftig gesicherten Ruine der Wiener

Staatsoper einem Kameraden Bitters aus der Illegalität. Zufällig waren die beiden Männer in Mittelengland wieder aufeinandergetroffen und monatelang gemeinsam interniert gewesen. Eines müsse man ihm lassen, stellt der freundliche Herr fest, und Marliese wird sich noch Jahrzehnte später sowohl an den Ort dieser Eröffnung als auch an die genaue Formulierung erinnern, der Fritz ist auch nach dem Zusammenbruch ein Hundertprozentiger geblieben.

Ihr wird übel, sie möchte nichts wie weg, verabschiedet sich hastig und verschwindet in der eben einfahrenden Straßenbahngarnitur, obwohl der D-Wagen gar nicht in die Richtung unterwegs ist, wo sie hinwill. Als das betagte Gefährt quietschend zum Schwarzenbergplatz abbiegt, wo sie gleich wieder aussteigen wird, beschäftigt Marliese die Frage, ob in der Stimme des Mannes, dessen Namen sie längst vergessen hat, Kritik mitgeschwungen sein mag oder doch, wie sie fürchtet, bloß reine Bewunderung.

Nicht nur Fritz Bitter ist seinen restlichen Besitz los, auch Ex-SS-Hauptsturmführer Karl Dorfer, von dem immer noch jede Spur fehlt, soll, da er nach den Erhebungen als einziger Tatbeteiligter des Mordes an Kriminal-Oberinspektor Josef Schmerl zweifelsfrei überführt ist, zugunsten der Republik seines gesamten Vermögens verlustig gehen. Dorfers Schwester lässt im Mai 1949 ein Verfahren zur Todeserklärung einleiten. Es gibt zwar vage Hinweise, dass Karl am ersten Mai 1945 Selbstmord begangen haben könnte, allerdings ist es genauso gut denkbar, dass er im Moment vergnügt auf einer südamerikanischen Hazienda wandelt.

Die Dorferschen Familienverhältnisse kommen einem, wenn man sich mit denen im Hause Bitter befasst hat, irgendwie bekannt vor und sind nach dem jüngsten Krieg viel typischer, als es die meisten Historiographen der zweiten Republik die längste Zeit tradieren werden. Karl Dorfer, der fanatische Nationalsozialist, hat nämlich eine Schwester, die wie ihr Gatte wegen abweichender politischer Gesinnung das Konzentrationslager Mauthausen von innen gesehen hat und es mit Glück überlebte. Schon seit 1930, sagt Emilie aus, seien sich die Geschwister konträr gegenübergestanden. Auf das kleine Barvermögen des ledig gebliebenen Bruders, die Bundesschuldverschreibung aus der Vorkriegszeit und den Perserteppich verzichtet sie gerne.

Fritz Bitter ist in den wenigen Monaten regulärer Strafhaft meist guter Dinge, denn aus der mehrjährigen Ungewissheit über sein weiteres Schicksal, der dumpfen Angst, man würde ihm vielleicht doch auf die Schliche kommen, ist ein unumstößliches Datum für seine Rückkehr ins zivile Leben geworden, von dem sich der stets dynamische Optimist noch einiges erwartet. Er hat buchstäblich alles ausgesessen. Das einzige, was ihn hier störe, schreibt er der Schwester vergnügt aus der Vollzugsanstalt im Landesgericht, sei das hässliche Häftlingsgewand. Etliche Wärter kenne er übrigens persönlich von früher aus seinen verschiedenen Polizeifunktionen, mit ihnen komme er hervorragend aus.

Nicht allen Häftlingen ist es an diesem Ort in den letzten Jahren so gut gegangen wie Fritz. Die politischen, von Bitter zum Teil höchstselbst hierher verfrachtet, wurden an der Roßauer Lände während der Gestapo-Einvernahmen gern mittels schwerer Schließketten um ihre hinten gefesselten Handgelenke an einem starken eisernen Haken in der Mitte des Türstocks aufgehängt. Mit Sand gefüllte Säcke wurden ihnen sodann zur Beförderung von Geständnissen aufs

Kreuz und die Oberarme geschlagen, weswegen die diensthabenden Polizeiärzte, etwa Dr. Erich Müllschitzky, Bitters alter Kamerad aus Währinger Tagen, danach befundmäßig festhielten, manche müssten ab sofort durch Wacheorgane gefüttert werden, weil sie, gebrochener Arme wegen, selbst dazu nicht länger in der Lage seien. Quietschfidelen Nazis hatte Dr. Müllschitzky dereinst im Ständestaat Haftunfähigkeit bestätigt, schwerverletzte Folteropfer durften im Dritten Reich mit seiner Billigung weiter im Kerker vegetieren. Sein Verfahren wurde im November 1948 eingestellt, Müllschitzky ordiniert jetzt wieder in seiner Privatpraxis in der Gentzgasse.

Als für Fritz am fünfzehnten Juli die Gefängnistore endlich aufgehen, hütet er sich wohlweislich, den Weg nach Wildungsmauer einzuschlagen. Nicht nur, weil es mit Marliese, die in diesen Wochen ihren zweiten Mann kennenlernt, endgültig vorbei ist, sondern auch und vor allem, weil Niederösterreich wie weite Teile der Bundeshauptstadt von den verdammten Russen okkupiert ist. Das Gefangenenhaus an der Roßauer Lände liegt zwar noch im amerikanischen Sektor Wiens, aber schon auf der anderen Seite des Donaukanals in der Brigittenau hausen die Sowjets. Sie fürchtet er aus gutem Grund wie die Pest. Stück für Stück haben sie inzwischen die Nachbarländer im Osten in ihr Imperium einverleibt, keineswegs ausgeschlossen, dass ihnen auf lange Sicht sogar die russisch besetzte Zone Österreichs zum Opfer fällt und hinter dem Eisenen Vorhang zu liegen kommt. Da ist es für einen wie ihn ratsam, sich schleunigst auf sicheres Terrain zu verfügen.

Bitters Ziel ist das unter amerikanischer Verwaltung stehende Linz, die ihm wohlvertraute Wohnung der Schwester in der Auerspergstraße. Für die alten Kameraden hat Fritz deshalb eine zweite Aufgabe: Er muss unbeschadet durch die Sowjetzone über die Ennsgrenze gelangen. Die erste haben sie schon gelöst. In Oberösterreich wartet bereits ein Posten auf ihn. Er wird klein anfangen müssen, aber noch ist ja nicht aller Tage Abend.

Gut vier Jahre hat es gedauert, bis Bitter wieder Herr seines Schicksals wurde. Es war ein Spießrutenlauf, das schon, aber es hätte unter dem Strich weiß Gott schlimmer kommen können. Ihm wäre es jetzt sehr recht, mit den Schatten der Vergangenheit ein für allemal abzuschließen. Doch das wird ihm nicht vergönnt sein. Auch wenn er nie wieder eine Gefängniszelle von innen zu sehen bekommt, so sind doch bis weit über seinen Tod hinaus praktisch ununterbrochen sensible Gerichtsverfahren anhängig, die gegen ihn angestrengt werden, die er selbst anzustrengen sich genötigt sieht, zu denen er Zeugenladungen erhält. Er wird stark sein müssen. Er wird stark sein.

IX

Fritz kann seine Befangenheit nicht völlig überspielen, als Annemarie aufmacht. Aber auch sie kämpft sichtlich mit der Situation. Länger als zehn Jahre sind sie einander nicht begegnet. Lässt ihn das auffällige Schwarz ihrer Kleidung – er wusste bisher nichts vom Vorsatz der Schwester – kurz überlegen, ob denn aus der Verwandtschaft kürzlich jemand gestorben sei? Der Vater ist doch schon drei Jahre unter der Erde, die Mutter zwei.

Er kommt mit kleinem Gepäck. Ihm ist tatsächlich so gut wie nichts geblieben. Viel gäbe es zu erzählen, aber Fritz wird um die ominösen sieben Jahre einen großen Bogen machen, nur die Kriegsgefangenschaft und die anschließende Haft in Wien werden manchmal Thema sein. Auch Annemarie verliert über die im Haus andererseits auffällig präsente jüngere Vergangenheit kaum ein Wort. Auf der Kommode im Wohnzimmer steht als mächtiges Menetekel das schwarz gerahmte Foto Josef Schmerls. Die Kerze daneben, eigentlich ein gewöhnliches Grablicht, brennt zumindest an den vielen privaten Gedenk- wie an christlichen Feiertagen regelmäßig. Stets frische Schnittblumen, von der Friedhofsgärtnerei mitgebracht, im Spätherbst dann stattdessen ein hübscher Zyklamenstock mit weißer Manschette vervollständigen das Ensemble. Zyklamen brauchen es kühl, damit sie lange blühen, richtig warm geheizt ist im Winter aber ohnehin nur die Küche.

Da sitzen sie um den Tisch und löffeln ihre Suppe, der Mann, die Frau, das vor der Zeit erwachsen gewordene Kind. Eine durchschnittliche Familie, könnte man glauben. Würde jetzt ein Foto gemacht, lieferte es das perfekte Bild für das tönerne Fundament der Nachkriegsgesellschaft in diesem Land: Vieles scheint so zu sein, wie der erste Blick es nahelegt. Einer genaueren Prüfung hielte es jedoch nicht stand, und Abgründe würden sich auftun. Bitters Geschichte ist sicherlich außergewöhnlich, wirkt in etlichen Abschnitten wie für einen schlechten Kolportageroman erfunden. Doch einzigartig ist sie nicht, ganz im Gegenteil.

Der Kitt, der alles zusammenhält, ist das gezielte Schweigen. Fritz redet zwar gern, daran hat sich nichts geändert. Seit Anni denken kann, spart er aber konsequent aus, was sein Geheimnis bleiben soll, die Streiche der Kindheit, die Saufgelage im Burschenschaftermilieu, die vielen Frauen, die illegale Hitlerei. Erst recht, ließe sich ergänzen, seinen ansehnlichen Beitrag zum Massenmorden. Wenn es aufkommt, dann kommt es halt auf, auf ernsthafte Rechtfertigungen hat er nie viel Mühe verschwendet, eher schon aufs Leugnen und aufs fulminante Uminterpretieren von Sachverhalten.

Früher, vor dem Krieg, hat Annemarie seine Geheimniskrämerei manchmal erst recht neugierig gemacht, sie ging gewissen Gerüchten nach, zog Erkundigungen ein, sprach ihn, mit wenig Erfolg zwar, manchmal sogar an auf dieses oder jenes. Das machte den Bruder nun beileibe nicht mürrisch oder abweisend, vielmehr lieferte er entweder spontan durchaus glaubwürdige, wiewohl oft überraschende Erklärungen oder er wechselte ganz einfach abrupt das Thema, flocht womöglich gekonnt einen Schmäh ein und gab sich im übrigen betont liebenswürdig. Ein Unnahbarer zum Gernhaben, das war er. Ist er es trotz allem, was geschah, noch immer, wieder?

Annis Zurückgezogenheit, ihre asketische Konzentration auf Beichtväter, tägliche Friedhofsbesuche und das Kind lassen sie nach einer ersten Abtastphase schon bald dankbar annehmen, was nur der von früher so vertraute Bruder ihr bieten darf, von dem sie in keiner Hinsicht etwas zu befürchten hat: ein wenig Leichtigkeit, oberflächliche, unverbindliche, aber einnehmende Zugewandtheit, für die sie besonders empfänglich ist.

Die schwarze Dame mit ihrer geheimnisvollen Aura wirkt auf die reifere Männerwelt keineswegs wie eine verhärmte ältliche Betschwester, sondern höchst attraktiv. Annemarie ist schlank geblieben und nach wie vor bildschön, findet zumindest die Tochter. Ihr Auftreten strahlt eine dezente Würde aus, gleichzeitig Zerbrechlichkeit und ein anziehendes Schutzbedürfnis, denn sie ist nach wie vor leicht zu irritieren, irgendwie weltfremd. Eine ganze Reihe von Herren hätte es versucht bei ihr, etliche Frauen aus dem Umfeld der Pfarre sind als Kupplerin für ledige männliche Verwandte aufgetreten und haben sich prompt eine Abfuhr geholt. Fritz, der große kleine Bruder, hilft durch seine bloße Anwesenheit auch gegen solche Unannehmlichkeiten.

Heute kommt das Gespräch auf die letzten Wochen des Vaters, der einen schnellen, glücklichen Tod finden durfte, wie Anni meint. Kurz davor, erzählt sie, fiel der Mutter in der noch karg bestückten Auslage eines alteingesessenen Textilladens am Schärdinger Stadtplatz ein außergewöhnlich farbenfroher Seidenstoff ins Auge, es war die erste Lieferung neuer Modeware nach dem Krieg. Karoline wollte schon weitergehen, verlangsamte aber gleich wieder den Schritt, drehte schließlich um und kaufte sich, ohne das nötige Geld eingesteckt zu haben, ein paar Laufmeter. Mit diesem ersten – und leider letzten – Luxus für ein Sommerkleid zog sie ihren sichtbaren privaten Trennstrich zum Gewesenen, sie wollte wieder nach vorne schauen, sie wollte ein Signal setzen.

Der Vater musste schmunzeln, als sie sich, kaum heimgekommen, fröhlich in die Stoffbahn einwickelte, um ihn zur Finanzierung des Unternehmens zu bewegen. Ist das nicht ein bisschen zu bunt für dich? war sein einziger Kommentar. Typisch der Vater. Sagt nicht: Bist du dafür nicht ein bisschen zu alt? Immerhin war sie damals doch schon fünfundsechzig. Bis zum letzten Moment ein Gentleman, wie er im Buche steht, bis zum letzten Moment zufrieden, wenn es ihr gutging, was ihnen gegen Ende ihres Lebens ohnehin nur noch selten vergönnt war.

Ein Jahr nach dieser Szene waren sie beide nicht mehr. Die Mutter wollte übrigens unter keinen Umständen in Schärding begraben werden, wo nun ja niemand aus der Familie mehr lebte. Also hat Annemarie den Vater kurzerhand umbetten lassen und die Eltern zu Pepi auf den Linzer Barbarafriedhof gesellt. Einmal hat Fritz sie bisher dorthin begleitet, es war ihm höchst unangenehm.

Jetzt wäre an sich eine günstige Gelegenheit, Annemarie auf ihre ewige Trauerkleidung anzusprechen, die sie sogar daheim unter der Hausschürze nicht ablegt. Magst du dir nicht an der Mutter ein Beispiel nehmen? könnte er sie zu überreden versuchen, auch im eigenen Interesse, denn ihm herrscht hier eindeutig zu viel Morbidität.

Fritz wendet sich stattdessen seiner Nichte zu. Sichtlich stolz eröffnet er ihr, in der Gefangenschaft die Schneiderei erlernt zu haben. Er könne zwar finanziell im Moment nur wenig beitragen, aber am Wochenende setze er sich gern an die Nähmaschine und mache ihr etwas Schönes. Eines dieser Stücke, eine Trachtenjacke, wird Anneliese noch im Kleiderkasten hängen haben, wenn sie längst nicht mehr hineinpasst.

Bald darauf treibt der umtriebige Onkel, immer noch das alte Organisationsgenie, irgendwo umsonst eine tadellose Ziehharmonika auf. Wahrscheinlich hat ihr zuletzt ein Gefallener Töne entlockt. Anneliese hat eine schöne, dunkle Stimme, und gelegentlich musizieren die beiden am Abend gemeinsam. Die Schlager der Saison kommen da genauso an die Reihe wie zünftige Volksmusik, und die Schwester darf sich sogar manchmal Kirchenlieder wünschen. Das leicht verstimmte Klavier, das er anfangs gern benutzte, gerät samt Fritz' aufgefrischtem Klassikrepertoire jetzt mehr und mehr ins Abseits.

Auf Dauer ist diese häusliche Idylle aber Gift für einen wie ihn. Sie macht Bitter ganz kribbelig, ständig hat er das Gefühl, etwas zu versäumen. Schon bei Marliese ließ er sich tausend gute und weniger gute Gründe einfallen, um möglichst wenig daheim sein zu müssen. Die unregelmäßigen Dienstzeiten als Polizist, eine Zeitlang das Studium und die umfangreichen Freizeitaktivitäten boten günstige Gelegenheit dazu.

Seinen neuen Arbeitsplatz hat er im nahen Wels, wo die eigentlich in Wien beheimateten Österreichischen Kunststoffwerke – vor wenigen Jahren hießen sie noch Ostmärkische Kunststoff-Presswerke – 1947 einen schnell wachsenden Zweigbetrieb errichteten, weil die Konjunktur Fahrt aufnimmt und es soundso ratsam schien, in der amerikanischen Zone ein Standbein zu haben. Trotz des offiziösen Firmennamens gehört das Unternehmen nicht zur verstaatlichten Industrie. Dringend sucht man Facharbeiter, freut sich aber auch über geschickte, wärmstens empfohlene Anlernkräfte wie Bitter, der sofort ganz gutes Geld verdient, von dem ihm allerdings nach Abzug der Alimente und der Sühneabgabe des verurteilten Hochverräters an den

Staat zwar mehr bleibt, als er Anni gegenüber zugibt, aber doch weniger, als ihm lieb ist.

Schon nach den ersten Wochen im Haushalt der Schwester verbringt Fritz die Abende mehr und mehr in Wirtshäusern und Nachtlokalen, schließlich hat er nach Jahren des Weggesperrtseins gehörigen Nachholbedarf, was Alkohol, Frauen und andere Formen der Unterhaltung, etwa das Schachspielen, anlangt. Zwischen Wels und Linz herrscht auf der Westbahn auch des Abends reger Zugverkehr, und daher trinkt er in beiden Städten nach Dienstschluss gern einmal das eine oder andere Glas.

So angenehm es ist, wenn man als alleinstehender Mann keinen Gedanken ans Putzen oder Wäschewaschen, ans Kochen oder Einkaufen verschwenden muss, so unangenehm ist es andererseits, über keine sturmfreie Bude zu verfügen, wenn einem danach ist, eine der im Prinzip willigen Damen zu sich einzuladen; Anni würde ihm sicherlich eine Szene machen.

Befriedigt stellt Fritz schnell fest, dass er beim Anbandeln nicht aus der Übung geraten ist und auch bei verhältnismäßig jungem Gemüse, das er entschieden vorzieht, durchaus noch ankommt. Vorläufig hält er sich aus praktischen wie ideologischen Erwägungen eher an den Typus Kriegerwitwe, die den Lockungen US-amerikanischer Besatzungssoldaten aufrechter Gesinnungsgründe wegen tapfer widersteht, zu einem deutschen Helden wie ihm jedoch aufblickt, über eine eigene Wohnung verfügt und nicht unbedingt am Hungertuch nagt. Um in diesem anspruchsvollen Segment fündig zu werden, ist das Netzwerk alter Kameraden mindestens genauso hilfreich wie bei der Postensuche.

Seine Nichte bekam erst nach der mit Kriegsende aufgehobenen faktischen Sippenhaft Zugang zu höherer Bildung. Anneliese hat inzwischen die Kindergärtnerinnenakademie bei den Kreuzschwestern absolviert und macht jetzt im Säuglings-, Kleinkinder- und Mütterheim Riesenhof in Urfahr eine weitere Ausbildung zur Säuglingsschwester und Fürsorgerin. Sie gibt sich damit zufrieden, denn der große Traum vom Universitätsstudium muss leider für immer ein Traum bleiben.

Ihr Leben lang wird sie, von den Jahren der schweren Krankheit abgesehen, berufstätig sein und später im Westen Oberösterreichs als leitende Sozialarbeiterin am Aufbau der Bewährungshilfe großen Anteil haben. So wird die Enkelin eines dienstbeflissenen Gendarmen, Tochter eines ermordeten Polizeibeamten und Nichte eines gnadenlosen Juristen schließlich in einem verwandten Berufsfeld wirken, das ab den sechziger Jahren statt der bloßen Sühne durch Strafe die Resozialisierung zunächst ausschließlich jugendlicher Rechtsbrecher als eigentliches Ziel des Umgangs mit Gestrauchelten begreift.

Eine aufgeschlossene, selbstbewusste, gesellschaftlich engagierte Frau wird aus Anneliese werden, allerdings erst nach einschneidenden Rückschlägen, von denen später noch die Rede sein muss. Den Blick hält sie zeitlebens nach vorne gewandt, im hohen Alter noch wird sie sich für ihren Kleinwagen das Wunschkennzeichen PAX zulegen. Dass sie gleichzeitig Otto Habsburg anhängt und vom alten Kaiserreich schwärmt, wird sie nicht als Widerspruch sehen, ganz im Gegenteil. Der Großvater, lange Zeit ihre wichtigste männliche Bezugsperson nach dem gewaltsamen Tod des Vaters, würde sich freuen. Apropos männliche Bezugsperson: Anneliese geht ihre Autonomie über alles, sagt sie. Sie wird deshalb ledig bleiben, nicht aber ohne Lebenspartner auskommen wollen. Dass der noch dazu ein Geschiedener sein wird, belastet auf Jahrzehnte das Verhältnis zur in solchen Glaubensfragen unbekehrbaren Mutter.

Urfahr, der durch die vielen binnen kürzester Zeit hochgezogenen Hitler-Bauten immens gewachsene Linzer Stadtteil jenseits der Donau, ist seit Kriegsende wieder wie ganz früher in der Monarchie eine selbständige Gemeinde, weil der breite Fluss die amerikanische von der sowjetischen Besatzungszone trennt. Eine gemeinsame Verwaltung der Landeshauptstadt ist jetzt ein Ding der Unmöglichkeit.

Wenn Anneliese täglich mit der blassgelben Tramwaygarnitur in Richtung Riesenhof unterwegs ist, muss sie am nördlichen Brückenkopf kurz aussteigen und den russischen Kontrollposten ihren Ausweis vorzeigen. Onkel Fritz würde sich aus begreiflichen Gründen nie über die Donau wagen. Die Russen, meint er dazu, würden nur allzu gern ein Hühnchen mit ihm rupfen. Dieser Satz bleibt wie so vieles unhinterfragt in einem Raum der Auerspergstraße stehen.

Fritz behält dort noch, bis er wieder heiratet, seinen Hauptwohnsitz, die Schwester wird ihm vorläufig weiter die Wäsche machen. Nach einem Jahr ist es aber höchst an der Zeit für eigene vier Wände. Zu großen Sprüngen freilich ist er finanziell nicht in der Lage, auch unterscheidet sich seine weitere Lebensplanung erheblich vom Status quo: Weder will er auf Dauer allein bleiben noch als Hilfsarbeiter alt werden. Geographisch ist er mit der Ausnahme Russenzone flexibel. Und so behilft er sich, um nicht länger pendeln zu müssen, vorläufig mit einem bescheidenen Welser Untermietzimmer als Übergangsquartier. Eine fesche, finanziell gut gepolsterte Frau mit hausfraulichen Neigungen wäre jetzt, wo er sich eine Zeitlang nach Strich und Faden ausgelebt hat, natürlich schon sehr praktisch. Ein Gedanke wie dieser dürfte ihn manchmal in den Schlaf begleiten.

Man ist verleitet, die nun folgende Eheanbahnung mittels geschickter, aber keinesfalls aufdringlicher Herausstellung zahlreicher Vorzüge des Bewerbers als generalstabsmäßige Unternehmung der männlichen Hauptperson dieses Romans vorzüglich zum Zwecke der Wiedererlangung materiellen Wohlstands und bequemer Lebensverhältnisse aufzufassen. Gut denkbar, dass der sarkastische Erzähler Bitter damit Unrecht tut, aber der Unterstellung, zur Erlangung ehrgeiziger Ziele bei jeder sich bietenden Gelegenheit mit kalter Berechnung vorzugehen, hat Fritz durch Jahrzehnte selbst kräftig Vorschub geleistet, und er hat nicht vor, daran auch nur das geringste zu ändern.

Parallel ist er nämlich in Sachen Tilgung der Rechtsfolgen seiner Verurteilung bereits wieder sehr aktiv. Und wer wäre berufener als Dr. Friedrich Bitter – ja, er hat tatsächlich die Chuzpe, selbst auf Gnadengesuchen an die höchste Instanz des Staates im Briefkopf unerschrocken den aberkannten Doktortitel zu verwenden – wer wäre also berufener als er, der Präsidentschaftskanzlei in der Wiener Hofburg wortreich zu erläutern, dass zum Wohle des großen Ganzen ökonomische Nützlichkeitserwägungen solche prinzipieller Natur gegenwärtig verblassen lassen müssten.

Die vielen Seiten, die dem Erzähler in Bitters akkurater Handschrift vorliegen oder von Fritz persönlich auf der Schreibmaschine getippt wurden, kommen übrigens so gut wie ohne Rechtschreibfehler aus. Fast jedes Satzzeichen steht dort, wo sein Platz ist, und die Formulierungen sind zumeist geschliffen. Dass sie fast ausnahmslos nach Kanzleisprache riechen und auf den Ton großer Teile dieser Geschichte abfärben, liegt sowohl in der Natur der Sache Juristerei wie jener ihres Urhebers, dessen Weltaneignung hier auch sprachlich abgebildet werden soll.

Selbstgewiss doziert Bitter eineinhalb Jahre nach Verbüßung seiner Haftstrafe, dass es, vom volkswirtschaftlichen Standpunkt aus betrachtet, schlechterdings unvertretbar sei, wenn einer wie er sich als Hilfsarbeiter bei den Österreichischen Kunststoffwerken verdingen müsse, um sich den notdürftigen Unterhalt zu sichern, während er bei seiner exzellenten Vorbildung andernorts bedeutend mehr für das darbende Gemeinwesen leisten könnte. *In einer Zeit, die die volle Arbeitskraft jedes Einzelnen erfordert, um unser Vaterland durch die Wirrnisse allgemein wirtschaftlicher und politischer Art zu bringen, scheint es mir notwendig, erworbenes Wissen nicht brach liegen zu lassen.*

Die unvernünftige Republik Österreich in Gestalt ihres obersten Repräsentanten jedoch ziert sich und muss Bitters Ansinnen zunächst einmal allein schon aus Formalgründen auf die lange Bank schieben. Bitter unterläuft im Briefkopf seiner Eingabe nämlich nicht nur absichtlich die Sache mit dem aberkannten Doktorat, er gibt versehentlich auch seine Welser Adresse an. Dort aber hat er nur einen Nebenwohnsitz, was die amtlichen Erkundungen zum Gnadenwerber offenbar beträchtlich erschwert. Fritz kann schließlich von Glück reden, dass der folgende Aktenlauf zwischen der Präsidentschaftskanzlei in Wien, der Bezirkshauptmannschaft Wels, dem Linzer Magistrat und der dortigen Bundespolizeidirektion nur ein knappes halbes Jahr in Anspruch nimmt. Die gesamte Behandlung seines Ansuchens wird vierundzwanzig Monate dauern, vielleicht auch, weil die aktualisierten Polizeierkenntnisse zu seiner Vita, inhaltlich ohnehin zum Teil mehr als fragwürdig, hartnäckig – und jeweils gesperrt hervorgehoben – einem gewissen Herrn Dr. Friedrich B i t t n e r zugeordnet werden.

Inzwischen sind wenigstens Fritz' intensive Bemühungen um Requirierung einer besseren Hälfte weiblicher Natur von durchschlagendem Erfolg gekrönt. Es funkt, und wie. Gleich siebzehn Jahre ist seine in Linz wohnhafte attraktive Braut aus Niederösterreich jünger als Fritz, also Anfang dreißig. Und ein echter Postdirektor als Schwiegervater ist in der prekären Lage, aus der Bitter sich endlich zu befreien trachtet, ebenfalls nicht zu verachten.

Die Liebe ihres Lebens sei er gewesen, wird Luise wie ihre Vorgängerin bis ins hohe Alter schwärmen, auch wenn sie nach Bitters frühem Tod noch einmal heiraten wird, und zwar erneut einen wesentlich älteren Mann nationaler Gesinnung, der von 1938 bis 1945 nicht nur seinen eigenen Betrieb vorbildlich führte, sondern die sieben großen Jahre überdies als Innungsmeister der Rauchfangkehrer tätig war. Luise arbeitete damals als seine Sekretärin, auf Umwegen werden die beiden später wieder zueinander finden.

1952/53 wendet sich für Fritz überhaupt vieles zum Guten. Die beiden frischgebackenen Eheleute richten sich im besseren Südwesten von Linz, Keferfeld heißt das Viertel, ihr neues Heim mit großem Garten ein. Die ruhig gelegene Einfamilienhaussiedlung lässt keine Wünsche offen. Und Bitter darf sich ab jetzt sogar wieder mit Fug und Recht Inspektor nennen. Nein, aus obgenannten Gründen und vielleicht auch aus anderen ist er leider noch nicht vollständig pardonniert. Er durfte also keineswegs zurück in das vertraute Biotop des Polizeidienstes wechseln, vielmehr verkauft er Polizzen. Für immerhin achthundert Schilling Monatsfixum hat er an seinem neunundvierzigsten Geburtstag einen Posten als Außendienstmitarbeiter bei der oberösterreichischen Landesbrandschadenversicherung angetreten.

Es ist noch keine zehn Jahre her, da hat derselbe Fritz Bitter die auf seinen Befehl soeben vergasten Körper von mehr oder weniger zufällig ausgesuchten Zivilisten beiderlei Geschlechts in einer der verlassenen Holzbaracken auf dem Fabrikgelände der Charkower Traktorenwerke regelmäßig säuberlich stapeln lassen. Schienen ihm die Haufen groß genug und die Geruchsbelästigung langsam bedenklich, ordnete er an, Benzinkanister über den Leichen sowie außen an den Gebäudewänden zu entleeren und alles anzuzünden. Jetzt legt der einstige Brandstifter seiner Kundschaft als Versicherungsinspektor nahe, tunlichst gegen Feuersbrünste aller Art vorzusorgen. Alles hat eben seine Zeit, das kann man schon in der Bibel nachlesen.

Muss extra betont werden, dass die Provisionen ordentlich fließen, dass der große Charmeur und Charismatiker, der ewige Tausendsassa diesem seinem Arbeitgeber schnell so viel Freude bereitet wie vordem jenem, in dessen Namen er verbrennen ließ? Jedes Kundengespräch ist ein neues Spiel, gewinnt Fritz, klingelt die Kassa. Und er gewinnt dank seines Kommunikationstalents überdurchschnittlich oft. Natürlich fühlt er sich zu Höherem berufen, aber dass dieser Beruf seinen Neigungen entgegenkommt, dürfte er nur schwer ableugnen können. Fritz Bitter ist zurück auf der Überholspur, er hat sich dafür auf Kredit sogar ein Auto angeschafft und ist im beginnenden Wirtschaftswunder auch mental angekommen.

Das lässt sich von den Ehegatten Eulemann offensichtlich nicht behaupten. Die wühlen immer noch in den alten Geschichten herum, die keinen vernünftigen

Menschen mehr interessieren, weswegen sich Bitters Uraltfreund und Untergebener vom Morzinplatz Robert Kreehan Mitte 1952 neuerlich vor dem Volksgericht verantworten muss. Zu den längst verbüßten fünfzehn Monaten wegen Hochverrats könnten sich jetzt noch ein paar mehr gesellen, falls die Klage der Eulemanns durchgeht, Kreehan habe sie, seine Nachbarn, wegen nichts und wieder nichts bei der Gestapo denunziert. Als Zeuge wird unter anderem Friedrich Bitter namhaft gemacht.

Wenngleich das Verfahren in Wien stattfindet, lässt dieser sich aus guten persönlichen Gründen daheim in Oberösterreich vernehmen. Mit der Qualität der Befragung ist er allerdings ganz und gar nicht zufrieden, sodass er sich genötigt sieht, einen langen Schriftsatz zu verfassen und als Ergänzung seiner Aussage an den Volksgerichtshof gehen zu lassen, denn er habe keine Gelegenheit bekommen zu betonen, dass er auf ausdrückliche Bitte des Kreehan die Eulemanns eigentlich keineswegs als hoher Gestapo-Offizier vorgeladen habe, weil es eindeutig nicht um eine politische Sache gegangen sei. Selbst dem Volksgericht in Wien gegenüber, das ihm sein Doktorat zur Sühne aberkannt hat, lässt der Zeuge den angemaßten Titel nicht fehlen. Vielleicht ist auch das in erster Linie ein Spiel: Wie weit kann ich gehen?

Die dauernden Bassena-Streitigkeiten insbesondere der beiden Damen Eulemann und Kreehan hätten, wie der Leserschaft schon berichtet wurde, seinen treuen Mitarbeiter psychisch dermaßen mitgenommen, dass er nur noch sehr eingeschränkt in der Lage war, seinen Dienstobliegenheiten nachzukommen. Also habe er, Bitter, als besorgter Vorgesetzter quasi inoffiziell ein bisschen Druck auf die lästigen Eulemanns ausgeübt, ohne natürlich ernsthaft ein staatspolizeiliches Verfahren zu erwägen.

Haupt- wie Nebenwohnsitz des falschen Doktor Bitter, die der Behörde einen solchen Aufwand bereiteten, sind beide längst überholt, als sein im Vorvorjahr gestelltes Gnadengesuch vom Bundespräsidenten endlich entschieden wird. Fritz kann immerhin einen Teilerfolg verbuchen: In den Staatsdienst darf er zwar nicht mehr zurückkehren, aber es steht ihm prinzipiell offen, ab dem Tage der Entschließung, dem achtundzwanzigsten März 1953, so die allgemeinen Voraussetzungen gegeben sind, beispielsweise als Rechtsanwalt tätig zu werden. Die Republik listet ihm freundlicherweise eine ganze Reihe von Berufsfeldern auf, die für einen ausgebildeten Juristen wie ihn nach der Aufhebung des Bannes im Bereich der Privatwirtschaft in Frage kommen: Wirtschaftsprüfer, Steuerberater, Gebäudeverwalter, vereidigter Buchprüfer, Finanzberater und etliche mehr.

Die vermögensrechtlichen Verfügungsbeschränkungen sowie die laufenden Sühneabgaben für den Hochverrat bleiben aber weiter aufrecht. Das schmerzt ihn. Fritz wird, gestärkt durch die jüngsten Fortschritte und das allgemeine Klima im Land, beim nächsten Mal nicht mehr um Gnade winseln, sondern schlicht sein Recht einfordern und die Wiederaufnahme des Volksgerichtsverfahrens gegen ihn beantragen. Schließlich war er nie ein Illegaler, das kann inzwischen fast der gesamte Kameradenkreis bezeugen, wie er es jederzeit für die anderen bezeugen kann. Ja, er wittert sogar eine reelle Chance, die Makel seiner neuerdings völlig aus der Luft gegriffenen Gestapozugehörigkeit und des missverstandenen SS-Engagements loszuwerden, obwohl die Beweise erdrückend zu sein scheinen.

Im Moment denkt er übrigens nicht daran, beruflich

sofort wieder umzusatteln und sich der angestammten Juristerei zuzuwenden. Die Geschäfte gehen zu gut, das Leben ist herrlich bunt. Es ist an der Zeit durchzuatmen. Fritz ist viel unterwegs, er kommt gerne nach Hause. Ach ja, auch in den Schoß der katholischen Kirche ist er mittlerweile zurückgekehrt. Sündern mit seinem Vorleben wäre eine umfassende Beichte sicherlich anzuraten, Bedingung für ein Wiederaufleben der Mitgliedschaft des reumütigen Schafes ist sie nicht.

Kinder schafft sich das aktuelle Ehepaar Bitter trotz Luises Jugend keine an. Kommt Fritz sich zu alt dafür vor? Scheut er die Mühen, die Kosten? Immerhin zahlt er unentwegt für Waltraud und Hedda, die jüngere besucht sogar ein Gymnasium, für das Schulgeld zu entrichten ist. Marliese, die außer Fritz niemand so nennt, hat wie ihr Ex-Mann wieder geheiratet, und zwar einen angesehenen Universitätsprofessor. Eine Vernunftehe hätte es werden sollen, ein Fiasko wird es: Herr Dr. Weidner führte von Anfang an eine Parallelbeziehung, sie kommt ihm auf die Schliche und lässt ihn von einem Tag auf den anderen stehen. Die alte Geschichte.

Den Kontakt zu Fritz hat Marliese nie ganz abgebrochen, allein schon die gemeinsamen Kinder machen es nötig, sich gelegentlich abzusprechen, Briefe zu wechseln, was aber nie zu ernsthaften Reibereien führt, ganz im Gegenteil. Jetzt, wo Bitter wieder Oberwasser hat, sprühen seine Zeilen nur so vor Esprit und Humor. Im direkten Vergleich mit Professor Weidner gewinnt der Ex-Gatte von Ferne stetig an Statur. Nur schwerlich, eigentlich gar nicht kann Marliese sich nostalgischer Gefühle erwehren, obwohl ihr der Verstand entschieden abrät davon.

Im Sommer 1953 ist sein erstes halbes Jahrhundert voll. Fritz Bitter feiert den Fünfziger und kann trotz mancher Wermutstropfen zufrieden Bilanz ziehen. Hätten sich alle so ins Zeug gelegt wie er, dem Reich wäre ein anderes, glücklicheres Schicksal widerfahren. Er hat sich nichts abgehen lassen, für drei Leben würde ausreichen, was bei ihm an Aktivitäten zu Buche steht. Und vor allem, er hat sich nach der Katastrophe aufgerappelt und die letzten vier Jahre optimal genützt, wieder in die Gänge zu kommen. Das soll ihm einmal einer nachmachen.

Bitters Elan ist ungebrochen, er fühlt sich bedeutend jünger. Erst jetzt fällt dem Erzähler so richtig auf, dass dem Mann gesundheitliche Schwierigkeiten physischer Natur bisher offenbar völlig erspart blieben, wenigstens wurden solche nicht aktenkundig, und erinnern kann sich auch niemand in diese Richtung. Dass der Fritz psychisch außerordentlich robust ist, darüber braucht man ohnehin kein Wort zu verlieren.

Das ist schon erstaunlich, immerhin raucht er seit über dreißig Jahren wie ein Schlot, trinkt er nicht selten über Gebühr, schlägt er sich unzählige Nächte um die Ohren. Was Genussmittel anlangt, hat Fritz Bitter sich an Adolf Hitler nie ein Beispiel nehmen wollen, und seine sonstigen Ernährungsgewohnheiten stehen denen des Führers ebenfalls geradezu diametral entgegen. Stete Unrast als Persönlichkeitsmerkmal, beinahe zwei Dutzend Wohnungswechsel, Lager und Gefängnis nicht eingerechnet, durch lange Zeit immense Arbeitspensen mit einer erdrückenden Fülle mutmaßlich belastender Entscheidungsnotwendigkeiten häufig am Rande von Abgründen, kann das der Körper alles so einfach wegstecken? Bitter geht kaum je zum Arzt, die Frage scheint ihn nicht zu beschäftigen.

Wenn er die lahmen Versehrten auf der Straße in ihren länglichen Dreirad-Rollstuhlgefährten mit den

Armen am Gestänge rudern sieht, um vorwärtszukommen, wenn die Einbeinigen auf dem Trottoir holzkrückenbewehrt an ihm vorbeistaksen und die Kriegsblinden an der Ecke ihre Lose anpreisen, von den Millionen Toten ganz zu schweigen, wundert er sich da nie, dass er keinen einzigen Kratzer mitgenommen hat aus dem Feld, auf das er sich freilich nie allzu weit hinauswagen hat müssen? Wenn die ersten Altersgenossen an Herzinfakten, Krebs oder Schlaganfällen ins Gras beißen und er beim elegischen Bläserklang vom guten Kameraden sinnend an ihrem offenen Grab steht, gelingt es ihm da, sich selbst völlig aus dem Gedankenspiel zu nehmen?

Es bleiben ihm ungefähr dreieinhalb Jahre. Wann wird er zum ersten Mal spüren, dass da etwas nicht in Ordnung ist in ihm? Wann wird er es sich selbst gegenüber nicht mehr ignorieren können? Wann wird er schließlich Luise gegenüber zum ersten Mal eine Andeutung machen? Oder wird sie es sein, die ihn darauf anspricht, weil er abnimmt, weil seine Gesichtsfarbe so ungesund wirkt? Woran er sterben wird, es breitet sich langsam aus, nagt. Wie wird er umgehen damit? Keine angenehmen Fragen am fünfzigsten Geburtstag. Gut, dass sie ihm niemand stellt.

Während Fritz sich mit einer Runde solidarischer Ehemaliger an so manchem Abend abspricht, um die Marschroute Richtung Wiederaufnahme seines Volksgerichtsverfahrens wegen Hochverrats festzulegen und die Errichtung des dazu nötigen komplexen Lügengebäudes vorzunehmen, setzt sich in Wien, wohin er in der Zwischenzeit übersiedelt ist, der einst erwiesene Querulant Dr. Heinrich Frühwirth an den Schreibtisch und verfasst gegen Friedrich Bitter eine vierseitige maschinschriftliche Anzeige an die Linzer Staatsanwaltschaft. Auch Frühwirth hätte gerne, dass die NS-Vergangenheit dieser schillernden Persönlichkeit von der Justiz wieder auf die Tagesordnung gesetzt wird, und man entspricht seinem Wunsch. So kommt Fritz schneller als erwartet zu seinem Volksgerichtsverfahren, aber es ist das falsche.

Schon 1951 hat der Wiener Neustädter Hals-, Nasen-, Ohrenarzt die niederösterreichische Gebietskrankenkasse auf Schadenersatz geklagt, das Verfahren zog sich bis 1953 hin, und Frühwirth hat es verloren. Das Gericht berief sich in seiner Begründung ausführlich auf Aussagen des Zeugen Dr. Bitter, der nach Meinung des Klägers bei seiner Vernehmung wissentlich mehrfach falsch ausgesagt hat. Schon bei der Abgabe seiner Personalia habe er sich fälschlich den rechtskräftig aberkannten Doktortitel beigelegt. Weiters habe Bitter bestritten, als Gestapochef die der Einweisung Frühwirths in die geschlossene Psychiatrie vorangegangene amtsärztliche Untersuchung angeordnet zu haben, was durch einen Aktenvermerk, der ihm jetzt vorliege, eindeutig widerlegt sei. Frühwirth listet noch andere Punkte auf und hat im Prinzip recht. Am Ende dieses neuen Volksgerichtsverfahrens wird, wie schon erwähnt, trotzdem Bitter als strahlender Sieger hervorgehen, der alles nur ins Werk setzte, um dem Streithansel das KZ zu ersparen, indem er ihn nach Steinhof beiseite schaffen ließ.

So lästig die Causa Frühwirth war, so sehr bestärkt sie Bitter in der Überzeugung, dem Volksgericht tatsächlich jeden Bären aufbinden zu können. Die nächste Schmierenkomödie soll sein Meisterstück werden. Sie gerät indes zur unsäglichen Peinlichkeit. Zwar bezeugen die treuen Kameraden mittels eidesstattlicher Erklärungen das Blaue vom Himmel, und da Bitter für sich in Anspruch nimmt, bald nach dem Umbruch in eigener Person anderen Leuten aus Gefälligkeit eine illegale Mitgliedschaft bei der NSDAP angedichtet zu haben, um ihre Karriere zu befördern, wofür er ebenfalls Zeugen aufbietet, will er dadurch auch gleich den Beweis erbracht haben, selbst nie ein wirklicher Illegaler gewesen zu sein. Aber leider kann dieser Logik niemand folgen, und was schwerer wiegt, der Gute hat 1949 aus schierer Berechnung, wie er auf Vorhalt zerknirscht einräumt, bereits alles gestanden.

Von diesem damaligen Einbekenntnis tritt er nun zurück und bietet dafür eine erstaunliche Erklärung an, die er wortreich als psychologische Gesetzmäßigkeit verkaufen will, gegen die er absolut machtlos war. *Nach beinahe vierjähriger Haft ist fast jeder Mensch so gebrochen, daß er es nicht unternimmt, seine im Jahre 1938 aufgestellten Bemerkungen zu bestreiten; er hält dies für zwecklos und greift nach dem Milderungsumstand des Geständnisses in der Form, wie er glaubt, daß seine Darstellung mit Rücksicht auf seine früheren Behauptungen als richtig angenommen werden wird.*

Zum wiederholten Male konfrontiert Bitter die Justiz so offenherzig wie schamlos mit den komplexen Mechanismen seiner Verlogenheit und rechnet allen Ernstes damit, auf diese Weise seine Glaubwürdigkeit zu befördern. Der zuständige Senat vermag sich *jedoch weder Behauptung des Wiederaufnahmewerbers, noch den Aussagen der Zeugen anzuschliessen,* und zwar einhellig. Das Deutsch ist zwar mangelhaft, die Botschaft dafür um so eindeutiger. Fritz ist gegen die Wand gefahren.

Nicht so mit seinem Antrag an die Universität Wien, den Doktortitel zurückzubekommen, den er sich absolut folgenlos durchgehend angemaßt hatte, bis Querulant Frühwirth endlich erreichte, dass die Behörden ihm wenigstens in diesem Detail auf die Finger klopften. Die tatsächlich doktorlose Zeit währte kein Jahr. Im Mai 1955 hat er sie überstanden, die akademische Welt verzeiht ihm großzügig die fortwährenden Provokationen. Schwamm drüber. Schon zwei Monate zuvor erreichte ihn eine weitere frohe Kunde: Sein Name ist aus dem allgemeinen Vorstrafenregister getilgt worden.

Wie es dazu kam, dass sie in jenem Frühsommer völlig überraschend eine Einladung ihres Vaters erhielt und am nagelneuen Linzer Hauptbahnhof, einem Großprojekt des Wiederaufbaus, von ihm an einem strahlenden Samstagvormittag mit dem Auto abgeholt wurde, daran wird sich Waltraud Jahrzehnte später nicht mehr erinnern können. Vielleicht hat sie es auch nie gewusst, denn alles, was mit dem Vater zu tun hat, bleibt für seine Kinder undurchsichtig.

Warum will er nur sie sehen und nicht auch oder wenigstens bei späterer Gelegenheit Hedda? Mit der Älteren hat er anfangs phasenweise unter einem gemeinsamen Dach gelebt, in Wiener Neustadt, in der Wiener Herbeckstraße. Schwingt da doch eine Form von Beziehung nach, wie er sie zur Kleinen nicht entwickelt hat? Will er Traudl, die jetzt alt genug ist, etwas Wichtiges mitteilen? Hat er etwa vor, da er die Bundeshauptstadt nach dem Abzug der Sowjets wieder bedenkenlos ansteuern kann, den Kontakt zu intensivieren? Warum bleibt es dann bei dieser einzigen Begegnung, die er keineswegs dafür nützt, den vielen unausgesprochenen Fragezeichen der Siebzehnjährigen mit plausiblen Antworten zu begegnen?

Waltraud ist ziemlich verwirrt. Sie hat sich einen von den Siegermächten, die Österreich heuer endlich verlassen werden, seit Jahren geknechteten Mann vorgestellt, dem man das deutlich anmerkt. Wie, das hätte sie nicht sagen können, aber was in ihrer Vorstellung definitiv keinen Platz hatte, sind sein schönes Auto, in das sie nun vor dem Bahnhofsgebäude einsteigen, und sein schönes Einfamilienhaus im Grünen, in dem sie die kommende Nacht verbringen wird. Luise ist die Liebenswürdigkeit in Person, Waltraud bleibt ein Bild der Harmonie und gediegener bürgerlicher Verhältnisse im Gedächtnis.

Sieht man von einer anfänglichen Verlegenheit ab, zeigt Fritz sich das ganze Wochenende bei bester Laune, humorvoll und spendabel. Am nächsten Morgen lädt er Traudl zu einer sonntäglichen Spritztour ins Salzkammergut ein. Luise bleibt daheim, will sich nicht zwischen Vater und Tochter drängen. Das Wetter ist prächtig, in der berühmten Ausflugsgaststätte unterhalb des majestätischen Traunsteins speist man gepflegt zu Mittag, auf der Esplanade, der eleganten Gmundener Seepromenade, wo Waltraud weiß-rote Straßenbahnen ins Auge fallen, die genau wie im heimatlichen Wien ausschauen, gibt es später ein Eis mit Schlagobers, und dann mietet der Vater zum Drüberstreuen noch ein Boot, zeigt der Tochter, welche Kraft in ihm steckt, als er viel weiter auf den See hinausrudert als die anderen. Waltraud kommt aus dem Staunen nicht heraus.

Seit den Tagen im Gymnasium war Fritz ein Mann der Zukunft, zunächst der geduldige Prophet einer Glücksepoche, die da kommen und groß sein würde, dann deren eifriger Mitgestalter, bis sie zerbröselte. Noch einmal galt es bei null anzufangen, die Vergangenheit wenigstens nach außen hin abzustreifen und sich zu etablieren in einem Gemeinwesen, das er im Grunde verachtete. Und selbst diese Unternehmung gelang nach allen Maßstäben besser, als er es eigentlich erwarten durfte. Doch seine Zeit, er spürt es wahrscheinlich, ist unwiderruflich vorbei. In Person der eigenen Tochter sitzt Bitter im Ruderboot eine neue, fremd gewordene Generation gegenüber, von den Amerikanern mit Kaugummis und Negermusik indoktriniert, für hehre Ideale nicht zu gewinnen. Er findet keinen Draht, sie ist überfordert, und doch muss über irgendetwas geredet werden.

Die Themen der Unterhaltung gibt natürlich Fritz vor, Traudls Schulzeit etwa, ihre Bürolehre sowie diverse Anekdoten aus ihrer frühen Kindheit und seinem bewegten Werdegang, ohne irgendwo ernsthaft anzustreifen, versteht sich. Der Vater referiert Wissenswertes über die Gegend, durch die sie sich bewegen, in der sich das Mädchen noch nie zuvor aufgehalten hat. Wenn er wissen will, ob sie schon einen Freund hat, wird er das sicherlich halb im Scherz ansprechen, und falls er sie in bezug auf Marliese, die mit den Kindern jetzt wieder allein lebt, aushorchen möchte, wird er seine Neugierde scheinbar beiläufig ins Gespräch einfließen lassen. Waltrauds Antworten bleiben meist einsilbig, sie kämpft sehr mit der Situation.

Am Abend bringt er die Tochter wieder zur Bahn, der Erzähler schiebt Fritz zur Abrundung einen letzten schalen Scherz in den Mund, etwa dass sie auf der Heimfahrt die Klotür nicht mit dem Ausstieg verwechseln solle. Das war's. Für immer.

Mit der Zeit werden in Waltrauds Erinnerung die angenehmen Seiten dieser seltsamen Begegnung mit dem Vater überwiegen, sie wird sie wie die Audienz bei einer unnahbaren, respektgebietenden Persönlichkeit abspeichern, der man aus nicht näher begründeter Dankbarkeit Sympathie entgegenbringen soll, Sympathie entgegenbringt. Und mit der Entrückung des Todes erfährt dieses Verhältnis noch einmal einen Schub, kräftig gestützt von Mutters sonderbaren Inszenierungen. Auf die wird der Erzähler bald kommen, denn bei Fritz geht es langsam in die Zielgerade.

Ein letztes Mal erfährt der Unermüdliche eine besondere Genugtuung. Am achtundzwanzigsten April 1956 wird seinem akribisch vorbereiteten, viele Seiten langen, in der Argumentation aberwitzigen Antrag auf Streichung der Registrierung als NS-Belasteter zwar nur teilweise, allerdings in den entscheidenden Punkten stattgegeben.

Fritz hat sich an den bereits im Ständestaat in gleicher Funktion tätig gewesenen Landeshauptmann Dr. Heinrich Gleißner persönlich gewandt und so viele eidesstattliche Erklärungen aus dem Freundeskreis angefügt wie nie zuvor, darunter sogar eine des großen Wilhelm Harster, der, vor wenigen Monaten frühzeitig begnadigt und aus den Niederlanden abgeschoben, heuer im Innenministerium des benachbarten Freistaats Bayern seine Nachkriegskarriere startet. Er und Bitter wären von wegen Angleichungsdienstgrad nie und nimmer bei der allgemeinen SS gewesen, befindet Harster, eine läppische, eine frivole Formalargumentation angesichts der Abertausenden von Toten auf ihren Konten. Aber dazu ist eigentlich längst alles gesagt.

Oder doch nicht? Harsters spitzfindige Ausrede wird nämlich praktisch eins zu eins in den Bescheid übernommen. Und was die Zeit vor der Machtergreifung anlangt, ist der Aussage des Zeugen Glück besondere Bedeutung zuzumessen, *da aus ihr einwandfrei hervorgeht, daß der Gesuchsteller vor dem Anschluß im Jahre 1938 in keinerlei Beziehung zur SS gestanden ist.* Die Vermerke im Registrierungsblatt, wonach Bitter

Mitglied der SS vom 1.8.1934 – 27.4.1945; Angehöriger der Gestapo von 13.3.1938 – 27.4.1945; SS-Sturmbannführer vom September 1941 bis Ende war, müssen gestrichen werden, befindet das Amt der Landesregierung kühn.

Die Spruchbegründung fällt durchgehend haarsträubend aus, eigentlich verlautbart sie bloß die gesammelten Lügen der alten Kameraden als neues offizielles Credo der zuständigen österreichischen Behörde. Ein wörtliches Beispiel gefällig? *Dr. Bitter, der von 1924 bis 1938 bei der Wiener Sicherheitswache Dienst versah, wurde nach den sogenannten Umbruchstagen des Jahres 1938 in Reichsbesoldung übernommen und der Staatspolizeileitstelle Wien zur Dienstleistung zugewiesen. Eine Überstellung in den Personalstand der Gestapo war mit dieser Abordnung, wie der damalige Leiter der Personalabteilung der Staatspolizeileitstelle Wien, Polizeirat Hans Flickert, ausdrücklich und glaubhaft bestätigt, nicht verbunden.*

Bald schon, räumt die amtliche Frohbotschaft ein, habe Dr. Bitter zwar bis zum Zusammenbruch des Dritten Reiches eine Planstelle des Reichssicherheitshauptamtes erhalten, was aber ebenfalls keine Zugehörigkeit zum Personalstand der Gestapo begründe. Mit einem Wort: Dr. Friedrich Bitter hat ab jetzt gute Karten, sich vor Gericht erfolgreich gegen den Tatbestand der üblen Nachrede durch den Erzähler zu wehren, welcher trotzig an dem festhalten wird, was er behauptet hat, und jederzeit bereit ist, den Wahrheitsbeweis anzutreten. Seine Aktenordner quellen über von Belegen.

Doch neigt er mittlerweile dazu, in dieser keineswegs auf die Person des Dr. Friedrich Bitter beschränkten Groteske kafkaesken Zuschnitts buchstäblich alles für denkbar zu halten, sogar, dass Fritz, der ewige

Tausendsassa, es im unsäglichen Nachkriegsösterreich noch zustandebringen wird, sämtliche von ihm seit 1938 gezeichneten Gestapo-Dokumente mit eindeutigem Kopf und dem charakteristischen Rundstempel, sämtliche offizielle Niederschriften seiner an Deutlichkeit nicht zu überbietenden Aussagen bei diversen Vernehmungen seit der Rückkehr aus der alliierten Gefangenschaft für von bolschewistischen Verschwörern plump gefälscht erklären zu lassen, so auch seine schlichte Auskunft vom elften Jänner 1949: *Ich war bei der Gestapo Referent der Abtlg.2g.*

Ein letztes Beispiel: Der im deutschen Bundesarchiv lagernde, am neunundzwanzigsten Mai 1941 vom Reichsführer-SS Heinrich Himmler unterschriebene ›Vorschlag zur Ernennung‹ Dr. Bitters zum Regierungsrat trägt den aufschlussreichen Vermerk: *Am 1.1.1940 unter Ernennung zum Regierungsassessor endgültig in den Dienst der Geheimen Staatspolizei übernommen.* Dieses Schriftstück wird, wenn es so bunt weitergeht, nach dem unerforschlichen Ratschluss der zweiten Republik zur Abwechslung vielleicht von gewissen jüdischen Kreisen der Ostküste genial fabriziert und hinterhältig in das Dossier Bitter eingeschmuggelt worden sein.

Fritz hat, kurz bevor der Vorhang fällt, wieder gehörig Aufwind. Gestärkt vom schönen Erfolg bei der oberösterreichischen Landesregierung, beantragt der Dreiundfünfzigjährige jetzt mit den gewohnt fadenscheinigen, abgedroschenen Begründungen ein allerletztes Mal die Wiederaufnahme seines Gerichtsverfahrens. Wenn er schon weder bei der SS noch bei der Gestapo war, geschweige denn irgendwem je ein Härchen gekrümmt hat, wäre es doch gelacht, nicht auch noch vom letzten absurden Vorwurf, jenem der illegalen NSDAP-Mitgliedschaft, reingewaschen zu werden. Doch damit überspannt der vom todbringenden Leiden bereits erheblich Gezeichnete den Bogen. Einzig in dieser Frage lässt Österreich nicht mit sich spaßen.

Die Ablehnung seines Begehrens vom neunzehnten November 1956 wird Fritz Bitter nicht mehr unter den Lebenden erreichen. Über eine Zirrhose hat sich seine von den lebenslangen Exzessen überforderte Leber längst zu einem Karzinom vorgearbeitet. Im Laufe des letzten Jahres haben sich die Beschwerden gehäuft, aber Bitter versucht, sie so lange wie möglich zu ignorieren. Erst kurz vor seinem Tod lässt er sich stationär ins Krankenhaus aufnehmen. Luise spricht noch im Jänner 1957 von einer starken Gelbsucht, die ihren Mann für etwa drei Wochen ans Bett fesseln werde.

Anneliese ist dem Onkel seit seiner Wiederverheiratung kein einziges Mal mehr begegnet. Als er bei ihnen wohnte, hat ihre Mutter die Hoffnung nie aufgegeben, dass die Liesl und er allein schon der Kinder wegen wieder zusammengehen würden, sie redete ihm ins Gewissen, er blieb vage und verwies darauf, dass nicht er es war, der den Trennungsschritt gesetzt habe. Indirekt schon, beharrte Annemarie, durch dein dauerndes Weibern nämlich. Jedenfalls schränkte sie den Kontakt, seit es Luise gibt, auf ein Minimum ein, an einer zweiten Ehe des Bruders nach der Scheidung musste sich die fromme Katholikin schon aus Prinzip stoßen. Fritz kam umgekehrt auch ohne sie gut zurecht, er brauchte seine Betschwester nicht mehr. Für die Wäsche, das Kochen und so weiter war inzwischen zuverlässig gesorgt.

Auch mehr als fünfzig Jahre danach wird Anneliese darauf bestehen, sich an die Formulierung genau erinnern zu können: Ausgesöhnt mit der Welt und ganz friedlich sei er eingeschlafen, habe es am dreiundzwanzigsten Februar in der Würdigung des Verstorbenen beim Begräbnis auf dem Linzer Barbarafriedhof geheißen, wo sich erstaunlicherwise mehr und mehr Gestalten dieses Romans einfinden, um für immer zu bleiben. Bitter habe, als es soweit war, gefasst nach Pater Ägyd aus Wilhering verlangt und von ihm die heiligen Sterbesakramente empfangen. Waltraud, die er auch noch sehen wollte, kam zu spät, wurde aber für ein paar Minuten zum Toten vorgelassen.

Ausgesöhnt mit der Welt. Als ob er, ausgerechnet er, der Welt ihre Zumutungen an ihn zu vergeben gehabt hätte. Es ist ihm zuzutrauen, dass er am Sterbebett diesen Eindruck erweckt hat. Es war ihm bis zur letzten Sekunde alles zuzutrauen.

In Wahrheit ist die Person Bitter nur als Folie von Belang, hieß es zu Beginn dieses Buches, als schmerzliche Illustration für einen bemerkenswerten, keineswegs aber einzigartigen Sachverhalt. Jetzt, wo er abgetreten ist, lässt sich mit Fug und Recht sagen, dass davon kein Wort zurückgenommen werden muss, das heißt, eines vielleicht schon: nur.

Denn trotz aller Vorsicht auf beiden Seiten, des Erzählers, der Bitter nichts andichten mochte, was er nicht belegen kann, wie seiner Hauptperson, die vieles partout für sich behalten wollte, dürfte es Fritz gelungen sein, sich wichtig genug zu machen, dass ihn die Leser auch als ausgeprägtes Individuum wahrnahmen, als konkreten Menschen, dessen Ende dazu herausfordert, neben dem allgemeinen ein persönliches Fazit zu ziehen. Das tun in diesen Tagen übrigens auch andere, die mit dem Wörtchen ›nur‹ mindestens so leichtfertig umgehen wie ursprünglich der Erzähler.

Sein Leben war nur aufopfernde Liebe und treueste Pflichterfüllung, diesen angesichts der hier ausgebreiteten Vita des Verblichenen und der Kürze ihrer Beziehung doch eher befremdlichen Satz lässt Luise Bitter demonstrativ auf die Parte *ihres innigstgeliebten treusorgenden Gatten* setzen, mit deren Hilfe zum Leichenbegängnis eingeladen wird. Aus nah und fern machen sich viele, sehr viele auf den Weg zu Bitters offenem Grab.

Über Karl Friedrich Tithos Todesanzeige dagegen werden sich die bezeichnenden Worte des Psalms fünfundzwanzig, Vers sieben aus der Bibel finden: *Gedenke nicht der Sünden meiner Jugend und meiner Übertretungen; gedenke aber mein nach deiner Barmherzigkeit und deiner Güte willen.* Ob Titho, der sich als Kommandant der Lager Fossoli und Bozen bei Bitter zumindest alle vierzehn Tage lange Deportationslisten abholte, die Auswahl dieses Textes noch selbst besorgen wird oder vielmehr seine Enkel und Urenkel, die das Schriftstück unterzeichnen, ist dem Erzähler nicht bekannt.

Man darf indes nicht ahistorisch werden und muss daher im gleichen Atemzug erwähnen, dass der eine schon 1957 stirbt und der andere erst 2001. Das macht einen beträchtlichen Unterschied, was den gesellschaftlichen Umgang mit dem soldatischen Wirken und Werken solcher wie Bitter oder Titho anlangt. Ob 2001 freilich jemand aus der Umgebung Bitters das Psalmenwort für angebracht gehalten hätte, wäre Fritz mit achtundneunzig an Altersschwäche verschieden, muss dahingestellt bleiben.

X

Es geht nicht an, findet der Erzähler, Bitters erste Frau nach seinem Tod hier weiter Marliese zu nennen, obwohl sie nach dem ihren in dreißig Jahren zur Überraschung aller unwiderruflich auf den Rufnamen zurückkommen wird, der für Fritz reserviert war. Inzwischen längst zum zweiten Mal geschieden, probiert sie es bis auf weiteres meist mit Marie. Auf amtlichen wie privaten Dokumenten wird sie bis zum Schluss, ungewöhnlich genug ist das für diese Zeit, beharrlich als Marie oder, etwas seltener, als Maria Elisabeth Weidner-Bitter aufscheinen. Von beiden Männern hat sie sich scheiden lassen, beider Namen hält sie in Ehren.

Doch nur einer, der tote, ist wirklich lebendig für sie. An der Wohnzimmerwand hat Marie, bis sie selbst sterben wird, die vergilbte, nicht ganz scharfe nachträgliche Vergrößerung einer Fotografie von sich mit Fritz an der Seite aus den frühen Jahren hängen. ›Als du gingst von uns 1957‹ betitelt sie ein Prosagedicht, in dem es heißt, der Sinn sei ihr so schwer, das Auge trüb, das Herz tot. Und dennoch müsse sie weiterleben. ›Bei der Übergabe an Traudl‹ erhält diese zur väterlichen Devotionalie die folgenden Zeilen der Mutter als bleischweres Angebinde: *Ein kleines Andenken von daheim, praktisch und fein. Dein Vater entnahm daraus so manche Zigarette. Darum halt's in Ehren, das Kistchen, wirf's nicht hinaus. Die Musik, die dich als Kind oft in Schlaf gewiegt, ist leider lange schon vergangen, doch die Erinnerung lebt.*

Für Marie lebt sie offensichtlich als verklärtes Kontinuum, für die junge, in die bedrückende Pflicht der

Ehrerbietung genommene Frau dagegen in ganz wenigen, überwiegend schmerzlichen oder rätselhaften Fetzen, die sie unmöglich in den Griff bekommen kann, beginnend mit dem schweren, dunklen Ledermantel, der Bitters SS-Uniform komplettierte, unheimliche Geräusche von sich gab und ihr als Kleinkind solche Angst machte.

Der Vater wird später nur selten Thema sein in Gesprächen mit der Familie, ihn kritisch zu hinterfragen, verbietet sich Waltraud. Präsent aber bleibt er dennoch, und das durchaus sichtbar: Bis zu ihrem Tod, als gerade dieser Roman entsteht, wird in Traudls Wohnzimmer jenes Ölgemälde eines furchterregenden Tataren als Motiv hängen, das der Vater einst mit anderen Stücken aus der Ukraine nach Hause geschickt hat.

Kein Zweifel, Bitter wirkt nach. Er hat mächtig Eindruck gemacht. Als Anwesender, mehr vielleicht noch als großer Abwesender, beruflich anderweitig gebunden, verzogen, gefangen oder tot. Immer umgab ihn eine Aura des Geheimnisvollen, da war jenseits des jovialen Genussmenschen unzweifelhaft noch etwas anderes, schwer Fassbares an ihm. Viele spürten es und wurden doch nicht schlau daraus, wollten vielleicht nicht schlau werden.

Luise, noch keine vierzig, ist von Fritz eindeutig weniger häufig vor den Kopf gestoßen worden als ihre Vorgängerin und seine Schwester. Sie fühlt sich um ihr Lebensglück betrogen und holt, was die beinahe kultische Überhöhung seiner Person anlangt, schnell auf. Annemarie, seit sie denken kann hin- und hergerissen zwischen inniger Bruderliebe und einer durch massive Enttäuschungen bedingten Distanzierung, nicht zuletzt wegen seines in ihren Augen liederlichen privaten Lebenswandels, wird bald endgültig Nachsicht mit dem frisch Verblichenen walten lassen und besinnt sich, wenn er zur Sprache kommt, auf Pepis nahezu heiligenmäßige Weltsicht, die, in diesem Fall aus dem Munde der Tochter, das Buch beschließen wird.

Auf einer gänzlich anderen, wesentlich profaneren Ebene muss das ansonsten verdrängte dubiose Vorleben des entrückten Verewigten seine beiden Frauen aber weiter beschäftigen, ob sie wollen oder nicht. Sie sehen sich nun aus unterschiedlichen Gründen nämlich selbst genötigt, die letzten empfindlichen Folgen seiner Verurteilung zu bekämpfen. So ersucht Frau Marie Weidner-Bitter das Landesgericht Wien höflich *um die Nachsicht der Rechtsfolgen des ehemaligen pol. Häftlings Dr. Fritz B i t t e r,* weil sie *diesen Akt für die Erlangung der Halbwaisenrente für die mj. Tochter des Verstorbenen* brauche. Frau Luise Bitter wiederum möchte als seine Witwe unbedingt in das anhängige Wiederaufnahmeverfahren eintreten und gleichzeitig erreichen, die Kosten dafür *entweder für uneinbringlich zu erklären, oder ihre Begleichung nach § 15 Abs. 1 Z. 1 der NS-Amnestie 1957 nachzusehen.*

Im Selbstverständnis beider Damen wird der Lebensmensch auf Dauer ein pol., also ein politischer Häftling bleiben, zu dem ihn die Republik Österreich wohl bis zu einem gewissen Grad auch stilisiert hat, indem sie bloß seine in der Illegalität unerlaubte Gesinnung bestrafte, nicht aber seine unzähligen Verbrechen aus den Jahren danach. Vor allem seine erste Frau, die mit ihrem Fritz immerhin kurze Zeit im arisierten Gestapo-Hauptquartier Wiener Neustadt über den Gefolterten in ihrem elenden Kellerverlies wohnte, muss für diese versöhnliche Wahrnehmung des Verstorbenen viel ausblenden, aber so halten es Hunderttausende ihrer Generation.

Auf diese Weise reiht sich Dr. Friedrich Bitter im Bewusstsein der ihn Überlebenden ein in die lange Reihe unterschiedlicher Opfer einer turbulenten Epoche der Wirrnisse, über die eine neue Jugend im Geschichtsunterricht noch länger so gut wie nichts Brauchbares erfahren wird. Und mit den Ausläufern der Bestrafung von Bitters fehlgeleitetem Idealismus, den finanziellen Sanktionen, bezieht das Opfertum sogar die Frauen und Kinder des so jung Dahingerafften ein. Sie begreifen das als großes Unrecht.

Der Erzähler hält es indessen nicht für nötig, den weiteren Fortgang dieses Gerangels mit der österreichischen Justiz nachzuzeichnen, das unter anderem mit der erwartbaren Rückerstattung von Bitters einst eingezogenem Vermögen an seine Erben endet. Lohnender ist es da allemal, den Rechtspflegeorganen anderer Staaten Nachkriegseuropas ein wenig über die Schulter zu schauen, um herauszufinden, ob zumindest sie den Helden dieses Romans nicht doch noch wegen seiner Untaten statt seiner NSDAP-Mitgliedschaft ins Visier nehmen. Schließlich ändern sich schön langsam die Zeiten.

Bis Italien spricht sich Bitters früher Tod natürlich nicht herum. In Verona glaubt man 1960 nach wie vor, hinter ihm her sein zu müssen, allerdings ohne große Ambitionen. Da der Mann sich wie sein von den Ermittlern immer noch nicht mit ihm gleichgesetztes Alter Ego Binttor in Luft aufgelöst zu haben scheint, wird das Verfahren in diesem Jahr provisorisch archiviert und allen Ernstes am elften November 1994 an die Militärstaatsanwaltschaft Padua abgetreten. Dort sucht man ihn vielleicht jetzt noch.

Was Bitters italienische Ära anlangt, tut sich dafür in Ludwigsburg bei Stuttgart etwas, wo 1958 die höchst sperrig übertitelte Zentrale Stelle der Landesjustizverwaltungen zur Aufklärung nationalsozialistischer Verbrechen eingerichtet wird, eine Behörde, die sämtliche einschlägige Ermittlungen in der Bundesrepublik Deutschland vorantreiben und bündeln soll. Am siebenundzwanzigsten Mai 1963 macht sich von dort ein Schreiben an die Sicherheitsdirektion des Landes Oberösterreich auf den Weg. Darin teilt die zuständige Staatsanwaltschaft mit, Dr. Friedrich Bitter und Franz Schwinghammer würden nach eingehender Prüfung als Beschuldigte für von Verona aus ins Werk gesetzte Greueltaten in Betracht kommen. Sehr dankbar wäre Staatsanwalt Zeug den österreichischen Ermittlungsbehörden, *wenn sie den Versuch machen könnten, den Verbleib dieser ehemaligen österreichischen Angehörigen des BdS Italien zu klären. Ein ausführliches Vernehmungsansuchen erfolgt auch in so weit später.*

In beiden Fällen bleibt es letztlich nicht beim bloßen Versuch. Vor allem die Aufgabe Bitter ist bald gelöst. Sein Verbleib auf dem Linzer Barbarafriedhof wird dem deutschen Staatsanwalt umgehend bekanntgegeben, eine Vernehmung des potentiell Beschuldigten am Ort seines gegenwärtigen Aufenthalts dürfte sich mit an Sicherheit grenzender Wahrscheinlichkeit als unergiebig erweisen.

Größere Anstrengungen muss da schon das von Ludwigsburg gleichzeitig eingeschaltete Innenministerium auf sich nehmen. Das Fahndungsamt ermittelt zwar Bitters letzte Wiener Wohnadresse in der Herbeckstraße, in den Meldeevidenzen der Bundeshauptstadt scheint der Gesuchte seither aber nicht mehr auf. Wien möge doch parallel gleich erste Zeugen vernehmen, drängt Staatsanwalt Zeug, übermittelt eine entsprechende Liste, und die österreichische Staatspolizei fängt postwendend an damit. Davon, dass Bitter das Zeitliche gesegnet hat, erlangt nun auch das Innenministerium endlich Kenntnis, aber da ist ja noch der quicklebendige Herr Schwinghammer aus seiner nächsten Umgebung, und daher interessiert es den Erzähler durchaus, ob die Befragungen Neues ergeben.

Im Hochsommer 1963 verantworten sich die ehemaligen Mitarbeiter der Herren Harster, Boßhammer und Bitter teilweise kabarettreif. So gelingt es Franz Schwinghammer, dem Leiter der Abteilung IV/3 in Verona und Bitter damit direkt unterstellt, den Kreis von absolutem Nichtwissen und deutlichem Erinnern überzeugend zu quadrieren: *Bezüglich genereller Maßnahmen gegen die jüdische Bevölkerung Italiens erinnere ich mich nur, daß mehrmals Kommandos aus Berlin des RSHA in Italien auftauchten und ohne Wissen meiner Person Aktionen gegen Juden in Italien durchführten.*

Im Feuereifer der endlich in Gang gekommenen Ermittlungen schießt man zuweilen sogar über das eigentliche Ziel hinaus. Bitters Chauffeur aus Wiener Neustädter Tagen, ein Ex-SS-Oberscharführer, beteuert glaubhaft, über dessen Italienengagement keine Aussagen machen zu können, habe er doch mit seinem Chef später nichts mehr zu tun gehabt, das heißt, um genau zu sein, erst wieder als Privatmann nach seiner Entlassung 1949.

Sonderbar, dass die drei Beamten an dieser Stelle sofort umschwenken, den eigentlichen Gegenstand der Vernehmung links liegen lassen und sich bestens informiert über Wiener Neustädter Vorgänge während Bitters Gestapo-Regentschaft dort zeigen. Ob der Zeuge etwas zur Beschlagnahme von Kraftfahrzeugen jüdischer Besitzer durch Bitter 1938, zum Beispiel der

Herren Stern und Jaul, sagen könne, lautet die nächste Frage.

Zehn Jahre früher hätte ein solches Erkenntnisinteresse Dr. Friedrich Bitter unweigerlich in ernsthafte Schwierigkeiten gebracht. Man hätte sich, wie es die Absicht dieses Buches ist, schrittweise vortasten, Dokumente vergleichen, aus einem erklecklichen Zeugenreservoir schöpfen können. Bald hätte sich ein breites Panorama aufgetan, ergänzendes Material aus dem Ausland wäre beschafft worden, und es ist, setzt man mutig normale Maßstäbe an, kaum denkbar, dass Fritz ungeschoren davongekommen wäre. Doch das ist Schnee von gestern, und wie heißt es so schön treffend im Volksmund: Fürs Gehabte gibt der Jud nichts.

Die durch das Rechtshilfeersuchen einer deutschen Staatsanwaltschaft ins Rollen gekommenen österreichischen Erhebungen sprechen sich zu Bitters Verwandtschaft ebenso wenig durch wie die grotesk unprofessionellen Irrwege der italienischen Strafverfolgungsbehörden. Die sechs Frauen aus seinem engsten Umkreis bleiben von zusätzlichen Verunsicherungen also verschont. Zur Abrundung seien hier ihre weiteren Lebensläufe im raffenden Präsens kurz skizziert:

Luise wendet sich, wie schon erwähnt, nach der Trauerzeit ihrem Chef aus den Tagen vor Bitter zu, wird Rauchfangkehrermeistersgattin und lebt noch weit ins nächste Millenium hinein, ohne dass ihre Zuneigung zu Fritz je verblassen würde, mit dem sie tatsächlich nur eine kurze Episode von wenigen Jahren verband.

Aus Hedda, die keinerlei persönliche Erinnerung an den Vater hat, wird nach dem Studium eine beliebte Gymnasiallehrerin. Im Alter von nur achtundvierzig Jahren stirbt sie völlig unerwartet einen plötzlichen

Herztod. In der Todesanzeige ihrer Schule heißt es: *Um es mit den Worten eines ihrer Schüler zu sagen: »Als Gott den Lehrer schuf, hat er an sie gedacht.«*

Waltraud hingegen, die so vielen Irritationen ausgesetzt war, darf relativ alt werden. *Vergangenheit ist Traurigkeit*, begründet die ehemalige Chefsekretärin einer großen Bank am Lebensende gegenüber dem Erzähler ihre verständliche Unlust, sich für sein Unternehmen umfassend auf diesen ihren Vater einzulassen. Dagegen, dass jemand aus der Enkelgeneration über Traudls Verhältnis zu ihm Auskünfte erteilt, erhebt sie keinen Einspruch. Ist es ihr vielleicht sogar in einem Winkel ihres Herzens recht, dass die Zumutung dieser Bürde solcherart nachvollziehbar wird?

Von einer Schuld des Vaters, das muss gesagt werden, wollen Waltraud und Hedda bis zum Schluss nichts wissen. Beide Töchter Bitters, lebenslang starke Raucherinnen wie er und ihre Cousine Anneliese, im krassen Unterschied zu ihm aber absolut unsportlich und politisch vollkommen desinteressiert, heiraten, bleiben trotzdem berufstätig und haben insgesamt fünf Kinder. Allesamt kommen sie erst nach dem Ableben des Großvaters zur Welt, mit dessen Vergangenheit sie die Mütter, heißt es, nicht wirklich konfrontieren. Sein Nachname wird in der Enkelgeneration verschwunden sein, das erleichtert dem Erzähler sein unbedingtes Vorhaben, Diskretion zu wahren.

In den achtziger Jahren, als die Republik Österreich endlich doch viele unangenehme Fragen zu ihrer bequemen Lebenslüge gestellt bekommt, einst Opfer und nur Opfer gewesen zu sein, notiert Marie Weidner-Bitter bemerkenswerte Zeilen: *Wenn man im hohen Alter nicht mehr tätig sein kann, wenn man abseits steht und nur noch Zuschauer ist, dann hat man mehr*

Zeit zum Denken, und je mehr man nachdenkt, desto mehr versteht und verzeiht man. Vor allem verblaßt das Böse, Grausame, nur das Gute und Schöne wird immer klarer und leuchtender.

Zweifellos hat Fritz für Marie bis zum letzten Atemzug eine außerordentlich große Bedeutung. Stellt man das in Rechnung, scheint es nur naheliegend, dass ihre Gedanken zur Halbwertszeit von Gut und Böse auch ihm, womöglich vor allem ihm gelten sollen. Wie jede Tröstung, die hilft, mit den Blessuren zurechtzukommen, die das Leben einem zugefügt hat, verdient Maries späte Überzeugung, die womöglich bloß eine Beschwörung ist, auf der persönlichen Ebene natürlich jeden Respekt, wenngleich sie, getraut der Erzähler sich zu behaupten, von einem grundsätzlichen Standpunkt aus betrachtet alles andere als heilsame Kraft entwickelt.

Eine solche dürfte dafür Annemarie Schmerl rund um ihren siebzigsten Geburtstag überkommen. Als niemand mehr darauf zu hoffen wagt, beginnt sie sich von der Last der Vergangenheit etwas zu lösen, sogar die Kirche verliert ein wenig an Bedeutung. Stattdessen besinnt sie sich ihrer vielen Talente und wendet sich mit Begeisterung der Glasmalerei sowie der Keramik zu.

Als jenem Lehrer der neu errichteten Linzer Kunsthochschule, der Annemarie daheim aufsucht, um die von ihm zugesagte Restaurierung von Pepis Grabkreuz abzusprechen, einige dieser Arbeiten ins Auge stechen, meint er, glaubt sich die Tochter zu erinnern, voller Bewunderung: Wenn Sie in jungen Jahren eine Ausbildung absolviert hätten, aus Ihnen wäre etwas geworden!

Und sogar das darf Fritz Bitters Nichte an ihrer Mutter noch erleben: Bei einem Besuch in der Auerspergstraße ungefähr zur selben Zeit überrascht Annemarie Schmerl sie mit einem eben erworbenen Stoff, aus dem sie sich ein Kleid schneidern lassen will. Der ist zwar wie gewohnt schwarz, aber dezent weiß gemustert. Sie habe Anneliese einfach eine Freude machen wollen, beantwortet sie die nicht gestellte Frage.

Annemarie und Maria Elisabeth nehmen nie wieder Kontakt zueinander auf. Hochbetagt sterben sie kurz hintereinander Ende der achtziger Jahre. Die drei Cousinen stehen jeweils nur am offenen Grab der eigenen Mutter. Sie haben einander nicht kennengelernt.

Im Tod noch sendet Maria Elisabeth ein letztes starkes Signal in Richtung Fritz aus. Sie hat sich nämlich ausbedungen, auf dem Grabstein Marliese zu sein. Seit der Scheidung war ihr ausschließlich mit Fritz verbundener Rufname verschwunden. Die Enkel, Halbwüchsige und junge Erwachsene sind das jetzt, wissen mit Marliese überhaupt nichts anzufangen, sind völlig überrascht und behelfen sich mit der Mutmaßung, der Taufscheineintrag Maria Elisabeth sei womöglich zu lang für die Inschrift gewesen. Aber warum dann nicht Marie?

Um ein Haar wäre Anneliese schon eine halbe Ewigkeit vor der Mutter im Linzer Familiengrab beerdigt worden. Im Jahr nach Bitters Tod erkrankt die Dreißigjährige, ihre ganze Jugend hindurch untergewichtig, im Krieg mangelernährt und seither gesundheitlich anfällig, an einer Hirnhautentzündung und war schon aufgegeben. Doch wider Erwarten kämpft sich die zähe Anneliese ins Leben zurück, ist aber bis auf weiteres kaum belastbar. Ihr wird Berufsunfähigkeit beschieden, und niemand hätte sich 1959 darauf zu wetten getraut, dass sie bald dermaßen durchstarten würde.

Wie man sich nur bei der neumodischen Einrichtung Bewährungshilfe verdingen könne, die kriminelle

Jugendliche ungebührlich verhätschle, diese Frage bekommt Anneliese besonders zu Anfang ihrer zweiten Karriere oft gestellt. Den lieben langen Tag steckst du freiwillig mit Gaunern zusammen. Sie sei, gibt sie dem zukünftigen Erzähler ihre Botschaft am Ende eines ausführlichen Gespräches mit auf den Weg, sie sei solchen Anwürfen immer mit einem von der Mutter häufig zitierten Satz ihres Vaters begegnet, der ihr lebenslanger Leitspruch werden sollte: Auch im schlechtesten Menschen steckt ein Stück Himmel. Auf die Gefahr, dass es kitschig klingt, setzt sie lächelnd hinzu, immer, jeden einzelnen Tag meines Berufslebens habe ich das kleine Fleckerl Himmel in ihnen vor mir gesehen.

Den ganzen Nachmittag stand Bitter im Mittelpunkt der Unterhaltung, und als es schon dunkelt, verabschiedet sich der Erzähler von der herzlichen, erstaunlich jugendlichen alten Dame, die bald darauf sterben wird, mit dem Gefühl, sie wolle damit auch ihr merkwürdig gespaltenes Verhältnis zum Onkel abschließend charakterisieren. Der späte Gast vermeidet es aber, sie auf seinen Eindruck anzusprechen.

Beim Heimfahren will ihm Annelieses kategorisches Lebensmotto nicht und nicht aus dem Kopf gehen. Jemand mit ihrer Geschichte, konzediert er, hat natürlich jedes Recht, so zu urteilen. Und bis zu einem gewissen Grad unterstützt Bitters Nichte damit sogar seinen eigenen Schreibvorsatz: Der Held dieser Geschichte wird, soviel steht fest, endlich geradestehen müssen für sein unfassbares Tun und Lassen. Er wird ihn hart anfassen, Ausreden werden nicht zählen. Aber als schlichtes Monster wird sein Buch Bitter nicht hinstellen, das griffe zu kurz.

Andererseits sträubt sich alles in ihm, über die Schädel der von Fritz lange vor ihrer Zeit grausam vom

Leben zum Tod Beförderten hinweg ganz am Schluss auch nur den geringsten Anschein von Relativierung zuzulassen. Wohl nur die wenigsten seiner Opfer würden Annelieses verstörenden Satz, der eigentlich ein Satz des brutal ermordeten Josef Schmerl sein soll, unterschreiben wollen.

So einigt sich der Erzähler auf einer leicht bergan führenden, abendlich leeren Landstraße unter einem milchigen Mond schließlich mit sich selbst, die irritierende Bemerkung der alten Dame als vorläufig nicht zu bändigende Herausforderung zu begreifen, als Herausforderung an ihn und an die Leserschaft seines Romans.

Anmerkungen des Autors

Dieses Buch geht auf eine Anregung des unermüdlichen und außerordentlich verdienten Forschers in Sachen fernere und nähere Vergangenheit Gottfried Gansinger aus Ried im Innkreis zurück. Ich muss gestehen, mich im allgemeinen für angetragene Stoffe nicht recht erwärmen zu können, weil ich den drängenden Impuls, Inhalte literarisch zu gestalten, gewöhnlich aus der selbst erlebten Entdeckung oder aus häufig zufälligen Begegnungen mit Menschen beziehe, die, eingenommen von ihren eigenen Erlebnissen und Erfahrungen, mich daran direkt teilhaben lassen.

Gottfrieds prall gefüllter orangefarbener Aktenordner – für seine bedeutenden Vorleistungen, was die nicht selten mühevolle und schwierige Recherche anlangt, bin ich ihm extra zu Dank verpflichtet – durfte deshalb in meinem Arbeitszimmer einigen Staub ansetzen, bevor ich mich nach Abschluss mehrerer längst geplanter Vorhaben in seinen Inhalt so richtig zu versenken begann. Spätestens seit meiner ersten großen eigenen Unternehmung in der Sache, dem vielstündigen Gespräch mit der Nichte des Vorbilds meiner Romanfigur, wusste ich, der Funke war übergesprungen, diese Geschichte musste geschrieben werden.

Besonders danken, wenngleich aus begreiflichen Gründen ohne Namensnennung, möchte ich daher auch meinen Gesprächs- und Briefpartnerinnen aus dem Verwandtenkreis des Doppelgängers von Fritz Bitter, ob sie sich nun in aller Ausführlichkeit von mir interviewen ließen oder nur kurz, aber beeindruckend begründeten, warum sie sich nicht in der Lage sahen, die Zumutung einer Reise zurück in ihre Jugend anzunehmen.

Christine Vitelli-Annen stellte Kontakte in Italien her und koordinierte die Recherchen dort, für die ich in erster Linie Leo Visco Gilardi danke. Daniela Marinello half mir bei Fragen zu anderen nur in italienischer Sprache vorliegenden Dokumenten. Lina Klymenko recherchierte an der Universität sowie in der Zentralbibliothek von Charkow, heutzutage meist – dem Ukrainischen gemäß – als Charkiw bezeichnet, und übertrug Bitter Betreffendes ins Deutsche. Alexej Konopatschenkow forschte im Moskauer Zentralarchiv. Ohne Albert Langankes Vernetzung über das Internationale Mauthausenkomitee und sein großes Engagement wären die Erkundungen in Italien, der Ukraine und Russland nicht so weit gediehen.

Hemma Fuchs war mir behilflich, Quellenlücken zu schließen, die Oberösterreich betrafen. Werner Sulzgruber lieferte wertvolle Hinweise zum Komplex Wiener Neustadt. Kompetenten Mitarbeiterinnen und Mitarbeitern in verschiedenen Archiven sei hiermit pauschal gedankt, auch für ihre Freundlichkeit und Geduld, wenn es kompliziert wurde und ich insistent.

Neben dem des Protagonisten wurden aus verschiedenen Gründen noch einige andere Namen verändert. Es versteht sich, dass die ansonsten unangetasteten, kursiv wiedergegebenen Originalzitate dort Bearbeitungen erfuhren, wo einer dieser Namen vorkommt. Nicht gebessert wurden grundsätzlich orthographische Fehler, falsche Satzzeichen und andere formale Besonderheiten der wörtlich zitierten Quellen.

Die (von mir erfundene) Verschreibung von Bitter zu Pitter entspricht im Ausmaß ungefähr jener, die tatsächlich in dem aufschlussreichen Buch ›Deutsche

Greuel in Rußland‹ aus dem Wiener Stern-Verlag beim wirklichen Namen des Kommandeurs der Sicherheitspolizei und des SD von Charkow nachzuweisen ist. In der kyrillischen Version wurde der konsonantische Nachnamensanfang unzureichend wiedergegeben und so bei der Rückübersetzung falsch transkribiert, eine gewissenhafte Überprüfung anhand wohl damals schon einsehbarer deutschsprachiger Dokumente unterblieb offensichtlich. Zweifel über die Identität des Gemeinten sind aber völlig ausgeschlossen.

Gleiches gilt für den geheimnisvollen Maggiore Binttor in Italien. Auch in diesem Fall habe ich mir eine Entstellung zurechtgelegt, die ungefähr jener des Originalnamens in den Dokumenten des Veroneser Militärgerichtes entspricht. Da außerdem die Bundespolizeidirektion Linz 1951 trotz Deutsch als Amtssprache ebenfalls nicht auf eine durchgehende Verschreibung seines Namens verzichten wollte, musste ich mir weiters die Version Bittner einfallen lassen.

Nach reiflicher Überlegung habe ich der Versuchung widerstanden, etwas dazuzuerfinden. Nur ganz selten habe ich Schauplätze verlegt, Ereignisse zusammengezogen, Personen eine leicht abweichende Gestalt verliehen. Ebenfalls aus dramaturgischen Gründen versuchte ich in einigen wenigen Fällen behutsam, dürren Fakten etwas Atmosphäre zu unterlegen und die wahrscheinliche Motivation der Handelnden zu rekonstruieren, zumeist ergab sich diese ohnehin ziemlich eindeutig aus den vorhandenen Dokumenten und meinen Hintergrundgesprächen.

Wo sich das Geschilderte auf Quellen stützt, die eine kritische Würdigung nötig machen, habe ich das, wenn auch nicht immer sofort im Fluss des Erzählens, in meinem Roman zu leisten versucht. Verzichten wollte ich auf dieses Material nicht. Mag sein, dass dem Mann daher an einer oder zwei Stellen etwas zugeordnet wird, wofür er weniger Verantwortung trägt als behauptet. Die trotz aller Fülle letztlich doch dürftige Aktenlage lässt allerdings den Schluss zu, dass Bitters Alter Ego insgesamt unendlich viel mehr auf dem Kerbholz hat. Sei es, wie es sei, es bleibt auch so genug übrig.

Die Arbeit an diesem Buch wurde durch ein Projektstipendium der Republik Österreich und eine Zuwendung des Landes Oberösterreich gefördert.

Der Autor verwendet mit Ausnahme der neuen ss/ß-Regelung die bis 1996 gültige Rechtschreibung.

Bibliografische Information der Deutschen Nationalbibliothek
Die Deutsche Nationalbibliothek verzeichnet diese Publikation in der Deutschen Nationalbibliografie; detaillierte bibliografische Daten sind im Internet über http://dnb.d-nb.de abrufbar.

www.wallstein-verlag.de

Vom Verlag gesetzt aus der Stempel Garamond
Umschlaggestaltung: Susanne Gerhards, Düsseldorf
Druck und Verarbeitung: Friedrich Pustet, Regensburg

ISBN 978-3-8353-1387-3